ベリーズ文庫

いきなり王子様

惣領莉沙

Starts Publishing Corporation

目次

特別書き下ろし番外編

第一章

王子様とお姫様

入社して最初の二年くらいなら、笑顔が最強の武器になる。

よっぽどできのいい人材でなければ、入社してすぐには即戦力になれないし、周囲からのアドバイスや導きなく成長できるわけもない。

『すみません、ここ教えてもらえますか』

『次の打ち合わせの日時、書きとめるのを忘れました』

『いただいた名刺が見当たらないんです』

今の私なら決して笑って許してもらえないようなミスでも、入社してしばらくの新人なら許される。

私にも新人だからと許され、笑顔ひとつで「頑張れよ」と励ましてもらった経験はあるけれど、仕事を重ね小さなミスも許されない状況になって、ようやく現実の厳しさを実感した。

『笑って許されるミスでもないし、そんな年でもねーだろ』

至極ごもっとも。そう思いつつ、やっぱり部長は苦手だなと、小さくため息をついたこともある。

「本庄《ほんじょう》、この数字の元資料持ってこい。投資家さんに出す資料にミスがあったらまずいだろ」

「はい、今すぐお持ちします」

「早くしろよ。先週みたいに、小数点の位置を間違えてるとかやってないだろうな」

「はい、今回は大丈夫です」

「どうだかな。どれだけ顔がよくっても、仕事でミスしてたら単なる給料泥棒だろ」

部長の容赦ない言葉に、部内が静まり返る。それまで机に向かって仕事をしていた人たちの動きが一瞬止まり、聞こえるのはコピー機の音だけだ。

私は机の上にある分厚い資料を手にし、急いで部長の机へと向かった。

途中、私に同情の目を向ける人たちに気づき、申し訳なくなる。

「部長、これが元資料です。確認、お願いします」

設計、建築全般を生業《なりわい》としているわが社の株主や投資家への対応が、私の所属している経理部ＩＲ課の大きな仕事。ここ最近は、投資家を招いて行う工場見学会の準備に忙しい。

そんな中、当日配布する資料の数字に間違いがあり、私は部長に注意を受けていた。

「あの、私も見直しましょうか……」

厳しい目で資料を確認する部長に恐る恐る声をかけると、小さなため息が聞こえてきた。

「いや、資料を作った本人に確認させても、同じ箇所で間違いがあるかもしれないからいい。それに、本庄が間違えるとしたら……ここだな」

部長は昨日提出したデータの一部を抜き出して、私に見せた。

「前年対比のここ、本庄がいつも見間違えるか勘違いしている箇所だ。今回は大丈夫なようだけど、椎名《しいな》課長の確認は？」

「昨日、全てチェックしていただきました」

「じゃ、明日の会議までに必要分コピーしておいてくれ。何度も言ってるが、いくら顔がよくても仕事がおざなりじゃ、敵を作ることになるからな。気をつけろよ」

「あ……はい。わかりました」

部長の言葉に過剰に反応しないように気を付けながら、頭を下げる。そして、目の前の資料を集めて背を向けた。

自分の席に戻ろうとした時、ちょうど会議から戻ってきた椎名課長と目が合い、立ち止まった。私と部長のやり取りを見ていたのか、軽く肩をすくめて私を手招いた。

「あ……お疲れ様です」

小さな声で呟きながら椎名課長のもとへ行く。

「相変わらず、その綺麗な顔のことを誉められていたな」

椎名課長は私の手から資料を取ると、ぺらぺらとめくって中身を確認する。

「確かにここが本庄が間違いやすい箇所だ。部長は本庄の顔だけじゃなく、仕事ぶりもしっかり見てるってこと、わかってるな?」

「……はい」

椎名課長は、私の背中をぽんと叩くと、励ますように私の顔を覗き込んだ。

「完璧に整った綺麗なその顔。それで仕事もできたら会社じゃ無敵だ。見た目のよさは敵を作るきっかけにもなるから、付け入られないように仕事は完璧に。って本庄に伝えてくれって部長が言ってたぞ」

からかうような笑顔の椎名課長は、資料を返すと私の耳元に口を寄せ囁いた。

「これは内緒だけど、本庄は部長の奥さんの若い頃に似てるんだ。あまりにも綺麗な奥さんは、その見た目を妬まれて仕事で足を引っ張られたこともあるらしいから、部長は本庄のことを心配してる。だから、何を言われてもそれは愛情からだと思って受け止めろ。本庄なら大丈夫だ」

「は……はい」

よしよし、と頷く椎名課長に、ぎこちない笑顔を返す。

確かにこれまで部長に厳しいことを言われても、心底つらいと思ったことはなかった。

いつも私の仕事ぶりをちゃんと見ているんだとわかる細かい指摘も含まれていて、落ち込むことはあっても尾を引くことはない。それは、部長が私の今後を見据えて鍛えてくれていると、どこかで気づいていたからかもしれない。

「奥様が私と似ているなんて、初めて聞きました……」

沈んでいた気持ちを浮上させて、椎名課長に笑顔を向けると、ほっとしたような表情を返された。やっぱり私を心配してくれていたんだ。

「確かに顔のことをあれこれ言われるのはいい気分じゃないよな、ある意味セクハラだし」

「あ、いえ、そんなふうには思ってませんから……あれ？」

その時、椎名課長の背後にいる男性に気づいた。

「甲野《こうの》くん……だよね？」

「久しぶり。そういえば、本庄って椎名課長の課だったな」

椎名課長の後ろから紺色の細身のスーツが現れた。同期の甲野くんだ。

久しぶりだな。

わが社には全国に五か所の工場があり、その中でも一番規模の大きい本社工場で、甲野くんは設計をしている。

本社から車で三時間ほどの郊外にある工場からわざわざ出張かな、と思っていると、不意にお互いの視線がからみ合った。私の瞳を探るような強い視線に身動きできずにいると、甲野くんはふっと笑い、口を開いた。

「さっき部長が言っていた通り、その綺麗な見た目は敵を多く作りそうだな。ちゃんと仕事をして隙を見せないように注意しろよ。……って、俺が心配しても仕方ないか」

そう言った後、甲野くんは少し照れたように視線を下げ、「悪い悪い、忘れろ」と小さく手を振った。

「ううん、ありがとう。この見た目は変えようがないしどうしようもないけど、仕事は好きだから、言われた通り無敵になれるように頑張る」

「まあ、無理するなよ。本庄は入社した時からその見た目で周りに注目されて面倒な思いもしてきたんだから、これ以上無理せずに、そこそこに、な」

「面倒なんて……」

「あったんだろ？　本庄を気に入った男に追いかけまわされたり、妬んだ女に仕事のミスを押し付けられたり。本社のやつらから色々聞いてるぞ。これ以上無理して頑張らないようにって言いたいけど、頑張らなきゃ敵も増える……か。大変だな」

そう言った甲野くんは、肩をすくめて笑顔を見せた。

確かにこの顔が原因で嫌な思いをしたことは数えきれないほどあるけれど、私の顔のことをとやかく言う前に、甲野くんの笑顔だって敵を作りやすいと思うんだけどな。雑誌に登場しそうな整った笑顔はかなり極上。このまま十秒見つめ合ったら惚れそうだな、と思っていると。

「……体調は、いいのか？」

ぽつりと聞かれた。

「え？」

「いや、何もなければいいんだけど、忙しいみたいだし、体調はどうなのかと思っただけだ」

特になんの感情が入ってるわけでもなさそうな言葉に違和感を覚えたけれど、あえて口には出さなかった。

「毎日忙しいけど、体調は大丈夫。仕事に慣れない頃はさすがにストレスで体調を崩すこともあったけど、図太い中堅社員になってからは、病院知らず」

「そうか……。なら、いいんだ。あ、でもそんなかわいい顔で病弱だったらみんなが心配してくれそうだな」

「また、顔のことばっかり。私が見た目と違って中身は男前だって知ってるでしょ？　ほんとにからかわないでよ」

　部長といい甲野くんといい、私の見た目ばかりを口にしていい気分じゃない。けれど、部長の奥さんのことを椎名課長がフォローついでに教えてくれたせいか、意外に傷ついていない。むしろ、私のことを心配してくれているんだなと嬉しい。

「あ、今日は会議でもあったの？」

　何気なく聞いた私の問いに、甲野くんは椎名課長と視線を合わせ、無言で何かを確認し小さく頷いた。聞いてはいけないことを聞いてしまった？　……気のせいかな。

「まあ、ちょっとした打ち合わせで来てるんだ。それはもう終わったけど、椎名課長からもらって帰る資料があるから、寄ったんだ」

「あ、もしかしたら工場見学会の資料？」

「そう。そろそろ詰めないといけない時期だからな」

甲野くんは面倒くさそうに呟いて、椎名課長から「おい、頼むぞ」と背中を叩かれていた。

ふと周囲を見回すと、苦笑しながらも頷く甲野くんを、女の子たちが遠巻きに見ている。工場で設計をしている男前。その優秀さは本社にも伝わっていて、いずれは本社にご栄転だともっぱらの噂だ。

「あ、私、工場見学会の担当なの。近々工場に打ち合わせに行く予定だから、よろしくね」

そう言った私に、甲野くんは少し間を置いて頷いた。

「俺も打ち合わせには参加するから、その時はよろしく」

「こちらこそ」

入社してすぐに受けた新入社員研修で何度か言葉を交わして以来、同期会でたまに会う程度の付き合い。勤務地が違えばなかなか接点はないけれど、こうして仕事で同期と一緒になると、やっぱり嬉しくて、思わず笑顔になる。

そんな私に、甲野くんは表情を崩すことなく小さく頷くと「じゃ、その時に」と言い残してさっさと椎名課長の元へ行った。そのあっさりとした様子は予想外で、寂しく感じる。……甲野くんは、特に気にもしていないようだけれど。

その翌週の金曜日、私は打ち合わせのために工場へ出向いた。

同行するはずだった椎名課長に急ぎの仕事が入り、急きょ私ひとりで工場へ行くこととなった。工場見学会についてとことん勉強し、自分ひとりでもちゃんと打ち合わせを終える自信はあったけれど、部長は事前に工場長に連絡を入れていたようだ。

やっぱり私ひとりじゃ不安なんだなと、悔しい気持ちを抱えながら、私は工場の総務部へと顔を出す。

この工場のメインの業務は住宅建設に必要な外壁や屋根、柱や梁《はり》などを製造して現場に出荷することで、会社の中でも一番現場に近い。経理部に所属している私が工場に来る機会はほとんどなく、新入社員の研修の時に連れてこられて以来かもしれない。

大きな部材を製造するラインが工場内にいくつもあるということは、それだけ広い敷地を要するということで、見渡す限り畑が広がる緑豊かな郊外に建てられている。

「お、本社から来てくれた本庄さんかい？　ご苦労様」

総務部の入口にいた私は、のんびりとした穏やかな声に振り向いた。そこには、作業服に身を包んだ男性が立っていた。

「あ、本社経理部ＩＲ課の本庄奈々《なな》です。今日は……」

「ああ、部長から聞いてるよ。来月の工場見学会の件だろ？　椎名くんは別件で来られないからよろしくって、部長から連絡をもらったよ」

穏やかな笑顔でふむふむと頷くと、私が抱えていた書類を持ってくれた。

「遠くまでご苦労様だね。帰りが遅くならないように、早速始めようか」

「あ、ありがとうございます」

目の前の男性は、工場長の新見《にいみ》さん。五十歳くらいで笑顔が魅力的な、それでいてやり手だと評判の人だ。

通された会議室は二十人ほどの席が用意された広めの部屋で、窓の向こうに広がる畑の緑が眩しい。

「こんな田舎に来ると、不思議な気持ちになるだろう」

席について、空も空気も綺麗な景色に視線を向けていると、新見さんが笑った。

「あ、いえ、すみません。普段見慣れない景色なもので、つい」

「だろうね。本社は都会も都会、高層ビルジャングルの中にあるからね。逆に僕が本社に行くと、それが不思議だからわかるよ」

私が普段勤務する本社は二十階建ての自社ビル。大きくそびえる塔という印象が拭えない、巨大な建物だ。

今日私が工場に出向いたのは、来月に予定されている工場見学会の打ち合わせのためだ。所属している『経理部ＩＲ課』が主催する投資家向けの工場見学会は、年に一度行われる大切なイベント。ＩＲという、投資家への広報活動を熱心に行う会社は最近増えていて、わが社もその例外ではない。

入社して以来ＩＲ課で働く私は、その言葉すら入社して初めて知ったけれど、その内容ゆえに全社の協力も必要なせいか、幅広く社内事情を知ることができるやりがいのある仕事だと思っている。

来月に予定している工場見学会では、大勢の投資家に会社の経営状況をはじめとしてあらゆることを伝える。工場を案内して、会社を知ってもらうのも投資家へのアピールのひとつだ。

「経理部の部長が言ってたよ。綺麗で、お姫様のような女性がひとりで伺うけれど、仕事はできるからなめないでやってくれってね」

「なめないで……って……」

「はは、こんなにかわいい女の子がひとりで来たら、そりゃ不安になるよ。ちゃんと仕事してくれるのかなってね。まあ、かわいい女の子は大歓迎だよ。仕事もできてかわいいなんて最高だ」

席についた新見さんは、書類を広げながら大きく笑う。

その朗らかな笑顔が、緊張気味の私の気持ちをほぐしてくれた。

「来月の工場見学会で案内する場所はここに書いてある通り。安全面と社外秘として管理されている場所を考えたらこれが限界だな。当日は工場から説明要員が何人か来るから、あとは彼らと打ち合わせてくれ」

「うん、わかった。当日配布する資料は経理部で用意して、三日前に社内便で送るから、申し訳ないけど社内封筒に分けて入れてくれるかな」

「ああ、わかってる。うちが用意する資料もあるから一緒にやっておく」

「あ、当日、甲野くんは？」

机に広げていたいくつかの資料を片づけながら、ちらりと視線を向けた。

甲野くんはパソコンに何やら入力している手を休めることもない。

「俺？　一応顔は出すけど、直接の説明要員でもないしな。他に仕事が入ればそれも無理だし。当日次第だな」

新見さんとの打ち合わせを終えた会議室で、工場見学会の担当者である私と、工場側の担当者である甲野くんは当日のあれこれを話し合っていた。

「工場を案内するなら、とりあえず安全に気を付けろよ。大きな機械も多いし、社外の人間はどんな行動をするか予測不可能だからな。それだけだ」

一瞬鋭い視線を向けられて、はっとする。

「事故が起きればＩＲどころじゃないぞ。極端に言えば命にも関わることだから慎重に。当日は工場見学会に慣れている工場の社員に任せればいい」

「うん。投資家が怪我したら大変だし、気を付けるよ」

小さく頷いた私に、甲野くんは眉を寄せた。

「投資家だけじゃない、お姫様、お前もだ」

「あ、うん、わかってる」

突然、〝お姫様〟という入社した時に同期のみんなからつけられたあだ名で呼ばれて、どきっとした。

「ん？　相変わらずそう呼ばれてるって椎名課長が言ってたけど。真珠《しんじゅ》が〝女王〟で奈々は〝姫〟。そのツートップは今でも評判の美人だって言ってたぞ」

「ツートップって……」

「まあ、確かにふたりとも美人だし、そう言われるのも納得だな」

手元の資料に軽く目を通しながら、甲野くんは呟いている。

本人を目の前にして、あまりにもさらっと〝美人〟と口にするのには驚いたけれど、不思議と私はそれを受け入れることができた。

「どうも、ありがとう」

　普段なら同じ言葉を言われても、どこか居心地が悪く抵抗を感じて不機嫌にもなるけれど、今は素直にそう返すことができた。

「美人なんて、言われ慣れてるだろうけど」

「まあ、確かに」

「へえ、やっぱり自覚してるんだ」

　私の言葉に、甲野くんは意地の悪い声でにやりとした。

「本庄の性格が綺麗な見た目を裏切って男前だっていうのは、新入社員研修の時にばれてるもんな。自分のことをよくわかってる、はっきりとした自己紹介は今でも忘れられないよ」

　思い出し笑いを隠そうともしない甲野くんにつられるように、私もその日のことを思い出していた。

　それは、入社後すぐに始まった新入社員研修初日、大会議室での顔合わせと自己紹介の時のこと。

『見た目は華奢《きゃしゃ》で、守ってあげたくなる容姿だと自覚していますが、男勝りで勝気。

お酒も大好きです。私のことは男だと思って接してくださると、見た目とのギャップも小さいと思います』

　私の自己紹介は、それまでざわついていた会議室の空気を一変させる力を持っていたようで、その場は静けさに包まれた。

　入社当時の私は、肩より十センチほど長い髪を緩く内巻きにふわりとさせていて、色白の肌、大きく潤んだ目。まるでおとなしい〝お姫様〟のごとき外見に心惹かれる男性や、嫌悪感を持つ女性たちの視線にさらされていた。けれど、見た目を裏切る自己紹介をしたことで私を〝お姫様〟と勝手に想像していた人たちの期待は、一瞬にして崩れてしまった。

　私が自己紹介を終えた直後、隣にいた同期の真珠だけがくすりと笑い、『うんうん。そんな匂いがしてた』とぽつり。私が見かけ倒しのお姫様だと見抜いていた。

　それはきっと〝女王様〟と呼ばれるほどに整った顔の持ち主であるにもかかわらず、実際の彼女は穏やかで繊細だという見た目との違いに苦しんでいたからだ。見た目と中身の違いに傷つきながら、それでもどうにか周囲からの期待に応えながら生きている。

　そんな真珠と〝お姫様〟と呼ばれる私たちは、会社のツートップと評され、複雑な心境の中過ごしてきた。

見た目の印象が自分の行動を制限させてしまう煩《わずら》わしさは、私と真珠にとっては黙っていても理解できる重荷だ。そして、その見た目に嫉妬した周囲からは対抗心を向けられ、望んでもいない敵を多く作ってしまう苦しみも、私たち共通のものだった。

「なあ、司《つかさ》は相変わらず相模《さがみ》課長命、って感じで頑張ってるのか？」

ぼんやりしていた私は、既にパソコンの電源を落とし、資料を片づけている甲野くんの声に意識を向けた。私たちの同期である司の名前が突然出て驚いたけれど、そういえば司は甲野くんと仲がよかったな、と思い出した。

「あ、うん。来週から相模課長と一緒に展示場に通って新商品の建設に立ち会うって言ってたかな。泊まりの仕事で大変そうだけど、相模課長と仕事ができるって言って司は上機嫌だった」

「へえ、司って、本当に熱いよな。飲んでても、まるで惚れた女の話をしてるんじゃないかって思うくらい幸せそうに相模課長のことを話してるぞ」

甲野くんは、呆れたように笑い、肩をすくめた。

「まあ、そこがあいつのいいところだけど。最近は忙しくてなかなか連絡できないんだよな」

「司と仲がいいんだね」

小さく呟いた私の声に、甲野くんは視線を上げると、どこか苦笑じみた顔で口元を歪めた。

「司と仲はいいけど、とりもってやるつもりはないから期待するな」

「は？　とりもつって何よ。別にそんなの頼むつもりもないし、司とは同じ本社で働いている同期なんだからその必要なんてないし」

「あ、そうだな。悪い。司を気に入ってる女がこの工場にも多くて紹介しろってうるさいから、ついお前もそうかと」

「お、お前もって……あのねえ。確かに司が女の子に人気があるのも知ってるけど、誰もが彼女になろうと狙ってるわけでもないんだからね」

「はいはい。ごめんごめん。俺が勘違いしただけだよな、悪かった」

さっさと会議室を出ようとしている甲野くんの投げやりな返事に、私の気持ちは更に熱くなる。

勤務地が違うせいで滅多に会う機会もないのに、どうして敵意すら感じられる口調でしか話してもらえないんだろう。

入社して以来会った回数なんて少ないし、お互いの関係を深める機会はないに等しい。逆に言えば、お互いの印象を悪くする機会も少ないのに、どうしてここまで不機嫌な顔を向けられるのかわからない。

「私、今までに甲野くんに嫌われるようなこと、した？」

ため息交じりの私の声に、甲野くんは、細めた目を私に向けた。

「別に」

「はあ？」

思わず私の口から呆れた声が出たとしても、仕方がない。

甲野くんと私は、特に親しいわけではないけれど、一応は同期。大変な研修を一緒に乗り越えて、配属された後も誰かが困った時には迷わず手を差し伸べ合える関係なのに。

工場見学会の打ち合わせをしている時からずっと冷たい態度を向けられて、正直、いい気分じゃない。

私はつかつかと甲野くんの目の前に歩いて行って、不機嫌そうな顔を睨みつけた。

「あのねえ、私に何か言いたいことがあれば、はっきりと言ってくれる？　私を気に入らないっていう露骨な態度の原因は何？」

たとえ私を好きではないにしても、人としての最低限の礼儀を持つのは当然のことだし、せめて仕事の打ち合わせくらいはもう少し愛想よくしてほしい。

思わずそんな私の気持ちが溢れてしまったのか、思った以上に口調は荒々しくなった。

言い切った後、息を整えながらも厳しい視線を向けたままでいると。

「お姫様って言われるのも納得だな。まじで綺麗な顔してる」

甲野くんはそう呟いて、ふっと表情を緩めた。

そして小さく息を吐き、不意に上げた右手の甲でそっと私の頬を撫でる。

「言いたいことをはっきり言えって言われたから言うけど」

思わせぶりな口調と、どこか甘い瞳。

私の体はびくっと震えた。

「遠距離恋愛、できるか？」

「え、あのね、いきなり何を……え？　遠距離？」

思いがけない言葉に、私は大きく反応し声も上擦った。

「遠距離なんて、そんな、あの……その、で、誰と誰が？」

目の前にある瞳にじっと見つめられて、つい私と甲野くんの遠距離恋愛かと思ったけれど。

そんなのありえないありえない。

今日会ってからずっと、甲野くんからは不機嫌な顔しか向けられていないのに、私はなんて早とちりなんだ。私と甲野くんの話であるわけがない。

けれど、甲野くんの強い視線は相変わらず私にだけ向けられていて揺れることもない。どういうことだろうと、首を傾げ悩んでいると、甲野くんはそんな私を軽く笑った。

「俺と、お姫様との遠距離恋愛だけど？」

「はあ？」

理解し難い台詞によって、一瞬落ち着いた私の鼓動はかなりの速さで活動再開。

「俺はこの近くに住んでいるから、当然、お姫様とは離れて暮らすことになるし、それでも付き合うのなら、遠距離恋愛を受け入れないといけないだろ？」

そこでようやく私の頬から甲野くんの手が離れた。そのことが寂しく思えた自分に戸惑いを覚える。

その一方で、この数分間で聞かされた言葉のどこを受け入れて、本気にして、そして何をどう答えればいいんだろうかと、脳内はフル回転を始める。

「俺、遠距離恋愛ってしたことがないんだよな。お姫様は？」

「え？　私？　私も、したことないけど……って、そういう問題じゃないでしょう？」

私の乾いた声が会議室に響き渡ると同時に、甲野くんが小さな笑い声をあげた。

「あ、悪い。突然のことに驚くお姫様の顔って意外に子供っぽいなって思ってさ。いつも冷静な顔でいるから性格も落ち着いた女かと思ってたけど、そうでもないんだな」

「こ、子供っぽい？」

「ああ、研修の時もそうだったけど、いつも硬い笑顔で周りに合わせてるし、悪い噂なんて聞かないし、この工場でも〝本社のお姫様〟って有名なわりに、今の顔はまさしく子供が驚いた時の顔だ」

言葉は柔らかいけれど、私を誉めているとは思えない口調に抵抗を感じる。どこかからかうような表情にも、どう答えていいのかわからない。

硬い笑顔、って一体どういうこと？

「入社した当時は、お姫様なんてあだ名の女にろくなやつはいないって思ってたけど、いい意味で裏切られたな」

静かに笑う彼は、自分の言葉に私がどれほど嫌な思いをしているのか考えもせず肩を揺らしている。

「あのねえ、私、甲野くんを怒らせるようなことを言った？　自分では自覚してない

「けど、もしもそうならはっきりと言ってよ」

強い口調でそう言った後、私はふっと我に返り、まずいと後悔した。けれど、一旦口からこぼれ始めた言葉は、自分の思いとは別にとどまることなく溢れ出てくる。

「どうせ私はがっかりさせることしかできない、見た目だけのお姫様なんです。ほんと、申し訳ありませんね」

自分で自分の首を絞めるかのようなきつい言葉まで言ってしまった。おまけに言った後で「ふんっ」と顎を突き出すなんてことまで。

うわっ。ど、どうしよう……。

強気な言葉を並べた途端、焦り慌てる。

甲野くんは私の様子に反応するでもなく、ただ私をじっと見つめている。

「甲野、くん？」

長身の甲野くんを上目遣いで見あげながら、ははっと投げやりな笑い声をあげると、ようやく彼の口が開いた。

「かなりいい性格してるな。見た目のよさは、お前にとっては単なるオプションだってわかったからには、やっぱり欲しくなる」

特に照れるわけでもなく、軽い口調で私の見た目を誉める甲野くんこそ、私から見ればいい性格をしてると思うんだけど。

「甲野くんだって、見た目がいいっていうオプションは十分備わってるじゃない。性格がどうなのかはなんとも言えないけど、いわゆる出世だって早いし」

どんな仕事でもちゃんと結果を出し、同期の出世頭と言われる彼の評判の高さは、見た目のよさというオプションなんて必要ないほどに社内に知られている。

どこか羨ましさを含んだ私の声に、甲野くんは肩をすくめた。

「まあ、のどかな郊外にある工場に配属されて、仕事するしかなかったからな。そのおかげで、かなり出世したかもな」

「うん、か、な、り、出世したよ。同期の中では唯一役職に就いてるもんね。本社で相模課長に鍛えられてるわけでもないのに異例の出世だって噂が回って、時の人だった」

「時の人って、まるで現役引退したみたいで気分悪い。俺はまだまだ仕事は続けるつもりだし。それに、工場にいても相模課長に教わることは多いぞ。今だって、新規プロ……あ、まあ、これは別にいいんだけど」

甲野くんは、相模課長の名前を口にした後、はっとしたように言葉を濁した。

その様子が気になったけれど、同時に聞いちゃいけないと思わせる表情を向けられて、何も聞かないことにした。

相模課長というのは、わが社の、というよりも建築界では知らない人はいないとでもいうほどに有名な建築士。あらゆる種類の作品を手がけ、その質の高さと評判は他の追随を許さない。彼の下で仕事をし、学びたいと入社動機を語る社員はかなりの数だ。

わが社に入社したからには、甲野くんだって同期の司と同じように、相模課長の下で仕事をしたかったんだろうとは思うけれど、実際にはこの工場で部材や外壁の設計に携わって結果を出している。

ただ、最近、甲野くんのように設計の才能に秀でている社員たちが少しずつ工場に配属される傾向もあって、全社で話題にのぼることも多い。

今年の新入社員の中からも、設計デザインコンクールで入賞した経験のある数名が工場に配属されている。工場での設計業務を強化しているんだろうか？

「ん？　どうした？」

「ううん、なんでもないよ。ただ、最近工場に優秀な人たちが集まってるなあって思っただけで……あ、それよりも、甲野くんってすごいよね」

そう、すごすぎる。

本社の花形部署である設計部ではなくても、実力さえあれば、こうして涼やかな顔で質の高い仕事ができると身をもって教えてくれる。

工場と聞くと、大きなラインで部材を製造している様子が浮かぶけれど、実際の業務は小さな部材の設計もするし試作品の強度テストも行うし、地域の気候に合わせて特化した性能を組み入れた設計の最前線ともなっている。

そんな環境にいて、もともと非凡な才能を持っていた甲野くんの能力が開花しないわけがない。

「どうした？　俺との遠距離恋愛ができるかどうか、悩んでるのか？」

「え、え、遠距離……恋愛……」

意識を甲野くんに戻し視線を合わせると、そこには余裕のオーラに包まれた顔。

「そ、そうだった……」

遠距離恋愛。そうだ、このことを聞かなければ。遠い場所へ向かいそうになっていた会話の軌道修正をしようと大きく息を吸った時。

「やっぱりここにいたんですね」

ノックと共に会議室のドアが開けられて、私よりもかなり若い女の子が勢いよく入ってきた。

「甲野さん、今日の帰りも家まで送ってもらえますか？」

つかつかと入ってきた女の子は、私なんて眼中にないかのように甲野くんの目の前に立った。

「まだ、車が車検から戻ってこないんですよ」

ほんの少し傾げられた首、ウェーブのかかった栗色の髪は女の私から見てもかわいく感じる。

親しげに甲野くんの腕に手を置いた彼女は、見あげるように視線を向けると、甘えた声で笑った。

「家が近いって、本当にいいですよね」

斜めから見る彼女の横顔は、綺麗に仕上げられた目元と口元の微妙な色合いによって、かなりかわいく見える。同性ながら見入ってしまうほどだ。

アイラインの終着点に相当のこだわりを持っているんだろうとわかるのは、私が同じ女で、私自身が既にそれを経験済みだからだ。甲野くんの腕に置かれた彼女の指先の細かい動きやタッチの強さですら計算されていると、簡単にわかってしまう。

それは私がそれだけの年を重ね、私自身はそんな駆け引きに似た行動を自制しながら生きているせいかもしれない。

私が〝お姫様〟と呼ばれるようになってからの日々は、自分の見た目を目立たせないよう気を付けながら生きる、苦しいものだった。

だから、綺麗な自分を最大限にアピールしている彼女に対して私は、真逆の生き方をしているともいえる。真逆だからこそ、彼女の気持ちが見えるのかもしれない。

そして併せて感じるのは、『羨ましい』ということ。それに尽きる。

自分の見た目を受け入れて、素直に感情を表現できるなんて、本当に、羨ましい。

甲野くんに熱い視線を向けている女の子を沈んだ気持ちで見ていると、そんな彼女の視線を無視した甲野くんが私ににやりと笑った。

そして、女の子の手を腕からやんわりと外しながらも、彼女に対してきっぱりとした口調で言う。

「悪い、今日はお姫さんを送っていくから、別の人に送ってもらってくれ」

予想外の言葉を告げられて、彼女は怯んだように目を見開いた。

断られるなんて思っていなかったんだろうな。

けれど彼女の気持ちなんてお構いなしに、甲野くんは私に向かって言葉を続けた。

「俺、今日は実家に帰るんだ。だから家まで車で送ってやるよ」

「え？　実家って、一体私になんの関係が……？」

突然の言葉に慌てて、私は自分で自分を指差しながら甲野くんを見つめた。

甲野くんの表情からは何も読み取れないけれど、その隣で不機嫌な顔を隠そうともしない女の子の気持ちはよくわかる。

『ちっ』

心の中では何度も舌打ちをしているに違いない。きっと、今日の帰りも甲野くんに送ってもらえると期待して、且つそれが当然だとでも思っていたのか、私へ向ける表情はあまりにも荒々しい。それまで甲野くんにふりまいていた魅力溢れる『かわいい女の子』という姿はどこかに消えてしまった。

まあ、彼女が甲野くんの背後に立っているせいで、その表情を彼に見られないと気が緩んでいるからだろうけれど。本当、どこまでもかわいい女の子を頑張ってるんだな。自分の感情に素直に従える彼女が、ある意味眩しい。

「いいな」

私の口からは、彼女を羨む言葉が再びこぼれた。

王子様の誘惑

幼い頃から、見た目と中身のギャップを小さくするように、自分の本音を隠しながら生きてきた。お姫様仕様の見た目なのに内面は男前。そんな自分を上手に保つのは難しかったけれど、大人になるにつれてようやく自分自身を楽にしてあげられるようになった。

私が〝お姫様〟と最初に言われたのは幼稚園の頃で、それ以来何度も同じ言葉をかけられてきた。

歳の離れた兄がふたりいる私は、生まれた時からずっと家族からの愛情をたっぷりと受けて、それこそ〝蝶よ花よ〟の状態で育てられてきた。

ひたすら『奈々はかわいいね』と誉められ、欲しいものはほぼ全て買ってもらい、行きたいところには家族の誰かが連れていってくれた。

小学校に上がった時、ふたりの兄は大学生で、バイト代が入ったと言ってはかわいらしい服を頻繁に買ってきてくれた。その服は、レースどっさり、りぼんもふんだん。長い髪を切ることも許されず、背中の真ん中あたりで揃えられたストレート。

両親と兄ふたりの愛情は、私をお姫様に仕上げることへと形を変え、それは私が高校を卒業するまで続いた。

長い間、私が文句も言わず着せ替え人形に甘んじていたのは、家族の喜ぶ姿を見たかったからだということと、家族が私に対して必要以上に気を遣う理由が確かにあったからだ。私にとっては大したことではなくても、家族、特に母には自分を責めてしまう理由があったから。

母は私を大切にし、お姫様のように育てることによって、私に対する申し訳なさとの折り合いをつけていた。そんな母の気持ちに早くから気づいていた私は、〝お姫様〟として育てられる自分を受け入れるしかなかった。

そして、〝お姫様〟という言葉に負けないくらいに整った私の容姿は、家族の用意した服がそれはそれはよく似合い、すっとした立ち姿は学校中の評判ともなっていた。

質の高い容姿と、その容姿に見合った愛らしい服装。それはもう、最強だ。

私が見た目通りの〝お姫様〟であることを無意識の言葉で願う周囲からの視線。

それはまるで拷問のようにつらいものだった。けれど、期待を裏切らないように、それだけのために生きてきた。

するといつしか、私の容姿に惹かれ、好意を抱く男性が何人も現れた。そして、そんな男性の向こう側にいる女性たちは、自動的に私の敵となる。

恋人が私を好きになったのは全て私のせいであり、恋人を返せと息巻く女性たちの般若《はんにゃ》のような顔を見せられる度に、自分の見た目が嫌いになっていった。

その後、高校を卒業してひとり暮らしを始めた私は、家族への窮屈な思いから解放されて、ゆったりとした気持ちを持てるようになる。離れたことによって、家族との距離をうまくとることができるようになったのは意外だったけれど、もう少し早くこうすればよかったとも感じた。


「なあ、さっき、工場の女の子に『いいな』って言っただろ？　あれってどういう意味だ？」

「え、『いいな』って、なんだったっけ……？」

不意に甲野くんの声が聞こえて、慌てて体を起こした。

乗り心地のいい助手席に体を預け、流れていくのどかな景色を眺めていた私は、甲野くんが何を言ってるのかがすぐにはわからなかった。

家まで送ってくれると言う甲野くんの言葉を最初は断ったけれど、それでも送ると言って引かない強引な口調に気圧されて、同乗することとなった。

なってきた。
工場を出てから半時間ほど。高速はそろそろ渋滞し始めて、テイルランプが眩しく

「お姫さんのことをかなり睨みつけてたけど、悪かったな。まだ高校を卒業してすぐの女の子なんだ。子供だと思って流してやってくれ」

スピードを落としながらの徐行運転。甲野くんは、軽く笑いながらそう呟いた。

「あ、彼女が睨んでいたって気づいてたんだ。彼女、甲野くんの後ろに立ってたから、気づいてないと思ってた」

「ああ。お姫さんの後ろにあった窓ガラスに映りこんでいたから、わかったんだ。それに、彼女は俺に近づく女には手厳しいから。まだまだ若いよな」

ため息交じりの声に、私は眉を寄せた。

「高校を卒業したばかりでも、彼女は女の子じゃなくて女だよ。子供だと思ってたら痛い目を見るんだから。甲野くんを相当気に入ってるみたいだし、若いとか若くないとかは関係ない」

私を厳しい目で見ていたあの彼女の瞳からは〝女の子〟と形容するにはあまりにも深すぎる思いが感じられた。たとえ未成年であっても〝女〟だ。

「彼女はとっくに恋愛の機微《きび》を受け入れている女だと思う。甲野くんを独占したい、

愛してもらいたいって真剣に思ってる」

「真剣……とは思わないけどな。まあ、俺を気に入ってるのはわかってる」

「どうして真剣じゃないって思うの？」

「真剣って言葉の定義にもよるな。彼女、妹尾《せのお》さんっていうんだけど、俺の年収とか将来性が気に入ってるんだと思う」

混んでいるせいか、なかなか車はスピードを上げることができない。

そんな中、淡々と話す甲野くんの横顔からはなんの感情も見えなくて、正直困る。

「会社での俺の立場を謙遜せずに言えば、頑張りに頑張ったおかげでなかなかいいポジションにいる注目株。お姫さんみたいに本社のスタッフ部門にいれば知ってるだろうけど、工場の設計担当で実績をあげれば、出世のスピードはかなり速いし、あと数年もすれば本社にご栄転だ」

ちらりと私を見た甲野くんは、のどで小さく笑うと話を続けた。

「それを妹尾さんは知ってるんだ。だから、いずれ俺が本社に異動になる時が来れば一緒に行けるというオプションも含めて俺に真剣ってことだ」

「オプションって、なんだか軽い……」

「軽い、か。まあ、彼女の俺への気持ちはその程度の重さだってこと。だから、彼女のことは気にしなくていい」

「ん……」

どこか納得できたようなできないような複雑な気持ちではあるけれど、甲野くんが話した内容はどこか現実的で、寂しくもある。

「本社のエリートと結婚したい女心もわからないでもないけどな。彼女のように、工場の近くののどかな場所で育ってきたなら、なおさら都会への憧れも大きいだろうし。俺みたいに本社に異動になる可能性のある男に魅力を感じるのも仕方がないとも思うけど。……とりあえず、俺にその気はないから」

「あ、そう……」

どちらかといえば、本社で設計を学んで出世していくのが設計担当たちの王道。私たちの同期の中では、司がその筆頭で、彼の実力の高さもあってか相模課長の後継者の有力候補だと言われている。

入社してすぐの研修中、司と並んで甲野くんも相模課長の下で育てられると思っていたのは私だけではなかったはずで、彼の配属先が工場だとわかった時には誰もが耳を疑った。工場での設計が、本社でのそれに比べて格下だとは言わないまでも、わが社で出世していこうと思うのならば、本社の中でほぼ完了させている商品の企画設計に携わって実績をあげなければならない。

出世の定義を、取締役に就くことに絞ればそうなんだけれど。

全国にいくつかある工場での設計で功績をあげた場合も、本社に呼ばれて出世の道を歩むこととなる。

相模課長と同じ大学を出ていた司と、その大学と並んで建築の世界では有名な教授がいる大学出身の甲野くんは、ふたりとも本社採用になると思っていたし、きっと本人もそう思っていたに違いない。

「工場に配属された時、俺はどう思ったと思う？」

どこか面白そうに私に尋ねる甲野くん。

「……えっと、びっくり……した？」

「まあ、そうだな。本社かなあって思ってたからびっくりしたんだけど。それ以上に思ったのは、『これが俺の人生だよな』ってこと」

「そ、そうなんだ」

「思いがけない展開っていうか、自分が予想していない道に放り出されるんだなあっていうか。楽な人生には縁がないなあって思った」

本社ではなく工場に配属だと知った時には、少なからず動揺もあっただろうけれど、そんな過去はなかったようにあっけらかんと笑っている。

「甲野くんは、工場への配属が不本意じゃなかったの？　司みたいに相模課長の下で働きたくなかった？」

「はっきり聞くね。誰もが俺に対して聞きたくて聞けなかったことなのに」

どこか呆れたような声に、まずいことを聞いてしまったかと怯んだ。

「だって、甲野くん、聞いちゃだめだっていう顔してないし。工場で仕事をしてる様子を見てたら、今の毎日に不満なんて感じてなさそうだったから」

今日、工場で甲野くんと打ち合わせをしたのはほんの数十分だけど、そんな短時間でも、甲野くんが今の仕事に不満を感じていないとわかった。

というよりも、工場での設計に誇りや責任感を持って、前向きに楽しんでいる。打ち合わせで交わした言葉の端々にそんな思いが見え隠れしていて、何故か新鮮だった。

そして、嬉しくもあった。

「そうだな、不満は感じてないな。思いがけない展開に最初はびっくりしたけど、楽じゃない人生には慣れてるし」

今日一番の優しい声が車内に響いた。

同時に私に向けられた視線はどこか甘さを帯びていて、心臓がどきりと跳ねる。

「そんなことがわかるほど俺を見てたってことは、お姫さんも俺に興味を持ってくれたってことだな」

「は？　興味？」

「そ。俺が気になるからこそ、俺の仕事ぶりに気づいたんじゃないの？」

「気になるっていうか、まあ、同期だし、それに出世頭だし」

ぽつりと呟きながら視線を向けると、相変わらず飄々としている甲野くんの横顔。

車内を照らす街灯が、整った顔を引き立てている。

工場での女の子からの人気はかなり高いんだろうな。

大学卒を採用基準としている本社と違って、工場では高校卒の女の子も採用される。

ということは、工場にいる女の子の平均年齢は本社よりもかなり若くて、男性陣は明るい恋愛環境を築くことができる。

そんな若い女の子たちからすれば、甲野くんのような優秀な人材は、見た目にも将来性にも五つ星が光ってるだろうし、聞かずともその人気の高さは想像できた。

「甲野くんが気になるかっていえば、そうかもしれない。それに、楽しそうに仕事してる様子も女の子に人気があるのも、考えてみれば不思議じゃないなあって思ったかな」

「なんだそれ」

「んー。工場の女の子にしてみれば、甲野くんは王子様なんだろうね」

「……たまに言われる」

「あ、やっぱり？」

悔しげな甲野くんの声に、大きな声をあげて笑った。

「高校を卒業してすぐに就職した地元の女の子にしてみれば、いずれは本社に栄転するに違いない年上の男はかなりの優良物件だからな。それだけで〝王子様〟の称号を貰えるなんて、微妙だな」

まるで他人事のような口ぶりは飄々としている甲野くんをそのまま表している。

「それに、本気で俺を好きになられても、応えられないんだけど」

興味なさそうな甲野くんの声に、首を傾げた。

「王子様は今、お姫様をものにしようと作戦を練ってる最中だから、他の女の子は眼中にない」

「……お姫様って……」

「ん？　お前以外、誰がいる？　この数時間、遠距離恋愛しようって口説いてるのに気づいてなかったか？　そんなわけないよな」

少しだけスムーズに動き出した車の流れの中でのあまりにも唐突なその言葉に、私はかなりの驚きと衝撃を受け、思わず黙り込む。

目の前の王子様は、混乱している私の気持ちに追い打ちをかけるような言葉を言い放った。

「お姫さん、って呼ぶのも面倒だから、奈々って呼ぶから。俺のことも竜也《たつや》って呼んでいいし」

「た、たつや……?」

呆然と呟く私の声に、満足げな笑い声をあげた王子様、いや甲野くん、いや……たつや、と呼んでくれとのたまう男。

「ようやく車も動き出したけど、このままじゃいつたどり着くのかわかんないから、高速おりる。で、飯でも食いにいくか。いいだろ? 奈々」

おかしそうに話す声は、私をからかっているとすぐにわかったけれど、それでもやっぱり、『奈々』と呼び捨てにされると、どきっとした。

そして、私を口説いているらしい王子様と私は、これから本当に遠距離恋愛を始めるんだろうかと戸惑う。いやいや、からかわれてるだけに違いない。でも、真面目な顔は、信じろよ、と伝えているようでもあり、何がなんだかわからない。

この展開って一体どうなってるんだろうかと戸惑いつつも。

その戸惑いは決して嫌なものではないとも感じていた。


それからすぐに車は高速をおりた。

甲野くんに何が食べたいかと聞かれたけれど、工場を出てからずっと緊張していたせいか、特にお腹がすいているとも思えない。

「任せるよ」と答えた私に、甲野くんは少し考えた後何かを思いついたのか、

「電話して席があるかどうか聞いてくれ」

そう言いながらスーツのポケットからスマホを取り出し、私の膝に投げてよこした。

私は膝の上に落ちたスマホを恐る恐る手にして運転席の横顔を見た。

「スマホのアドレス帳に『うまいで』って名前があるから、電話して席とっておけって言ってくれ」

「う、うまいで……？　は？」

私は甲野くんの言葉に、焦った声をあげた。

「店の名前通り、かなりうまいもんを出してくれる和食の店だ。あ、スマホのロックは俺の社員番号と誕生日をつなげた数字だから」

そう言って教えてくれた番号は、社員番号と誕生日を並べた数字。誕生日は七月七日だった。

「え？　いいの？　私がロック解除しちゃっていいの？」

遠慮する私に、一度小さく肩をすくめた甲野くんはなんでもないように言った。

「いいよ。見られてまずいデータはないし、これからこういう機会も増えるだろうし」

「……はあ……」

「あ、ロック番号、奈々の誕生日に変更してもいいけど、それってあまりにも、べたすぎだな」

「わ、私の誕生日？」

「そ。いつ？」

「……七月十日だけど」

「近いんだな。じゃ、再来月、一緒にお祝いできるしちょうどいい」

淀みなく滑らかに、どこかどきりとときめく言葉が車内に響いて、忘れていた感情に体は包まれた。

まるで恋を成就させてたまらなく弾んでいる心を刺激されるような、そして、それを言ってほしい相手からまさに言ってもらえたような、そんな感情。

『うまいで』に、俺の名前を出して席をとっておいて。で、奈々の誕生日と俺の誕生日をつなげた数字に暗証番号を変更しておいてくれ」

「甲野くんって、結構強引だね。何事にも淡泊で執着しなさそうなのに。意外」

いつもあっさりとした様子で周囲からの距離を大切にしている印象があったけれど、今日知った彼はそれが全くあてはまらなくて、振り回されてばかりだ。

「近づく女の子を優しく突き放すイメージがあったけど、違うからびっくりした。でも、そんな甲野くん、なかなかいいね」

その時ちょうど赤信号で車が停まり、甲野くんが大きく息を吐いた。

そして、どこか不機嫌な視線が向けられた。

「だから言ってるだろ」

低い声からもその不機嫌さはダイレクトに伝わり、ちょっと言いすぎたかなと、びくりとした。

他人が持つイメージと上手に折り合いをつけながら生きることは面倒なことだとよくわかっているのに、イメージと違うなんて言ってしまった。傷つけたかもしれないし、言い過ぎたかな……と少し反省しながら甲野くんの言葉を待つと、呆れたような声が落とされた。

「甲野くん、じゃなくて竜也って呼べって言っただろ？　学習しろよ」

「え、そこ？　そこが気になるわけ？」

「当然」

当たり前だろとでもいうように眉を寄せた甲野くんは、じっと私を見つめながらその指先を私の頬へ伸ばした。

え、な、何するの？

慌てて体を引こうとしても、その指は追いかけてきて、私の頬から耳にかけてゆっくりと撫でていく。温かい仕草は、助手席の背に追い詰められた私を逃がさない。

「奈々、ちゃんと、俺の恋人になってよ」

「えっと……」

「遠距離になるけど、奈々が寂しい思いをする以上の幸せを注ぐから」

「こうの……あ、ちがっ……たつや……」

「そう。竜也。これから俺のことをそう呼んで、俺のことも幸せにしてほしいんだけど」

計算しているのかと思わず勘ぐりたくなるほどの甘くて艶のある声音に、息が止まる。

声だけではない。これまでのイメージを覆すような色気漂う目元には、私から肯定の答えしか認めないという強い思いがありありと浮かんでいる。

「わ……わかった……」

強い視線に囚われた私は、思わずそう言って頷いた。

はっと気づいた時にはもう遅くて、目の前には竜也の満足げな口元があった。

そして、私の頬に置かれた竜也の指先が、答えを確信するように這う。

やんわりと動く仕草から逃げようと思えば逃げられるのかもしれないけれど、果たしてこの男から逃げたいのかどうか、それすらわからなかった。

王子様の大切な人

竜也がよく行くというお店『うまいで』は、住宅街でひっそりと営業しているにもかかわらず、かなり混んでいた。竜也の名前を出して予約を入れていたおかげで、私たちは待つことなく席へ案内された。

「竜也が女の子を連れてくるなんて、珍しいわね。明日は美汐《みしお》の幼稚園のドッジボール大会だから、雨が降ると困るんだけど」

「うるさい。さっさと注文とれよ」

「はいはい。ほんと、こんな愛想のない男、面白くもなんともないんだから、いつでも捨てちゃっていいからね」

黒いエプロンを腰に巻いている華奢な女性は、私たちと同い年くらいに見える。ポニーテールにまとめた髪はサラサラ揺れて、化粧っ気がないにもかかわらず輝いている肌に、羨ましさを覚えた。

竜也と軽い会話を交わす彼女は美散《みちる》さんといって、この店の店長の奥さんであり、竜也の幼馴染らしい。美汐ちゃんは彼女の娘さんだ。

美散さんは、竜也と私に何度か視線を向けながら、歯切れのいい声で言葉を続けた。

「美男美女で華々しいわね。こんな飾りっ気もないお店には異質。まあ、竜也の性格が見た目を裏切ってるのは知ってるし、奈々さんも、きっとそうでしょ？」

くすくす笑いながら、「煮物がオススメよ」と話す美散さんに、竜也は大きなため息をついた。

「車だから酒はなしで、後はいくつかオススメを持ってきてくれ。あ、奈々は何か食べられないものあるか？」

「なんでも大丈夫だけど、温かいものは温かいうちに食べたい。それと、この〝ほっけ〟はぜひいただきたいです」

メニューを見ながら早口でそう言うと、竜也は小さく頷いてぶっきらぼうに呟いた。

「それ、持ってきて」

「はいはい。なんだか竜也と奈々さん、似てるわね。あ、見た目じゃなくて性格が」

「はあ？」

「だって、こんなに見た目麗しい女の子が『ほっけ』なんだもん。見た目のイメージだと『なんでもいい』とか言って竜也に甘えるタイプかなって思ったからね。ふふふ。似てる似てる。竜也もほっけが大好きだもんねー」

「うるせっ。早く仕事に戻ってヤスを手伝えよ」

「あ、照れてる。いいもん見たなー。じゃ、おいしいものをいくつか食べてもらおうかな。奈々ちゃん、ごゆっくりー」

からかうような声と視線を残して美散さんは背を向けたけれど、その背中は小さく震えていた。

「なんだか、楽しい人だね」

笑っているに違いないその姿を見つめながら呟いた私に、竜也は「くそっ」とひと言。赤みを帯びたその顔は、これまでの落ち着いた彼のイメージとはまるで違っていた。

冷静に仕事をこなす姿と、女の子に対して上手に距離を置く笑顔、そして強引とも言える言葉で私との〝遠距離恋愛〟を迫った強さ。

今までそんな竜也しか知らなかったせいか、美散さんとの子供じみた会話や、目の前で表情を緩めている様子は新鮮で面白い。

「美散さんと、すごく仲がいいんだね」

ふたりがじゃれ合うようにポンポンと言葉を交わしている姿を見て、自然とそう思えた。それに、幼馴染だというふたりの親密さは、ひと目で理解できる。

「いつもああやって俺をからかうのを仲がいいっていうなら、小さな頃からずっとそうだな。腐れ縁ってやつ」

「へえ……。私にも幼馴染はいるけど、その人とはあんなになんでも言い合えないかな」

「性格にもよるだろ。美散は誰にでもああだから。たまにむかつくけど、根はいいやつだし、奈々も仲よくしてやって」

「う、うん……」

「言い方はきついところもあるけど、少なからず苦労もしてる。人情家で熱すぎるのが残念だけどな」

　他のお客さんの相手をしている美散さんを見る竜也の表情は、ひどく優しくてまったりしている。美散さんを大切に、そして他の女の子とは違った特別な思いで見守っていることがありありとわかる。

　表情豊かに店内で楽しそうに働く美散さん。時折旦那さんのヤスさんと会話もしつつ、それはそれは幸せそうで輝いている。

「仲がいい夫婦なんだね」

　どこか息苦しい気持ちを感じながら呟くと、竜也も小さく頷いた。

「……だな。誰もあのふたりの仲を邪魔できないんだ」

無意識に漏れただろうその声が、どことなく苦しげだと感じたのは、私の気のせいなんだろうか。

相変わらず混み合う店内の雑音の中で、私の鼓動が重苦しく打つ音が聞こえた。

「いつでも食べにきてね。もちろん、奈々ちゃんひとりでも大歓迎よ。竜也は忙しいって言ってなかなか来てくれなくて寂しいから、ぜひぜひ」

「あ、はい。また来ますね。どれもこれもおいしかったし、今度は会社の友達を連れてきます」

「そう？　待ってるわよ。目の保養になる素敵な年下の男の子でも連れてきてくれたら、大サービスしちゃう」

お店の外まで出てきてくれた美散さんは大きな声で笑うと、あ、と気づいたようにエプロンのポケットから小さなカードを取り出した。

「これ、ショップカード。よかったら持って帰って。そうだ、私のメアドも書いておくから、何かあれば連絡ちょうだい。もちろん、竜也がらみのことでもOKよ」

差し出されたカードは桜色で、グレーの文字が映える綺麗なもの。

「ありがとうございます。じゃ、私の名刺も……」

桜色のカードと、私が鞄から取り出した名刺を交換した。

「この名刺には会社の連絡先しか書いてないんで、また私からメール送りますね」

「うん、待ってる。へえ、ＩＲ課なんだ。投資とか興味があるの？」

名刺を見ながら呟く美散さんの声は心なしか沈んでいるようで、さっきまでよりも幾分低いトーンだと感じた。

「えっと……投資というか、株の仕組みのようなものに興味があって、本当はそっちの業界に就職したかったんですけど全部落ちたんですよね。最後に受けた今の会社に拾われて、入社前の面接でそれを人事部に話したら、ちょうどＩＲ課の女性が結婚して退職するから後任に配属してもいいか？って話になって……今に至る、です」

思い返すように話す私に、美散さんは「そっか」と小さく呟いた。

「結果オーライってよく言うけど、奈々ちゃんの人生はなかなか順調なんだね」

「うーん、そうかな……。でも、腹の立つことも多いし会社を辞めたいって思ったことも一度や二度じゃないし……」

「それは、誰でもそうだろ」

支払いを終えてお店から出てきた竜也が私たちに声をかけた。

「どこで働いても、誰と働いても、むかつくこともあるし腹も立つ。まあ、嬉しいこともやりがいも、同じだけどな」

竜也は、それがどうしたとでもいうように肩をすくめる。

「うまかった。またそのうち来るから、ヤスと仲よく頑張れよ」

単なる挨拶の言葉だけど、美散さんへの優しい気持ちが感じられるその口ぶりに、私は疎外感をもってしまう。

今日親しくなったばかりの私がそう感じるのは、身勝手な感情だけど。

「竜也が女の子を連れてきたって、みんなが来たらちゃんと言っておくよ。大騒ぎになって、きっとすぐに呼び出しがかかると思うから覚悟しておいてね」

「は？ そんな呼び出しに俺が応じるわけないだろ」

「ふふっ。小学校からの仲間のパワーをなめてもらっちゃ困るんだな。来てくれなきゃ押しかけるし、奈々ちゃんと連絡先を交換したから竜也が来なくても奈々ちゃんを呼び出して根掘り葉掘り」

「おい、いい加減にしろよ。奈々とはまだこれから……」

「うん。これから頑張って口説いてちょうだい。竜也がそうしようって決めた女の子なら、私たち精一杯応援するからね」

勢いのある口調と、心底嬉しそうな表情で、美散さんは竜也の背中をぽんと叩くと、すぐに視線を私に向けた。

「奈々ちゃんをみんなに紹介できるのを楽しみにしてるからねー」

「あ、それはその、どうかと……。竜也とどうなるのかわからないっていうか……」

そう、もしこの先、竜也と私が付き合うことになったとしても、竜也が言う〝遠距離恋愛〟をうまく続けていけるのか、想像しようとしてもピンとこない。

「じゃ、ヤスによろしくな」

「うん。またゆっくり食べにきてよ。待ってるから。奈々ちゃんも絶対来てねー。メールもちょうだいね」

車に乗り込んだ私と竜也を見送ってくれる美散さんに助手席から手を振っていると、車はゆっくりと走りだした。次第に小さくなっていく美散さんの姿はサイドミラーからも消えて、右折と同時に見えなくなる。

「美散さん、サバサバしていて優しい、元気な人だね」

私が何気なく呟いた言葉に、竜也はくっと笑い声をあげると。

「サバサバしてうるさい、手のかかる女だ」

言葉とは裏腹な、それを楽しんでいるような口調でそう答えた。

美散さんだけではなく、彼女の旦那様のヤスさんとも親しい竜也は、お店にいる間ずっと、その空間が与えてくれる居心地のよさに浸っていた。

「手のかかる女か……」

流れる景色を眺める私の口からこぼれる言葉はどこかため息交じり。

「ん？　なんだ？」

「ううん……手のかかる女って、かわいいよね」

小さく呟いた私の声が竜也に届いたのかどうかわからないけれど、竜也がそれ以上そのことに触れることはなかった。そして、それは私も同じ。

美散さんのことを考えているに違いない竜也の横顔をちらりと見ながら思う。

かわいくて、素敵な人だったな……。

私と竜也の関係が遠距離どころか近距離であったとしても、美散さんの存在が竜也と私の恋愛がうまくいかない大きな理由になるんじゃないか。

そう思うと同時に、体に溢れる寂しさと痛みは予想外のものだった。

車は夜の道を静かに走り、私の家までの道を教えながらのドライブはもうすぐ終わる。

ふたりきりで過ごす時間は、沈黙に支配されている時間のほうが多かった。特にそれが気になるでもなく、ラジオから流れるＤＪの軽やかな声にくすくす笑ったりする意味のない時間もなかなか心地よかった。

「三つ目の信号を右折して、すぐのパン屋さんを右折してくれたらそこでいいよ。そこからは一方通行ばかりだから戻るのが面倒だし」

二時間ほど竜也……ううん、やっぱり甲野くんと呼んだほうがいいかな。彼と一緒に過ごしてみて、思っていた以上にわかりやすい男だと感じたけれど、わかりやすいその性格ゆえに、私が踏み込めない部分があることにも簡単に気づいた。

今日、美散さんと一緒にいる甲野くんを見ていると「ああ、そうなんだ」と何度も納得。多分、というよりも絶対、甲野くんは美散さんのことが好きだ。

既に結婚している美散さんへの甲野くんの想いが実ることはないにしても、それでもなお、その想いを表情に浮かべるほどの愛情を持っているのなら、私が彼と一緒にいられるわけがないと思う。

「今日はありがとう。おいしい晩ごはんを奢ってくれたうえに、送ってもらって助かった」

もうすぐ右折。そしてパン屋さんだ。そこからすぐの我が家までは歩いて帰ろう。

「家、どこ？　もう遅いから前まで送るし」

明るく話す私に、甲野くんは低い声でそう呟く。機嫌が悪そうなのは、どうしてだろう。

「そこまででいいよ。もう遅いし、回り道なんかしないで帰って」

「暗い夜道をひとりで帰せるわけないだろ？　いいからさっさと家まで案内しろ」

軽く舌打ちをしながら、ため息交じりに落とされる声。本気で不機嫌だとわかる。

どちらかと言えば自分の感情をフラットに保ちながら人と付き合っている印象が強い甲野くんが、こうまで生々しい感情を浮かべるなんて意外だ。

「ねえ、甲野くん、怒ってる？」

恐る恐るそう尋ねると、その横顔がぎゅっと引き締まって、更に不機嫌度が上がったように見えた。

「えっと……途中で運転替わればよかった？　でも私、ペーパーだし。それとも疲れてお腹がすいたとか？」

少しでも車内の空気がよくなるように、たどたどしくも一生懸命言葉をかけたけれど。

「別に。運転は好きだから平気。それに、美散の店であれだけ食べてるんだからお腹がすくわけないだろ」

あっさりと私の言葉は跳ね返されて、それ以上何も言えなくなる。そして、右折した車からは私の家の近所のパン屋さんが見えてきた。

民家の間に静かに構えられたその店舗はこの時間にはもちろん閉まっていて、入口にぼんやりと光る灯りだけが目に入る。

「あ、あのお店なの。あそこでいいから、甲野くんはこのまま帰って……」

「で？　奈々の家はどこなんだ？」

私の言葉を無視して、家まで送ってくれようとする甲野くんの声は荒々しい。

「甲野くん、どうしたの？」

「それ、いい加減やめてくれ。竜也って呼んでたかと思えば、いきなり甲野くんに戻すし、なんで？」

「は？」

「美散の店を出た後から、何を考えてた？」

低い声が私に問いかける。

そして車はパン屋さんを通り過ぎ、驚いた私を無視したまま大通りへと向かった。

「え？　どうしてまた大通りに出たの？　私の家、こっちじゃないんだけど」

止まる気配のない車に驚いた私は、慌てて助手席から体を起こした。

流れていく景色は、どんどん見慣れないものへと変わっていく。こんな時に限って信号はずっと青。車はスピードを落とすことなく走り続けている。

「ねえ、甲野くん、どうしたのよ」

肩を落として呟くと、相変わらずの不機嫌な声が返ってくる。

「奈々が家を教えないからだろ？　俺に知られるとまずいわけ？　もしかして、男と住んでるとか？」

「はあ？」

「まあ、それだけかわいけりゃ、本社の男どもが放っておくわけないよな。俺は工場勤務で会う機会も滅多にないし、曖昧に笑ってたらそのうち俺の気持ちも冷めるって思ってるんだろ？」

「ど、どうしてそんな話になるのよ。私に男なんていないし、部屋にだっているわけないでしょ」

甲野くんの見当違いな言葉にいらっときた私は、思わず大きな声をあげた。

「それにね、確かに本社の男性の中には私を気に入ってくれる人もいるけど、私のこの男前で短気な性格を知ったらみんな逃げていくの。だから、妙なことを言って勝手に腹を立てないで」

ふん、と顔をそむけて、勢いよく体を助手席に預けた。

この数時間一緒にいて、それなりにいい雰囲気にもなったし、ましてや「遠距離恋愛しよう」なんてことも言ったくせに。

私を男好きな女だと思っているなんて、本当にショックだ。私を振り回して右往左往させて、一体どうしようっていうんだろう。

一度頭に血がのぼると、自分の言葉を制御できない性格が顔をのぞかせる。

「美散さんのことが好きなくせに、私を気に入ってるふりをしている甲野くんのほうが最低だと思うけど」

しまった、と思って甲野くんに視線を戻すと、ぐっと体温が下がったような冷たい表情の甲野くんの横顔があった。どこか傷ついたような瞳からは、私の言葉が正解だったとわかる雰囲気が溢れていて、やっぱり美散さんに惚れてるんだなあと改めて思い知らされた。

そして、思っていた以上に私の心は傷ついてしまった。

「ごめん……言っちゃだめだったね。美散さん、結婚して幸せそうだったから、別れることなんてなさそうだし。甲野くんはつらくても諦めるしかないよね……。本当、ごめん。好きになっても報われない悲しみを蒸し返してしまって」

甲野くんから不機嫌さ丸出しで八つ当たりされるのは嫌だけど、その理由である美散さんへの報われない恋心を軽々しく口にしてはいけなかった。

「私、かっとすると後悔するようなことを口にしちゃうから。今まで何度も同じ失敗してそのたびに反省してるのに、なかなか学習しなくて、本当バカなんだ。甲野くんが美散さんを好きだからといって、そのことを私がとやかく言う権利なんてないし、人の思いを軽々しく扱っていいわけではないのに。……甲野くんが美散さんを好きなら、それはそれで仕方ないよね」

私の口から次々と飛び出す反省の言葉をじっと聞いていた甲野くんは、小さく息を吐くと、

「お前、バカ?」

呆れたような声で呟いた。

「バ、バカ?」

「そうだろ?　勝手に俺が美散に惚れてるなんて想像して盛り上がって切れて。で、反省して謝るなんて、完全なバカ」

ほどよくすいている大通りを順調に走る車はどこに向かっているのかわからないけれど、それ以上にわからないのはこの会話が向かう先だ。

「店にいる時からおかしいとは思ってたんだよな。美散を見ながら泣きそうな顔してるし、俺とも距離をとろうとして『甲野くん』に呼び方戻すし」

「だ、だってそれは、見るからに」

「ああ。見るからに俺が美散を大切にしてるからって言いたいんだろ？」

「そ、そうだけど？　間違ってないでしょ？」

「間違ってない。美散は俺にとっては大切な女だ」

「ほら……やっぱり」

はっきりと甲野くんから美散さんのことを〝大切な女〟と知らされて、知らず知らず目の奥が熱くなる。

俯く私の様子に小さくため息をついた甲野くんは、諭すようにゆっくりと呟いた。

「〝惚れてる女〟と〝大切な女〟ってのは違うんだ。美散を大切に思う気持ちは、奈々への気持ちとは次元が違う。あ、もちろん奈々が、〝惚れてる女〟だから誤解するなよ」

誤解も何も、よくわからないんですけど。

ふたりが交わしていた言葉や視線を見れば、お互いを大切に思っていることは歴然としている。私には入り込めない特別な関係だ。

私のことを、〝惚れてる女〟だと言っても、私が美散さん以上の存在ではないのは確かだ。

今日初めて甲野くんとふたりで過ごしたばかりなのに、甲野くんが私と愛ある関係を築こうなんて本気で言うわけがないし、甲野くんが人妻である美散さんを好きならたとえ苦しくても、それは仕方がない。

もしかしたら、その苦しみから逃れたくて私に甘い言葉を落としたのかもしれない。たまたま工場で会った私が、甲野くんの理想に近かったのかもしれないし、誰でもよかったのかもしれない。

きっと、そうだ。私を本気で求めたわけじゃないんだろう。

それに、甲野くんの美散さんへの苦しい恋心は察するに余りある。

何度か大きく瞬きをして、流れそうになる涙をこらえていると、運転席から伸びた手が、膝の上でぎゅっと握っていた私の手の上に置かれた。

「なあ、またバカな妄想で自分を悲劇のヒロインに仕立ててるだろ？」

甲野くんはくくっと喉の奥を震わせた。

「奈々って、思っていた以上に面白い女だな。それに、勝手に色々想像して落ち込むほど、俺のことが気に入ったのか？」

「お、面白いって、私の気持ちなんかわかってないくせに。それに、余裕いっぱいでむかつく」

「余裕なんて、あるように見せるのは簡単なんだよ。俺に余裕があるって見えるなら、奈々が俺のことでこうして悩んでる姿にわくわくしてるからだ」

私の切なさ溢れる内情を無視して軽やかに笑う隣の男は、心から嬉しそうな声をあげた。

その間も、車は私の家からどんどん離れていく。

大通りから民家が並ぶ通りへと入った時には、さすがに不安になった。

「甲野くん、どこに行くの？　ここって、私の家から歩いて帰れる距離じゃないんだけど」

小さな声で聞くと、私の手の上にあった彼の手がぴくんと跳ねた。

「だから、それやめろ」

「それ?」

「甲野くんってやめろ」

「……でも」

「言っておくけど、俺が奈々とこうしているのは安易な気持ちからじゃないし、美散への不毛な思いからの逃げ道にしてるわけでもない」

「で、でも」

美散さんのことを〝大切な女〟だとはっきりと言ったくせに、今更そう言われても信用できない。

それに、私が竜也って呼ばないのは、これ以上ふたりの距離を縮めちゃだめだと自分に言い聞かせるためだ。

「甲野くんが美散さんを見つめる優しい顔を見てたら、絶対に私は美散さんには敵わないって思ったもん。甲野くんのこと、好きになってもいいのかもって思って竜也って呼んでたけど、好きになるの、やめる。絶対に美散さん以上に私を好きになってくれるなんて思えないもん」

どこまでも曖昧な甲野くんの態度にしびれを切らした私は、自分でも驚くほど鋭い口調で責めてしまった。そんな私の言葉に驚いたように「へえ」とひと言呟いた甲野くんは、しばらく何かを考えるように黙り込んだ。

「人を好きになるのを簡単にやめられるとは思わない。奈々だって、もうとっくに俺のことが気になってるんじゃないの？」

相変わらず余裕ありありの声と私の気持ちを見透かすような態度が気に入らない。

「今なら好きになる気持ちを止めてみせる」

「ふーん」

私の荒い声にも、緩い反応が返ってきただけで、なんだか物足りない。

どうして私の言葉を簡単に流してしまうんだろう。美散さんとの関係も気持ちもはっきり言わないし、ただ大切だとしか教えてくれなくて、甲野くんの真意はどこにあるのか、そして私に何を求めているのか見当もつかない。

「私、甲野くんが何を考えていて何をしたいのか全然わかんないよ」

飄々としている甲野くんの様子を見ているとほんといらいらする。

どこに向かって走っているのかもわからない車の中で、もういいや、といつもの短気を起こした私は、甲野くんから視線をそらして、そのまま助手席の窓から流れる景色に意識を向けた。

とっくに暗闇に包まれている住宅街は、時折玄関の明かりが私たちを照らすだけで、特に見るものなんてなかったけれど。半分意地になっている私は、じっと顔を外に向けたまま黙り込んでいた。

すると、ゆっくりと車は減速し、見知らぬ空地で止まった。

「え？」

きょろきょろとあたりを見回しても、ここがどこかわからない。空地の周囲に並ぶ大きな家が目に入るだけだ。

「ここって、どこ?」

心細げな私の声に甲野くんは何も言わず、返ってきたのは『カチッ』という音だけ。

その音に振り向くと、ちょうど甲野くんがシートベルトを外したところだった。

一瞬私を見つめた後、すっと伸びた彼の手が、私のシートベルトも外した。

「あ、あの、甲野くん……?」

「俺が何をどうしたいのか知りたいのなら、教えてやるよ」

助手席のシートに体を埋める私に覆うように近づいた甲野くんは、その整った顔を私の顔のすぐ前に寄せると。

「この口が、もう『甲野くん』なんて呼ばないように、こうしてやる」

静かな声が私の耳元に届いたかと思うと、熱い唇が、私のそれと重なった。

「んっ……。こ、こう……」

私の唇を撫でる甲野くんの舌の動きに反応しながら、思わず『甲野くん』とこぼしそうになる。その瞬間、後頭部が甲野くんの手によってぐっと引き寄せられ、言葉を続けることができなくなった。私の唇にほんの少しだけ生まれた隙間から、甲野くんの舌が差し入れられて私の舌を探す。と同時に私の体は甲野くんの体重で押さえつけられて身動きが取れなくなった。

「こ……こう……どうして……」

喘ぐ合間にどうにか息をしながら体を動かそうとしても、私の体は甲野くんに支配されていて思うようにいかなかった。深いキスを何度も繰り返す甲野くんには、それをやめる気配はまるでない。時折、熱っぽい吐息と視線を私に向けながら、これまでずっと隠していたような激しい気持ちを私にぶつけてきた。

「言ってみろ……」

荒い吐息の合間の甲野くんの言葉に、遠くなりそうな私の意識は呼び戻される。

「俺の名前、言ってみろ」

「え……？　こ、こう……」

「違うだろ」

更に押し付けられた彼の体。彼の手が私の胸元に伸びて、激しく打つ鼓動を確認するかのようにやんわりと動く。

「や……やだっ……」

「思った以上に胸、あるんだな」

「な、何を……」

決して強くはない刺激を与えられただけなのに、甲野くんの手の下にある私の鼓動は更にその動きを加速させていく。私の口を動き回る熱も上昇し続ける。

「あっ……はあっ……」

その心地よさが私の声を甘いものに変えていく。

意味ありげにするすると私の胸元を這う甲野くんの手から与えられる感覚が私の中に広がり、それまでつっぱっていた強がりな思いをどこかに消していく。

「俺の名前、なんだ？」

何度も繰り返されるその質問は、彼がどんな答えを求めているのかを簡単に予想させるもの。「甲野くん」と呼ぶたびに不機嫌な顔になる彼が求めている答えはただひとつで、最初からその答えははっきりしている。

ちゃんとわかっていたけれど、あっさりそう呼ぶのが妙に悔しくて、絶対に言ってやるものか、と思っていた。

「奈々……言ってみろ」

口の中から消えた熱に寂しさを覚えてそっと視線を向けると、その先には。私以上に激しい感情が溢れているとわかる熱がこもった瞳。触れるか触れないかの距離にある彼の口元から届く吐息は、私に彼を求めさせる力が溢れている。逆らえない。

「竜也……」

目の前の男を満足させる言葉を呟かずにはいられなかった。

「上等だ」

今日知り合ったばかりだと言ってもおかしくない男の懐に捕らえられた、その瞬間。

私は両腕を彼の首に伸ばしてしがみついた。

何を考えているのか、私にどんな感情を抱いているのかわからないこの男に、流されるように惹かれてしまう気持ちを抑えることができない。

そして、耳元に聞こえる彼の小さな笑い声が、それでいいんだと教えてくれる。

私は徐々に昂ぶる素直な気持ちに従い、竜也の体をぐっと抱き寄せた。


骨抜きにされるというのは、こういうことなのか、とぼんやりと考える。

私の見た目に変化があったわけではないけれど、以前の私とはかなり違う。

強気で意地っ張り。おまけに短気。それは変わっていないけれど、たったひとつ。

甲野くん……ううん、再び竜也と呼ぶよう強く言い渡された……への思いが強いものへと変わってしまった。単なる同期だと思い、特に意識することもなかったのに、今では自分の全てを竜也に占拠されたような気がしている。

そっと唇に手を当てれば、何度も深く貪られたせいか、腫れているようにも感じるけれど、それもまた心を温めてくれるし、目の前にあった竜也の瞳の色を思い出すだけで鼓動はとくり。

「だめだ。長い間恋愛から離れていたから、刺激に耐えられない」

手元にあったクッションを抱えて、ソファに体を倒した。

「はあ、どうしたらいいんだろう」

ソファに仰向けに寝転がって、胸元にクッションを抱えたままため息をつくと、今更ながら恥ずかしさがこみあげてくる。

「ぎゃー」

全然女の子らしくない叫び声をあげて、体に溢れる照れくささをどうにかしようとするけれど、それくらいじゃさっきまで竜也のキスに応えてしがみついていた自分を抹消するなんてできない。

『俺と、ちゃんと恋愛してくれ』

整った顔でそんな甘い言葉を呟かれて、それも額と額が合わさった状態で。竜也の言葉を拒める女性がいたら拝みたい。どうすれば竜也の勢いと甘い感情を拒否できるのか、教えてほしい。

竜也と恋愛できるのかどうか、考えれば考えるほどわからなくなって、肯定も否定もせずに瞬きを繰り返すだけだった私。

それが私の限界。男性からこんなに求められたことなんてないし、惚れてると言われた途端に付き合い始めたこともないし。

「うー」

でも、確かに気になるし。

『もう、待たない』

そんなとどめの言葉とともに何度目かもわからないキスが繰り返された、ついさっきの記憶をリプレイするたびに体が熱くなる。

「もうやだー」

その晩、竜也に骨抜きにされた私は、明け方まで自分の部屋で奇声をあげ続けていた。

第二章

王子様は甘い

そして翌朝。寝不足で体はぼんやりとしているにもかかわらず、頭は冴えていた。

会社が休みの土曜日の朝なのに、夕べ別れ際に竜也から「明日の朝迎えにくる」と言われたせいで、いつもよりも早く起きた。

「八時に迎えにくるって、一体どこに行くつもりなんだろう」

緊張しつつも、平常心平常心と言い聞かせ、普段通りにトーストとコーヒーで朝食を済ませて、竜也を待っていた。

すると、ちょうど八時に玄関のチャイムが鳴り、慌ててドアを開けた。

そこには、昨日と変わらない余裕の笑顔の竜也が立っていた。

ひと晩でどうにか落ち着いたと思っていた私の気持ちは「おはよう」と言いながら竜也の顔を見た途端再び乱れて、体は熱くなる。

夕べ、車がどこに向かっているのかわからない中で、私をキスで攻め続けた竜也。

その後「今はおとなしく撤退する」と言って、家へと送ってくれたはいいけれど、「明日行くところがあるからついて来い」と言い放っただけで私の言葉は一切受け付けてくれなかった。

竜也の感情全てを与えられるような深いキスを何度も落とされた私の体は、車のライトが見えなくなっても興奮状態が続き、部屋に入った後も疼いていた。

……なのに。

その原因を作った竜也は、夕べは何もなかったかのように爽やかに迎えにきた。普段着の姿は更に彼を魅力的に見せていて、昨日疼いた感覚が再び私を包みこむ。

「今日行きたいところは、ここからそんなに遠くないんだけど、とりあえずその前にモーニングでもいいか？　朝から何も食ってないんだ」

車を停めている近くの駐車場に向かって歩く竜也の横顔には、私を気遣う様子も、『恋愛しよう』と呟いた痕跡も見当たらない。私はその様子に気落ちし、そして悔しさを感じながら重い足どりでついて行った。

車に乗りこんだ途端、夕べのことを思い出す。

けれど、今朝会ってからずっと平然としたままの竜也を見ると、夕べのことは幻か何か？　私の勘違いなのかと、不安にもなる。

シートベルトを着ける手が緊張で震えているのを隣の竜也に知られてしまわないように、手早く終えて顔を上げると。

「……えっ？　……ん、な……に……んっ」

気づけば竜也の唇が私の唇を覆っていて、軽く噛むように這っていた。

私の肩に手を置いて、吐息交じりに私の口に差し入れる舌は夕べの熱い時間を思い出させるには十分。夢でも勘違いでもなかったと感じて、ほっと安心した。

何度か絡ませては、その度に逃げる私の舌の動きに、竜也は笑い声を上げげた。

「夢じゃないから。俺がこうして奈々を隣に置いてるのは現実だ」

竜也は、ん？　と私の顔を覗き込みながら、意地の悪い笑顔を浮かべた。

「な、何、突然……」

「夕べの展開が、夢か幻か、それとも勘違いか、なんて考えてるのが露骨に顔に出てたからな」

「か、顔に……」

「そう。奈々って、表情で会話してるよな。昨日美散に向けた切なげな顔は写真にとっておきたかったよ」

「……写真……」

「まあ、奈々にバカなんて言いながら、実は反応を知りたくて美散との仲を見せつけてたんだ。本当、俺の期待以上に落ち込んでるのを見ると、それだけで腹いっぱいになったな」

「腹いっぱい……」

竜也が面白そうに夕べのことを話す様子を見て、私が入社以来彼に対して抱いていた、クールで穏やかというイメージは再び崩れた。

まあ、あんなに情熱的なキスをされて、イメージ通りの男ではないと感じてはいたけれど、その通りだったたな。

「俺って、王子様は王子様でも、真っ黒な王子様だろ？　気になる女が俺のことで泣きそうな顔をしてるのが大好きな腹黒い王子様」

含み笑いをしながらの声に、ほんの少しだけ私の気持ちが緩む。

「竜也……が真っ黒な王子様だったら、私も……」

「灰色のお姫様だな」

「え……？」

私も見た目とは違う、真っ黒なお姫様だと言おうとしたのに、それを遮って竜也の言葉が返ってきた。

灰色のお姫様。それって一体どういう意味？

白でも黒でもない、どんなお姫様だ？

首を傾げる私に、竜也は小さく笑う。

「本当は純粋で素直なお姫様なのに、それが気に入らなくてつっぱってるお姫様」

「は……？　純粋で素直って、私のこと？」

私の性格が純粋で素直だなんて、本来の私からは真反対のイメージだと思うんだけど。

すると竜也は、からかうような笑顔を作った瞬間、私の唇に軽くキスを落として、額と額をコツンと合わせた。

「ほらな、今ですら驚いてどうしようか戸惑ってる気持ちがありありと顔に出てるし、適当にごまかせない。自分の思いに素直な女なのに、お姫様って言われることにやたら反応しては無理にそのイメージから逃げようとしてる。……無理なのにな。だから、灰色のお姫様だ。結構いいネーミングだよな」

「わ、私はそんなに素直じゃないし、純粋でもない」

相変わらず近くにある竜也の顔を見るとどうしても照れくさくて、どきどきする気持ちを止められないまま、呟いた。

「それに、私が勝気で短気だってことは、同期のみんなだって知ってるし……」

「そうだな。表に出してる奈々の性格は勝気で短気で男顔負けの頑固者。特に本社にいる同期はみんなそう思ってるだろうな」

「それがわかってるなら、どうして灰色なんて曖昧な」

「みんなが思っていても、俺はそうは思ってない。奈々が見た目を裏切る女だってのは、かなり前から知ってたからな」

「え？　前から？」

「そう。かなり前。って言っても、入社してしばらく経ってからだけどな。見た目は飾っておきたいほど綺麗なお姫様だけど、中身を知れば、いつでも隣で甘やかしておきたいかわいい女だ」

「な……そんな……かわいいなんて、お、おかしいよ、た、たつや」

甘ったるい竜也の言葉におろおろする私の反論には説得力もなく、「はいはい」と私の頭を撫でながら、竜也はあっさりとそれを流した。

「ちょ、私の話も、ちゃんと聞いてよ」

運転席に体を戻し、シートベルトを再び着けた竜也の腕を掴むと、竜也は私の手の上に、反対側の手を乗せた。

「ちゃんと聞いてる。ずっと聞いていたんだ。あの日、奈々が話してた言葉、ちゃんと聞いてた」

「え……？　あの日……？　って、一体、いつのこと……？」

竜也の意味深な言葉の意味がわからなくて、というよりも、今朝会ってからずっと竜也の様子や言葉に振り回されているとしか思えなくて、何を聞いて何に納得すればいいのかもよくわからない。

「昨日からずっと竜也に遊ばれてる気がする……」

小さく息を吐いて、助手席に体を預けた。

私と恋愛、それも遠距離恋愛をしようなんて突然言い出した真意すら、まだちゃんと聞いていなかったな、と思いつつ。それでも一気に竜也に惹かれた自分も、やっぱり普通の女なんだなあとも思う。

竜也の整った見た目に揺れたのかもしれないし、強引な言葉に気持ちを掴まれたのかもしれない。仕事への姿勢や、周囲からの評価、それはきっと女の子たちがぐらりと気持ちを持っていかれるには十分すぎるほどご立派なもので、私もその点は尊敬してる。

実際の竜也は、仕事はストイックに進めるけれど、私生活は強引で甘くて狙ったものは絶対に手に入れる。そんなこと、昨日一緒にいただけでよくわかったし、きっと、私が竜也に惹かれたのもそこだと思う。

私のどこを気に入ってくれたのかわからないけれど、一旦気に入ったものは手放そうとしない子供のような我儘と身勝手さ。それが彼の魅力であり、私が彼を拒めない大きな理由。

「遊んでる、と言えばそうかもな。好きな女を振り回して遊びたいってのは男の願望だろ？」

静かに車を動かし始めながら、再びイメージを覆す言葉。そんな言葉に、私はやられているのかもしれない。

竜也が私にくれる甘苦しい言葉に、どんどん侵食されていく。

「まあ、俺が今話した言葉の意味は、これから少しずつわかっていくはずだ。だから今は、混乱しながら俺のことだけ考えてろ」

モーニングを食べたいと言う竜也が連れてきてくれたのは、全国展開している有名なコーヒーショップだった。夕べ、美散さん夫婦が経営しているお店でおいしい夕食をいただいた印象も残っていたせいか、今朝も、どこか知る人ぞ知るというような個人経営のお店にでも連れていってくれるのかと思っていた。それなのに、案外オーソドックスなお店だな、とおかしくなった。

小さく笑みを浮かべながらコーヒーを飲んでいると、向かいの席でトーストを食べていた竜也が怪訝そうに私を見る。

「何？　思い出し笑い？」

「ううん、違うよ。なんだか、意外だなあと思って」

「意外？　もしかして、俺？」

厚切りのトーストにマーガリンをたっぷりと塗っているその手元を見ていると、なんだか私もお腹がすいてきたな。ちゃんと家で朝食は済ませたのに。

「おい。聞いてるか？」

トーストをじっと見ていると、竜也が私の目を覗き込んだ。

「もう一枚あるから、食べるか？」

「え？　いいの？」

「そんなに物欲しげに見られたら、やるしかないだろ。うまいから熱いうちに食え。このマーガリンがオススメだから、ダイエットだの言わずにたっぷりと塗れ」

竜也はバスケットに残っていた一枚のトーストを私に手渡すと、マーガリンが入っているガラスの小皿も私の手元に寄せてくれた。

「本当、意外な人だね、竜也は」

指示通り、たっぷりのマーガリンをトーストにのせながら、ふと呟いた。

「だから、その『意外』ってなんだよ？　自分ひとりで納得して会話を終了させるな」

「ひとりで終了させるなって言葉、そっくりそのまま竜也に返すよ」

「はあ？　どういう意味だよ」

「だって、竜也は昨日からずっと自分の思うがままに私を振り回して、ひとりで満足してるだけじゃない。私はそれについていくだけで必死だってわかってる？　ひとりで恋愛はできないんだから、私と遠距離恋愛したいって言う前に、ちゃんと私の気持ちも聞いてほしいってこと。まあ、竜也に悪気はないんだろうってわかってきたけどね」

そう言って、私はトーストにかじりついた。四枚切りのトーストは、表面がカリッと歯ごたえよく、中はふわふわもっちり。

「んー。おいしい。どうしてモーニングのトーストって、こんなにおいしいんだろう。家で同じ厚さのトーストを焼いてもここまでおいしくないのに。え？　何笑ってるの？」

彼には珍しい、あまりにも優しい笑顔。

「いや、夕べも思ったけど、大きな口を開けて食べるよな。今まで一緒に食べた女はこの厚いトーストは食べにくいからいらないとか文句ばかり言ってたからな。奈々だって、俺から見たら、意外性の塊だ」

「ふーん。モーニングを一緒に食べた女が、やっぱりいるわけだ」

「は？　そこに食いつくか？」

「当然だと思うけど。でも、今まで何もなかったって言われてもそれはそれで妙だし、まあ、健全な大人の男だもんね。不思議じゃないか……」

いい年した大人なんだから、過去の女の存在なんて当然だ。恋人と夜を過ごしてモーニングを一緒に食べるなんて誰でも経験してることだろうし。

そんなこと、頭ではわかっているけれど、やっぱりいい気分ではない。昔の恋人の存在をちらつかせ、薄く笑っている竜也を見ていると、胸のあたりがもやもやする。

朝からふたりでモーニングなんて、ひと昔前のアイドルソングだ。

「いいんだけどさ、別に」

最後のひと口をぱくりと食べて、少し物足りなさを感じた。その物足りなさは、トーストをもっと食べたいというものからなのか、平然と私の言葉を受け止めている竜也に対してなのか、微妙だ。

「で？　俺がどうして意外なんだ？」

そんなこと、もうどうでもいいのに。結局、昔の彼女のことが気になるのは私だけで、竜也の中では特に気にすることでもないらしい。何度も経験していて、今更騒ぐほどのことでもないんだろう。

「意外だってさっき言ったのは、このお店のようによく見かけるお店で普通に食事をしているのが、意外だって思ったの。こだわりが強そうだから、みんなと同じようにっていうのが苦手かなって思ってたし」

「こだわりならあるぞ？　言っただろ？　ここのマーガリンはオススメだって」

竜也は私の手元にあるマーガリンを見ながら呟いた。

「このマーガリンは、俺の大学時代の友達の会社が作ってるんだ。正確には、友達が将来跡を継ぐ会社、だけど。もともとうまいマーガリンだけど、友達が作ってると思うと愛着も湧くだろ？　それが俺のこだわりだけど？」

私が綺麗に食べてしまったマーガリンは、本当においしかった。甘みと塩味のバランスと、バターにはないさっぱりとした口どけ。

「本当においしかった。私、あまりお店でモーニングって食べないけど、これからは早起きして食べにこようかな」

「友達の会社が作ってることを抜きしてもうまいからな。モーニングを食べる時は大抵この店なんだ。結構あちこちにあるから見つけやすいし」

「あ、竜也のいる工場の近くにもあったよね」

「俺みたいなひとり暮らしには便利だからな。工場の同僚たちとも店でよく顔を合わせるし」

「だろうね」

サラダを食べて落ち着いたのか、コーヒーを飲みながらゆっくりと私に視線を移した竜也。

「よく店で顔を合わせるんだ、女とも」

どこか意味深な含み笑いと声。ここでもまた、女だ。いい加減にしてほしい。

椅子の背に体を預け、私を探っているような竜也を一瞥して、荒い声をあげた。

「女と顔を合わせるなんて、何度も言われなくてもわかってる。工場で竜也が女の子たちから大人気だってこと、この目で見てるし、十分わかってます」

思わず睨んだ私の視線を、小さく笑いながら受け止めた竜也。どこか満足げに息を吐き、私に顔を近づけた。

「もう少し焦らしてもいいんだけどな。ま、いっか。俺が女と一緒にモーニングを食べるのは、たまたま店で顔を合わせた時。顔見知りなのに別のテーブルに着くのも妙だからな。まあ、それが複数の時も多いし」

「……あ、そうだったんだ……」

「俺が健全ないいオトナの男だっていうことは間違いないけど、どちらかといえば、朝はゆっくりと恋人とベッドで過ごして、自分の部屋でコーヒー」

「恋人とベッド……自分の部屋で……」

「奈々は？　恋人との朝はゆったりと過ごしたい？　それとも早起きして朝食を作るタイプ？」

思いがけない刺激的な話に、慌ててしまう。

更に竜也の顔が吐息まで届きそうな距離にまで近づいて、私はあわあわと焦る。そして、熱くなった体をどうしようかと視線を泳がせた。グラスのお水を飲んでみても、それこそ焼け石に水だ。

「さ、さあ……。休日かどうかにもよるし……相手にもよるし……」

私だって健全ないいオトナの女なんだけど、こんな話題には慣れていなくて困る。

これまで恋愛のあれこれを経験していないわけではないし、恋人と朝を迎えたこともあるけれど、きっと同世代の女の子の平均と比べると、その回数はかなり少ない。

というよりも、恋愛経験自体が少ない。

「まあ、そのうち一緒に朝を迎えるだろうし、楽しみだな」

余裕に満ちた竜也の声にも、必要以上に神経質になってしまう。

竜也はコーヒーを飲み干すと、楽しげな笑みを浮かべたまま口を開いた。

「奈々、お前はやっぱりかわいいな。……じゃ、そろそろ行くか」

そして、かなり自然な流れで私の頬を優しく撫でて、立ちあがった。

伝票を手にレジへ向かうその背中を見ながら、私もついて行かなくちゃと思うけれど、どうにも体の中から力が抜けて足が思うように動かない。

竜也の言葉にここまで影響を受けるなんて、予想外だ。それに、ちょっと悔しい。

私の体はふわふわとして、まるで違う世界に放り込まれたような気がした。

「奈々っ」

レジの前にいる竜也が、私を優しく手招いている。その姿に引き込まれるように歩きながら、やっぱり私は竜也に遊ばれてるなあと、実感する。

お店を出て、再び竜也の車に乗り込んだ。

「どこに行くの？」

「それは着いてからの、お楽しみ」

いいように遊ばれて、はっきりしない彼にいらいらもするけれど、結局は竜也から離れられない私。

昨日と今日でわかったことといえば、それだけかもしれない。

竜也が運転する車は十五分ほど走った後、静かな住宅街で止まった。

休日ということもあってか人通りも少ない。緩やかな坂道沿いに建っている住宅の前に止まったところを見ると、目の前の大きな家に用事があるらしい。

「ここ?」

竜也は小さく頷くと運転席から出て、私にもおりるようにと声をかけた。

少し緊張しながら車を出て、豪華な造りの門扉に目をやると、その向こうには緑豊かな広い庭が見える。住居自体もかなり広そうだけど、敷地全体を考えるとかなりの面積だろう。

この近辺全ての住宅が大きいせいで目立たないけれど、私の実家に比べると……まあ、比べること自体、無謀だな。

「これ、持っていってくれるか?」

後部座席からいくつかの荷物を取り出した竜也が、私にひとつの紙袋を差し出した。

そっと受け取ると、そこには私もよく知る人気洋菓子店の名前が書かれていた。

「あ、ここのシフォンケーキがおいしいんだよね」

「え？　そうなのか？　クッキーを買ったんだけど、シフォンケーキのほうがよかったかな」

竜也は、私が持つ紙袋よりも更に大きい袋を手に、困ったような顔を見せた。

「あ、そうなんだ。でも、クッキーもおいしいから、いいんじゃない？　みんなで食べられるし……って、一体誰にあげるの？　それに、ここって一体どこなの？

相変わらずはっきりとしたことは何も言わない竜也に連れられてここに来たけれど、いわゆる高級住宅街の中に堂々と建っている家の真ん前。私には無縁の厳かなたたずまいや、慣れない空気感に圧倒されそうになる。

何か悪事でも働かない限り、私にはとうてい住むなんてできないだろうな。

そして、一介のサラリーマンである竜也とこの家に、どんな関係があるんだろう？

「知り合いかなにかの家なの？」

「姉貴の家。今日はここで姪っ子の面倒を見るんだ。奈々も付き合え」

姉貴やら姪っ子やら……まさか私、今から竜也の家族に会うわけ？

思ってもみなかった展開には慣れつつあったけれど、ちゃんと言葉を交わすようになった翌日にいきなり家族に会わせる？

……本当、どんな男だ。

思わず言葉を失った私の様子なんて全く気にすることなく、玄関のベルを鳴らしている竜也。

あらかじめ言ってくれれば、せめて身なりだけでももう少し気を遣ったのに。本当、これから私はどうなっていくんだろうか。

自分の思うがままに私を振り回す男を見ながら、肩を落とす。

そして、諦めにも似た気持ちを抱えながら、竜也の背中について行った。


竜也のお姉さんは、私の緊張を吹き飛ばすような明るい笑顔で私を迎えてくれた。

「うわあ、本当に女の子を連れてきたのね。それもこんなに綺麗なお嬢さんを手に入れるなんて、どんな汚い手を使ったのよー」

竜也の腕を掴み、ぶんぶん振り回しながら明るい声をあげている。

「うるさい。どんな汚い手だろうが綺麗な手だろうが、手に入れたもん勝ちなんだよ」

ふてくされたような声で答える竜也は、普段見ているよりも数段子供っぽい。

お姉さんのからかい続ける声にうんざりしながらも、そのあしらい方には慣れているようで、昔からこのふたりはこんな感じなんだろうとわかる。

「で？　今日は彼女とふたりで璃乃《りの》を見てくれるの？」

竜也のお姉さんが、私に視線を向け首を傾げた。

「あ、えっと……私は何も聞いていなくて」

突然の質問に、焦りながら答えた。

「あら、そうなの？　竜也って、相変わらず俺様状態？　そんなことしてたら、逃げられるわよ」

「うるさい。逃がさねえから、余計なこと言うな」

「……そうなんだって。えっと、奈々ちゃんだっけ？　こんなわがままな男だけど、長い目で見て付き合ってあげてね？　根はいいやつなのよ。ただ、思い込んだら一直線と言うか、自己中心的というか……とにかく一途なの」

「はあ」

勢いよく飛び出す言葉に圧倒される。

「姉貴がそれ以上余計なことを言い続けるなら、このまま帰るぞ。本当なら、奈々とふたりで出かけたいところをこうして来てやったんだ。おとなしく『お世話になります』とでも言ってろ」

「あ、あ、ごめんね。ついつい嬉しくって。だって、竜也がここに女の子を連れてくるなんて美散ちゃん以外初めてなんだもん。テンションも上がるわよ」

竜也のお姉さんは、竜也から睨まれても平気らしく、私に向かって更に話を続ける。

「竜也って面食いだとは思ってたけど、本当に理想が高かったのね。奈々ちゃんみたいに綺麗な女の子なら、男性からもてるでしょ」

私の顔をじーっと覗き込む瞳には、私への興味が露わになっていて、今にも食べられそうな勢い。この勢いはやっぱり姉弟。竜也と似てるなあと密かに思う。

「奈々ちゃん、色白なのねー。お化粧もあんまりしてないのは、竜也の趣味？」

「あ、あのー」

「竜也って、化粧品とか香水の香りが嫌いでしょ？　だから、奈々ちゃんも薄化粧なの？　まつげだって、自前でしょ？　マスカラもしてないし。あれ？　ベースと口紅だけ？」

「は、はい……そうです」

「えー、いいなあ、色々手をかけなくても綺麗なんて、贅沢ー」

お姉さんは、これでもか、というくらいに私の顔を見つめては、大きくため息をついた。がくっと肩を落としたその様子に、自分が悪いことでもしでかしたような気がしてどうしていいやらわからなくなった。

どうしよう、という気持ちを込めて竜也を見ると、呆れた顔で眉を寄せていた。

「姉貴は、山ほどの化粧品を好きに買えるし、エステだって行きたい放題だろ？　奈々を贅沢だって言うんなら、金持ちの旦那を捕まえた姉貴のほうがよっぽど贅沢できるだろ」

「それとこれとは違うのよ。ま、いいわ。奈々ちゃん、女心がわからない男なんて放っておいて、こっちでゆっくりしてね。ささ、どうぞどうぞ」

お姉さんに案内されたリビングは、淡いオレンジで統一されている明るい部屋だった。大きくとられたガラス窓から差し込んでいる日光が、部屋いっぱいに広がって、温かく柔らかい雰囲気だ。

私の部屋がまるごと入ってしまいそうな広さには驚いたけれど、この家の外観を考えれば、当然かもしれない。

「じゃ、お茶を用意してくるからゆっくりしていてね。璃乃にも声をかけておくからすぐに来るはずよ。竜也が女の子を連れてきてるのを見たら、きっと大騒ぎね」

リビングを出て行くお姉さんの背中は震えていて、笑っているのがすぐにわかる。

「クールな竜也も、お姉さんには敵わないんだね」

お姉さんにつられるように笑いを含んだ声でからかうと、竜也は顔をしかめながらも穏やかな声で答えてくれた。

「……まあな。姉貴は昔からあんな感じだ。あの母親から璃乃みたいに素直な女の子が生まれたなんて不思議で仕方ないよ」

「そう。璃乃ちゃんって、今日面倒をみるって言ってた姪っ子さん？」

「そう。かなりかわいい女の子で、義兄さんはメロメロだ」

肩をすくめ、呆れた声をあげている竜也の顔もかなり緩んでいて、彼もまたかわいい姪にメロメロだとすぐにわかる。

「璃乃ちゃんか……仲よくできたらいいな」

呟きながら、その名前に何かひっかかるものを感じたけれど、それがなんなのかはわからなかった。

そして、車をおりた時から感じていたことを竜也に聞いてみた。

「もしかしてこの家って、相模課長が設計したの？」

「あ、やっぱりわかったか？」

「うん。外観からそうかなって思ったけど、内装を見てると、絶対にそうだって思った。この部屋の腰壁の模様は、相模課長の奥様の葵《あおい》さんがデザインしたものだし、個性的な台形の形をした玄関だって、課長が好みそうなものだもの」

経理部に所属している私には、相模課長が設計している場面に遭遇することなんてないし、設計した図面を目にすることだってないけれど。自分が働いている会社の顔である相模課長の仕事ぶりには興味があるから、機会があるたびに注意して見てきた。

「やっぱり、相模課長は別格だな」

部屋を見回している私に、竜也は悔しさをにじませた声で呟いた。

「……別格？」

お姉さんがいなくなったリビングに、気づけば私と竜也のふたりきり。

竜也は窓際に立ち、手入れが行き届いている庭を眺めていた。

「社内でさ、相模課長の名前と顔は誰もが知っていて、その才能や実績は、誰もが認めるほどだろ？」

「うん、確かに」

「だけど、奈々のように直接設計に携わる機会がない部門では、相模課長の設計だろうが、俺みたいな若造の設計だろうが違いがわかる人間は少ないんだ。それどころか、住宅展示場に並んでる他社の商品との違いすらはっきりと知らない社員が多い」

「あ、そう、かも」

入社してすぐの研修で、わが社の商品の製造過程や設計、各ブランドの違いとかを叩き込まれるけれど、配属された後は各々の業務を覚えていくことに必死で、商品知識はなくなっていく。

とはいっても、私はＩＲ課という環境にいるせいで、投資家さんからの細かい質問にも答えられるようにと、積極的に勉強したり触れるようにしてきた。新商品が出る前には試作棟を見て、どんな質問にも答えられるようにしておかなくてはならない。

設計担当ではないとは言っても、それなりに商品知識を積んできたと自負している。だからこそ、竜也のお姉さんの家が相模課長の設計だとわかったんだと思う。

「奈々は、この家が相模課長の設計だってわかるくらいだから、かなりの知識を持ってるんだろ？」

竜也は、小さく笑いながら私に視線を向けた。

「うーん。設計の細かいルールまでは知らないけど、他社商品との比較ができるくらいの知識はあるかな」

「誰に教わった？」

「社内のいろんな人。カタログ片手にそれぞれのブランド担当設計部署に行って細かく聞いたり。面倒くさがられることも多いけど、仲よくなったら飲み会に誘ってもらったりして、そこからまた知り合いが増えて。なんだかんだ言いながら社内中の人に教えてもらってる」

「あ、そう言えば、うちの部署にも『お姫様から電話で外壁のこと質問された』とか言って喜んでる男がいたな。質問があるなら俺に聞いてくれればよかったのに」

竜也は思い出したようにそう言うと、悔しそうな顔をした。その顔がおかしくて目を離せずにいると、徐々に難しい顔に変わっていった。

「どうしたの？」

「いや、その時、周りにいた女たちのおっそろしい顔を思い出しただけ。お姫様からの電話に浮かれてる男に冷ややかな目を向けてぶつぶつ言ってたな。女の嫉妬って怖いって実感したたし、奈々が不憫に思えた」

苦々しげな声。よほどその時のことが心に残っているようだ。

「昔から、そんな経験たくさんあったんじゃないのか？　奈々みたいに見た目がお姫様でかわいい女の子はいじめられたり、嫉妬されやすいからな」

「まあ、小さい頃からよくいじめられてたけど。でも、女の子だけじゃなくて、男の子からもいじめられることはあったから……」

周りの友達全員からいじめられていたわけではないけれど、私の全てが気に入らない女の子たちからの意地悪は、結構堪えた。

「いじめられてたのか?」

竜也は、低い声で私の顔を覗き込んだ。

「よくあるいじめっていうわけではなかったんだけど、私のことがきっと生理的に嫌いなんだろうって怯えてしまうほど、目の敵にする女の子はいた」

当時のことを思い出すと一気に暗い気持ちになるし、普段作っている強気な表情も作れなくなる。

『自分はかわいいって思い込んでるブス』

『かわいい服を着ていれば、誰でもあの子以上にかわいく見えるよ』

『お姫様って言われて気取ってる』

私を傷つける言葉は、毎日のようにふりかかってきた。

「悪い。そんな顔をさせるつもりはなかったんだ」

「……え?」

竜也は私の肩をそっと抱いて自分の体に引きよせると、そのまま近くのソファへと腰を下ろした。そして、並んで座った私に体を向けた。

「その見た目だから、容赦のない子供の言葉に泣かされたんだろうとは思ってたけど。

「あ、うん……そうだね。なかなか忘れられないかな」

今もまだ、つらい、よな」

周りの人全てが敵だったわけではないし、親友と呼べる友人だっていた。ちゃんと理解して接してくれるクラスメイトのほうが多かったのも確かだけど、それでも私を傷つけることを目的とした言葉が落とされるたび、心は閉ざされていった。

遠い過去の記憶、最近では思い出す機会はなかったけれど、体にしみこんでいる苦しみはやっかいだ。ふとした時に顔をのぞかせる。

「お姫様みたいだねって言われるたびに、どきっとする。私に敵意を持つ人がいるって、小学生の頃、散々思い知らされた言葉だからね」

ほんの少し震える声を悟られないよう、軽い口調を意識して呟いた。もう大人なんだから、そんな昔のことなんて笑って流せると言葉に含ませたつもりだったけど、竜也は相変わらず、気遣うように問いかける。

「……お姫様。同期のみんなにもそう言われて、傷ついてたのか？　それに、恐怖も感じていたんじゃないのか？」

「最初はね。でも、子供の頃と違って今ならうまく流せるし。それに、私が見た目通りのかわいい性格じゃないってすぐにばれたから平気だった。見かけ倒しだって何度も笑われてるうちに慣れたかな」

　ふふっと笑う私に、竜也は複雑そうな顔で何か言いたげにしていたけれど、小さく息を吐いて、視線を落とした。私の心の奥底に隠してある傷を感じ取ったんだろう。そして、そっと私の体を両腕で抱え込み、抱きしめてくれた。

　私の背中に回された手が震えていると感じるのは、気のせいだろうか。そっと顔を上げると、すぐさま元に戻され、その胸に押し付けられる。

　どこか安らぐその空間に、私は体全体を預けて目を閉じた。まるで、苦しかった過去を思い出して張りつめていた心が解放されていくようだ。

　竜也の手からも優しさが感じられて極上の気分を堪能する。すると、竜也の胸から切ない声が響いた。

「傷つくことに、慣れるなよ。そんなの、隠すことがうまくなるだけで、慣れることなんてないんだ」

「あ……」

　苦しげな竜也の声に思わず反応した私を遮るように、竜也は言葉を続けた。

「お姫様って呼ばれて涙を流した過去を消すことはできないけど、これから奈々が傷つくことがあれば、俺がこうして抱きしめてやる。だから、安心していい。傷ついても、傷を癒す場所があれば大丈夫だろ？」

「竜也……」

気持ちを注ぐように、私の目じりに唇を滑らせる竜也。心無い言葉で傷つけられてきた過去の苦しみをくみ取り、一緒に苦しんでくれているのがわかる。

「というわけで、これから商品のことで知りたいことがあれば、まずは俺に聞け。他の男に聞くこともないだろ」

「え？」

不機嫌な声に顔を上げると、面倒くさそうな口元をした竜也の顔があった。

「妬いてるの？」

「悪いか」

拗ねたような、それでいて照れているような声が返ってきた。

思いがけず返されたあまりにも素直な言葉に、心が温かくなる。

「子供の頃からその見た目で損をして。お姫様のようなイメージを崩さないように気を遣って。で、会社に入ってからは、完璧な見た目以上の結果を仕事で出さなきゃ敵を作ることになる。だからこそ、必死で勉強して、この家が相模課長の設計だって見抜けるほどの商品知識を身につけたんだろ？」

「……うん」

竜也の言葉は全て当たっている。仕事でミスをしないよう、そして敵を作らないよう一生懸命に商品知識を詰め込んでいった。

「……よく、わかったね」

「ああ、俺が奈々を好きな気持ちは半端なものじゃないってこと、わかってくれたか？」

「あ、う、うん」

竜也って、こんなに強く自分の思いを口にする人だったんだと改めて実感する。どれほど厳しい状況の中でも、飄々とした態度を崩さず、感情を隠したままの男だという印象が強いのに。昨日今日で、そんな先入観は覆された。

「奈々が、まだ俺をそれほど好きじゃないってわかってるけど、それでも俺にこうして抱きしめられて、満足そうに体を預けてくれるんだ。この大事な時に、他の男に持っていかれてたまるか。だから、他の男になんて頼らず、俺になんでも聞けよ」

深い吐息と共に、体中がそわそわしそうな甘い言葉を落とされて、体は一気に熱くなる。

「た、竜也、もういいから……私、そんなの慣れてないから」

「早く慣れろよ……。まあ、今は俺の言葉を否定しないだけでも、いいか」

竜也はそれまでの重苦しい空気を変えるように、明るい声で笑った。

私がいつでもそこから逃げ出せるほどのふんわりとした抱きしめ方からは、逆に彼の思いの強さが感じられて不思議と落ち着いてくる。

そして、しばらくして見あげた私の視線を受け止めると、ふと思い返すように呟いた。

「確かに、俺も最初は奈々の綺麗な見た目に惹かれて、目が離せなくなったんだよな。だけど、綺麗な女なんて見飽きてたから、な」

「え？　見飽きてた？」

「勝手に誤解するなよ。今まで女と付き合ったことがないとは言わないけど、それほど多くない。俺は、一度好きになったら、長いんだ」

長い。その言葉の向こう側に、何故か美散さんの顔が見え隠れして、胸が痛い。

そういえば、竜也のお姉さんが、この家に竜也が連れてきたことがある女の子は美散さんだけだって言ってたっけ。それってやっぱり、竜也との関係の深さを感じるには十分なもの。

そして、美散さんに向けていた優しい視線を思い出す。

でも、美散さんは結婚しているし、彼女とはなんでもないと、そう言っていた。

「あーあ。そんな不安そうな顔するなよ。どうせ、美散のことを考えてるんだろ？」

「……っ」

「なんでも顔に出てるぞ。奈々って、自分が思ってるよりも感情豊かだから。ま、俺にはわかるっていうか。綺麗な女はよく見てきたからな……芝居する女も」

「え？」

「ん？　俺、大学の頃にモデルの仕事をしてたんだ。だから、見た目が綺麗すぎる女なんて見飽きるくらいに見てきたんだよ」

「モ、モデル？」

「そう。大学の学費稼ぎにモデルをしてたんだ。会社でもそれなりに知られてるのに、知らなかった？」

「……うん。初耳」

「ほんと、俺のことなんて全く興味なかったんだな。ちょっとむかつくけど、まあいっか。姉貴の友達がモデルやってて、スカウトされたのがきっかけ。俺んち、普通の会社員家庭で、大学の学費を余裕で出せるほどの財力なんてなかったから助かった。だけど、一生続けようとも思わなかったし、大学を卒業できる学費分を稼いで、やめたけどな」

「へえ……知らなかった」

「だから、見た目が綺麗な女は見飽きるほど見てたし、女の表情の変化とか、結構敏感に察するようになったんだよ」

「そうだったんだ」

確かにスタイルは抜群だし見た目もいいし、モデルみたいだなと思うことも何度かあったけど、本当にモデルの経験があったなんて知らなかった。竜也の言うように、社内でも知られていることならば、どれだけ私って世情に疎いんだろう。

会社の商品知識を増やす前に、まずはこっちだろう、と少し落ち込んだ。

「奈々は、俺のことを全然気にしてなかっただろ？　俺がモデルしていたってことすら知らなかったんだもんな。よっぽど俺って印象薄かったか？」

「そ、そんなことないよ、仕事できる人だっていうことは知ってたし」

慌てて答える私に、竜也は小さく笑った。

「まあ、いいよ。やたら他人に愛想を振りまかないのも奈々のいいところだし。俺が一方的に、奈々を見てきただけだしな」

竜也が話してくれたこと、じっくりと考えれば考えるほど、信じられなくなる。

私が今まで〝お姫様〟という呼び名に敏感に反応して、恐怖にも似た感情を抱えていたことを察してくれていた。そして、そんな自分の見た目を理由に、他人から嫌われることが怖くて自分を作っていたことを見抜いていたなんて。

そんな人は、学生時代からの親友数人と、同期の真珠くらい。

真珠は、〝女王様〟と呼ばれるその見た目に辟易《へきえき》しながらも、ちゃんとそれを受け入れて一生懸命に生きている。その姿勢が羨ましくもある。

「俺が奈々を好きになったのは、昨日今日の話じゃない。同期会で顔を合わせた時や、本社に出張で行った時にすれ違ったり。……まあ、最初は好きっていう感情はなかったけどな。あの日、奈々が話してるのを聞いてからは、もうだめだった」

声音が変わった。半分ふざけているような、照れた気持ちを隠しているような軽やかな口調だったものが、変わった。

「奈々が天使のような横顔で話している声が、俺の中に居座ってどうしようもなかった。あの日から、俺は奈々を手に入れたくて仕方がなかったんだ。それに、工場ではなく本社で勤務したいって思ったのも、あの日奈々を見た時だけだ。仕事のことで本社勤務を願ったことなんて一度もないのにな」

「い、一体……なんのこと？」

「あ、悪い。もう少し筋道たてて、奈々を好きになった理由をちゃんと話そうと思ってここに連れてきたんだけど。うーん、どこから……」

悩んでいる竜也の言葉をじっと待っていると、リビングのドアがバタンと大きな音をたてて開いた。

王子様とかわいい天使

「竜也おにいちゃんっ」

女の子の高い声が響き、竜也と私は声のほうに視線を向けた。と同時に、私は竜也の腕の中から抜け出した。竜也はそれを拒もうとしたけれど間に合わず、悔しそうに顔を歪めている。

「おにいちゃんっ、待ってたよ」

たったったっと軽やかに走ってきた女の子は、セーラーカラーのワンピースがよく似合うかわいらしい女の子。肩までのまっすぐな髪を揺らしながら、大きな目を私たちに向けた。そして、私にも小さく頭を下げて挨拶してくれる。

「おかあさんが教えてくれたけど、おねえちゃんは、おにいちゃんの大切な人なの？あれ？」

綺麗な目が私をとらえて、その瞬間大きく見開かれた。

えっと、小学生くらい？

じっと私を見つめるその瞳は、何かを思い出そうとしているようだ。

かわいい顔でじっと見つめられて、どきどきする。曖昧に笑いながら見つめ返していると。

「あれ？」

次にそう呟いたのは、私だった。

そして、私と女の子は、はっとしたように息をのむと、

「あーっ」

お互いを指差しながら、驚きの声をあげた。

「歯みがきのおねえちゃんだ」

目の前の女の子は、嬉しそうな声でにっこりと笑ってくれた。

私の記憶の片隅にいる、華奢で綺麗な女の子。大きく輝いている瞳には、純粋な明るさだけではなくて、子供には似合わない気遣いや遠慮が見える。

その瞳にも私は見覚えがあって、同時に胸がつきんと痛んだ。

「璃乃ちゃんだよね」

よみがえった記憶の中の名前を手繰り寄せながら呟くと、女の子は大きく頷いて「そうだよ。覚えてくれてたんだ」と小さく飛び上がって嬉しさを見せてくれた。

まだ五歳で幼稚園に通っていた記憶の中の彼女よりも、身長が伸びて真ん丸だった

顔も、シャープになっている。

相変わらず細い体だけど、以前のような青白さは感じられないし、桃色の頬からは元気になったんだな、と思わせる明るさも見える。

「璃乃ちゃん、元気になったんだね」

膝を曲げて、璃乃ちゃんの視線と私の視線の高さを合わせた。

にっこりと笑う璃乃ちゃんは、近くなった私の視線にほんの少し照れくさそうにしながら答えてくれる。

「元気になってる最中なの。まだ、鼻の病気がそのままだから、お耳も聞こえにくい時があるの」

あ、まだ治ってないんだ。以前会った時には手術をするかどうか検査をしていた璃乃ちゃん。あれから一年以上経っているけれど、まだ完治していないんだ。病気はまだ彼女の中に居座っているのか。

『アデノイド肥大《ひだい》』は、小さな子供には稀に見られる病気で、鼻呼吸を妨げて睡眠障害が起きることもある。喉の奥で大きくなったアデノイドを切除するかどうか、お医者様と璃乃ちゃんのご両親が悩んでいた頃、璃乃ちゃんが通院していた病院に私もお世話になっていた。

私は当時、ストレスによるめまいの治療で通院していた。混み合う耳鼻咽喉科の外来で順番を待っている時、隣でおとなしく座っていたのが璃乃ちゃん。あまりにもかわいらしい容姿と、お利口さんで待っている様子に引きつけられて声をかけたことがきっかけで、私と璃乃ちゃんは仲よくなった。

「おねえちゃんの名前……幸せになれる名前だったよね」

どこか得意げな璃乃ちゃんの声に、私は大きく頷いた。

「そうだよ。ラッキーセブンの〝なな〟。私はラッキーな奈々ちゃん。よく覚えてたね」

ふふっと笑って璃乃ちゃんの頭を軽く撫でると、大きな笑顔を見せてくれた。

「璃乃、もうすぐ手術だから、ラッキーな奈々ちゃんに会えてよかった」

「手術……。そうなんだ、お鼻の手術？」

「うん。アデノイド、切るんだって」

笑っているけれど、少し震える声からは、璃乃ちゃんの不安が見え隠れしていて切なくなる。

「そうなんだ。今まで手術せずに頑張っていたんだね。お耳は聞こえるの？」

「大丈夫だよ。風邪をひいたら中耳炎になって聞こえにくくなったりするけど。ちゃんとピアノの練習もできるの」

自慢げに話す声から、ピアノを弾くことが大好きだと言っていたあの頃を思い出す。聴力が落ちて、ピアノの練習が思うようにできないのが悔しいと、幼いながらに涙をこらえていた璃乃ちゃん。

「だったら、後で璃乃ちゃんのピアノを聴かせてほしいな」

「いいよっ。昨日も先生に誉められたから、おかあさんが新しい楽譜買ってくれたんだ」

小さく飛びあがって喜んでいる璃乃ちゃんは、私の手を掴んで勢いよく振り回す。新しい楽譜に興奮しているのか、かなりテンションが高い。

「あのね、璃乃、学校の音楽発表会でもピアノを弾くの」

「そうなの？　すごいね」

璃乃ちゃんにつられて、ふたりで腕を左右に揺らして笑っていると。

「璃乃、おねえちゃんをひとりじめしたら、竜也に怒られるわよ。竜也の大切な人なんだからねー」

からかうような声が部屋に響いた。

「おかあさんっ」

璃乃ちゃんがそう呼んだのは、竜也のお姉さんだった。

トレイを両手に抱えて部屋に入ってきた彼女は、璃乃ちゃんに苦笑している。

「歯磨きのお姉さんって、奈々ちゃんのことだったのね。病院で璃乃を励ましてくれたお姉さんのことを何度も聞かされて、私も会いたいって思ってたんだけど。そのお姉さんが竜也の恋人だなんて、縁って、不思議ね」

「そ、そうですね」

竜也のお姉さん、それは璃乃ちゃんのおかあさんだった。

璃乃ちゃんと病院で会った数日間、ちょうど璃乃ちゃんの弟が骨折で入院していておかあさんは弟につきっきり。そのせいで璃乃ちゃんはおとうさんと病院に来ていた。

『おかあさんは、璃久《りく》のお世話で忙しいの』

『璃久は、おかあさんが大好きだから、一緒にいられて嬉しいんだよ』

璃乃ちゃん自身もおかあさんが側にいなくて寂しいはずなのに、そんな気持ちを全く感じさせない口調に、どこか子供らしくない違和感を覚えたことを思い出す。

「さ、こっちでゆっくりとお茶でも飲んでね。せっかく来てもらったんだけど、もうすぐ出かけるのよ。璃乃のこと、よろしくね」

テーブルにお茶を用意してくれた竜也のお姉さんは、申し訳なさそうに小さく頭を下げた。

ショートカットがよく似合い、長身でスリムな立ち姿はとても綺麗で、女の私でも見とれてしまうほど。竜也はモデルをしていたというけれど、もしかしたらお姉さんもそうなのかもしれない。

「あまり遅くならないように帰ってくるから、それまで竜也と奈々ちゃんと仲よくしていてね」

「うん、大丈夫。おにいちゃんと奈々ちゃんと一緒に待ってるから、璃久のサッカーの応援をしてきて」

璃乃ちゃんは、おかあさんの側に駆け寄って、ぎゅっとシャツの裾を掴んだ。

竜也のお姉さんは、そっとしゃがんで璃乃ちゃんと目の高さを合わせると、小さくため息を落とした。

「璃乃も、私たちと一緒に璃久のサッカーを見に来ていいのよ？　璃久だって、そのほうが頑張れると思うから、やっぱり一緒に応援に行こうよ」

おかあさんのお願いにも、璃乃ちゃんは大きく首を横に振る。

「今日は、璃久がおとうさんとおかあさんをひとりじめする日だから、璃乃はいいの。璃久はいっつも我慢してるから、璃乃はお留守番してる」

「璃乃がおかあさんをひとりじめしてるのは、病気だから仕方ないでしょ？　璃久だってそれはわかってるよ？」

「知ってる。璃久、頑張れって璃乃を応援してくれてるもん……。だから、いいの。今日は璃久だけのおとうさんとおかあさんの日」

「璃乃……」

竜也の声が聞こえてそっと見あげると、唇をきゅっと結び、苦しげな顔でふたりを見ていた。

「悪い。今日一日、俺と一緒に璃乃に付き合ってやってくれ」

璃乃ちゃんを見ながら呟いた竜也の低い声は、とても切なそうだった。

王子様は攻める

竜也のお姉さんは渋々といった様子で璃乃ちゃんを残して出かけて行った。

『本当に来ないの？』

璃乃ちゃんを連れていきたくて出かける寸前まで声をかけていたけれど、璃乃ちゃんは最後まで一緒に行こうとしなかった。

『璃久に頑張ってって言ってね』

あっさりそう言って手を振る璃乃ちゃんから寂しさは微塵も感じられなくて、小学一年生にしては親離れできてるんだなと、感心した。

サッカーの試合に出るためにひと足先に会場に行っている璃久くんとおとうさんと一緒に夕方には帰ってくるから、と言い残したおかあさんが運転する車が走り去るのを見送ると。

「お腹すいたー」

あっけらかんと声をあげた璃乃ちゃんを追うように、私と竜也も家に戻った。

璃乃ちゃんひとりがお留守番をしている状況に納得できないものを感じるけれど、璃乃ちゃんはなんてことないように、おいしそうにパンケーキを頬張っている。

「おい、璃乃、シロップこぼすなよ。かわいい服がべとべとになるぞ」

璃乃ちゃんの隣に座ってコーヒーを飲んでいる竜也は、慣れたように璃乃ちゃんの口元をティッシュで拭いている。

「竜也おにいちゃんは、食べないの？」

「ん？　俺は奈々と一緒に朝ごはんたっぷり食べてきたからいい」

「ふーん。奈々ちゃんと一緒に食べたんだ。いーなー。でも、璃乃も奈々ちゃんが作ってくれたマドレーヌを食べたことあるよ。ねー」

「ほら、口をもぐもぐさせながら食べるとこぼすぞ。食べるか話すかどっちかにしろ」

「はーい」

大きな目の周りを縁どる長いまつげを揺らしながらの笑顔はあまりにもかわいくて、今すぐ子供モデルでもできそうな完成形だ。

「璃乃、奈々ちゃんのマドレーヌを食べて、病院の検査を頑張ったんだ」

思い返すように私を見つめる瞳はとても楽しげ。

けれど、家族の中でたったひとりお留守番となったこの状況に、なんの寂しさも覚えていないような様子は、やっぱり妙だなと思う。

私のそんな気持ちを察したのか、竜也が私を見つめて小さく頷いた。

竜也の無言の言葉は、その視線に乗せられて届く。きっと、「後で、ちゃんと話す」というような意味だろう。温かく愛情溢れた目で璃乃ちゃんを見ているその顔は、会社で見せる表情とは全く違い、別人のようだ。

「ねえ、璃乃ちゃん、竜也おにいちゃんって優しいね」

相変わらずもぐもぐと食べている璃乃ちゃんに、そう問いかける。

「うん、すっごく優しいっ。いつも璃乃と遊んでくれるしなんでも買ってくれるの」

「なんでも？」

「そう。このまえも、璃乃が欲しかったなわとびを探してきてくれたの。パンダの顔を持って跳ぶなわとびで、旭《あさひ》くんとおそろい」

ふふん、と嬉しそうに笑う璃乃ちゃんから隣の竜也に視線を移すと、ああ、と、思い出したように教えてくれた。

「なわとびの、握る部分がパンダの顔になってるんだよ。なかなか見つけられなくて、工場の女の子に探してもらってようやく見つけたんだ」

「ふーん」

パンダのなわとび。そして工場の女の子。

「おかあさんは見つけられなかったのに、おにいちゃんは見つけてくれたの。すごいでしょ?」

誇らしげな璃乃ちゃんの言葉に、「見つけたのは工場の女の子だよ」と私は心の中で呟き、ちらりと竜也を見る。そんな私の気持ちをわかっているのか、竜也は苦笑していた。

別に工場の女の子と話すなとか付き合うなとか言わないけれど、そんなことを聞かされてもいい気持ちにはなれない。ちょっと意地悪になった私は、にっこりと笑いながらもきつい視線を向けて呟いた。

「優しいおにいちゃんで、よかったね」

すると、よからぬことでも企んでそうな竜也の声。

「奈々にも今度、何か買ってやるよ」

何かを含んだようなその甘い声になんて、ごまかされない。

「いいよ、別に何もいらない」

ちょっと強気に視線を外してみる。すると、何もわかっていない璃乃ちゃんが明るい声をあげた。

「ねえ、奈々ちゃんに何を買ってあげるの？」

無邪気に問いかける璃乃ちゃんの言葉に、竜也はちらりと視線を向けて、でもすぐにそれは私へと戻された。

「そうだな。璃乃にはなわとびだったけど、奈々には、指輪でもあげようかな」

「ゆびわー？　いいなあ」

指輪という言葉に、驚いて言葉を失う私と、はしゃぐ璃乃ちゃん。

竜也はそれを面白がるように笑った。

「本当なら、なわとびで奈々を縛りたいんだけど、それはかわいそうだから、指輪をあげて俺から逃げ出さないようにするんだよ。まあ、逃げても追いかけっこして捕まえるけどな」

「あ、鬼ごっこだー、璃乃も一緒に鬼ごっこしたい」

「璃乃は無理なんだよ」

「え？　どうして？」

竜也は、がっかりした声の璃乃ちゃんの頭をくしゃりと撫でた。

「大人の鬼ごっこって、複雑なんだ。それに、おにいちゃんはとっくに奈々を捕まえる鬼ごっこを始めてるから、途中からの参加は無理だな。璃乃もいつか格好いい男の子に追いかけられる鬼ごっこができるはずだから、それまで待ってろ」

それはそれは平然と、竜也は璃乃ちゃんにそう言って、満足げに頷いた。

このおにいちゃんは、一体何を言ってるんだ。子供にそんなことを言っても理解できないのに。それに、もう鬼ごっこを始めてるなんて、聞いてない。

真面目な顔で諭す竜也に、璃乃ちゃんは何を納得したのか大きく頷いた。

「わかった。竜也おにいちゃん、頑張って奈々ちゃんを捕まえてね」

「おう。了解」

了解って……勝手にふたりで話を進めているけれど、璃乃ちゃん、ちゃんとわかってるの？

半分呆れている私に、よく似た顔のふたりが笑顔を向ける。どこか黒いオーラを漂わせながら、竜也は口元を上げた。

「で？　指のサイズって、いくつ？　もちろん、左手薬指」

「サイズ……」

「そ。鬼ごっこの終着点にはやっぱり指輪が必要だろ？　べただけど、ダイヤがいいよな、やっぱり。で？　サイズはいくつだ？」

いきなり左手薬指って言われても……。

「二十三センチ……」

整った自分の顔を自覚しているに違いない笑顔で見つめられた私は、魅入られたようにぼんやりと呟いた。

……靴のサイズを。

それから、竜也と璃乃ちゃんに広すぎる家を案内してもらった。

「来客が多い家だから、ま、必要なんだ」

でも、四人家族に十部屋は広すぎないかな。璃乃ちゃんのおとうさんが経営している会社が順調だと、この家を見るだけですぐにわかる。

「お掃除、大変だね」

「掃除は、週に何度か業者にやってもらってるらしい」

「あ、そうか……そうだよね」

こんな広い家に住めるほどだから、経済的に不自由はしてないだろうし、自分でする必要もないか。

「姉貴は、食事を用意したり、子供たちの世話は自分でやるって決めてるけど、掃除くらいは誰かに頼らないと璃乃の通院も続いてるから仕方ないんだ。無理して姉貴が倒れるわけにもいかないし」

自分の部屋を見せようと、私たちよりもほんの少し前を歩いている璃乃ちゃんを見ながら、竜也は小さな声で呟いた。

二年以上病院に通っているという璃乃ちゃん。

病院で璃乃ちゃんと知り合った当時、璃乃ちゃんのおとうさんは、「おけいこ事のように、決まった曜日にずっと病院に来てるんですよ」と、明るく言っていたけれど、その言葉の裏側にある大変さを察するのは簡単だった。

『璃乃にこんな毎日を送らせることになって、かわいそうでたまらない』

耳鼻咽喉科の外来で璃乃ちゃんと知り合い、仲よくなったばかりの私にさえ言葉をこぼすほど、おとうさんは悩んでいた。そして、おとうさんのその言葉は、私が抱えている過去の暗い記憶を呼び覚ますものでもあった。

「璃乃ちゃん、いつ入院するの？」

「来週の火曜日。手術は翌日。手術自体は難しいものではないらしいけど、やっぱり心配だよな」

「そうだね」

自分の部屋に案内してくれた璃乃ちゃんからは、手術を控えている不安なんて全く感じられないけれど、きっと心の中は緊張でいっぱいのはず。

「奈々ちゃん、見て。璃乃が描いた絵、学校で誉められたんだ」

「え？　どれ？」

自慢げに胸元に掲げている絵には、虹と湖。そして、蝶々や鳥が飛んでいる。色とりどりの花も咲き乱れているその絵には、とても暖かな風の流れが感じられるようで、思わず見入ってしまうほど印象深いものだった。

言葉なくじっと見ている私に、璃乃ちゃんは不安げな声をあげた。

「奈々ちゃん、上手じゃないかな？」

「え？　あ、ううん、ううん。すっごく上手に描いてあるからびっくりしちゃったの。璃乃ちゃん本当に絵が上手だね。私が璃乃ちゃんの学校の先生でも誉めるよ、きっと」

膝を折って、璃乃ちゃんの目を見ながら言うと、彼女はほっとしたように笑った。

「ほんと？　璃乃ね、大きくなったらピアニストか絵描きさんになりたいの」

「そうなんだ。こんなに上手に絵を描けるなら、きっと叶うね。それに、ピアニストと絵描きさん、両方になっちゃえばいいんだよ」

「両方？」

「そう。璃乃ちゃんが頑張れば、両方なれるよ」

私のゆっくりとした口調に、璃乃ちゃんは何か感じるものがあったのか、ぎゅっと唇をかみ締めた後、大きく頷いた。

「おい、あんまり誉めると調子にのるからやめておけよ。璃乃はピアノと絵ばかりで全然勉強しないって、姉貴にいっつも叱られてるんだ」

視線を上げると、ちょうど竜也が璃乃ちゃんの頭をくしゃりと撫でていた。愛おしげに璃乃ちゃんを見つめる竜也からは、璃乃ちゃんがただ笑っているだけで十分なんだという気持ちがひしひしと伝わってくる。一方、璃乃ちゃんは竜也の言葉が気に入らないのか、小さく唇をとがらせた。

「璃乃、ちゃんとお勉強もしてるよ。宿題忘れたことないもん」

「そっか。それは偉いな」

「うん。時計を見て時間が言えるし、璃乃は偉いんだよ」

えへん、と聞こえてきそうな声。

璃乃ちゃんは、竜也に誉められて飛び上がるほどに喜んだ。

竜也のことが、本当に好きなんだな。彼が側にいるから、璃乃ちゃんはおかあさんと出かけずにお留守番をしていても寂しそうには見えないのかな。

おかあさんだけではなく、おとうさんまでもが璃久くんの応援に行って、家族の中で自分ひとりが家に残っているのに、戸惑いも切なさも、弟への嫉妬も感じられない。しっかりした女の子だと言えばそれまでだけど、それにしてもあまりにもあっさりしている。かといって両親や璃久くんを嫌っているわけでもなさそうだ。

しばらく考えて、やっぱり私と璃乃ちゃんは同じだな、と思う。

決して両親のことも、璃久くんのことも嫌いなわけではない。逆に、誰よりも大好きに違いない。

もしも璃乃ちゃんが、以前の私と同じような重荷を背負っているのだとすれば。

璃乃ちゃんは今、とても苦しいはずだ。

大好きな家族と一緒にいることが息苦しく重荷に思える毎日を、笑ってやり過ごしている。そして、そんな自分を嫌だと思う。

そんな過去の私がよみがえってきて、切なくなった。

広い庭にはひとり乗りのブランコがあり、璃乃ちゃんはゆっくりとこいでいる。

「お金持ちの象徴って感じ」

思わず呟いた私に、竜也は、同意するように笑う。

「璃乃、押してやろうか？」

ブランコの背後に近づき、今にもその背中を押そうとしているけれど、

「やだっ。おにいちゃんが押したらすっごく上まで行っちゃうから怖い。ひとりでこげるから、さわっちゃやだ」

璃乃ちゃんは体をばたばた揺らしながら大きな声で拒んだ。

「でも、璃乃ちゃんひとりじゃなかなか揺れないぞ」

「いいの。璃乃がひとりでこげるように練習するの。おにいちゃん、璃乃が怖くて叫ぶと笑うから嫌い」

「嫌いって……。ブランコは上までこがなきゃ面白くないだろ?」

「面白いもん、ひとりで遊ぶの慣れてるし、いいの」

「ちっ」

竜也が悔しそうに舌打ちしてその場から離れると、それに安心したのか璃乃ちゃんは再びゆっくりとブランコをこぎだした。白いブランコが、キーキーと音をたてながら揺れている。

一生懸命体を動かして、ブランコを前後に動かす璃乃ちゃんはとても楽しそうで、足を前後に動かしながら、小さな体全体を空に向けて笑っている。

「振られたな」

そんな璃乃ちゃんを見ながら、私の横に戻ってきた竜也がぽつりと呟いた。

「竜也、本気で悔しそうだね」

くすくす笑う私に、彼は肩を落としてため息をついた。

「今までは、いつでも俺に頼ってくる気弱な女の子だったのにな。ひとりでなんでもできるようになって……かわいくない……いや、かわいいんだけど」

「ふふっ。おじバカだね。璃乃ちゃんのほうが、とっくにおじ離れしてるのに」

「うるさい。璃乃は、俺の大切な姪なんだ、おじバカ上等だろ。それに将来、親バカになる覚悟もしてるし、それが楽しみだよ」

「え、お、親バカ?」

その言葉に、私は必要以上に反応してしまった。親バカなんて、竜也の口から聞かされるなんて予想外だ。姪である璃乃ちゃんをここまでかわいがるだけでも意外なのに、まだ存在すらしていない彼自身の子供についての思いを聞かされるなんて。

「まあ、奈々が俺の子供を産んでくれたら、かなりかわいいだろうな。そうなるとやっぱり親バカ確定だ」

「わ、私が、竜也の……」

「そう。俺と、奈々の子供」

ブランコを楽しんでいる璃乃ちゃんを愛しげに見つめながら、竜也は平然とそう言い放つ。私の腰に回したその手からは、その言葉は本気だとでも言うような熱が感じられる。

私と竜也の子供。

こうして一緒にいることに慣れるだけでも必死なのに、そんな私の心なんてお構いなしに未来を見据えている竜也。

私はやっぱり振り回されていると、改めて実感する。昨日からの一連の流れに混乱したままで、何ひとつ落ち着いて考えられないけれど、確かなのは、竜也が強引で欲しいものは絶対に手に入れようとするということ。そして、大切なものは本気で大切にするということ。この二日間で、そのいくつかを知った。

大切な女だと堂々と言ってのける、美散さんへの思い。

モーニングで食べた、友達が作っているというマーガリン。

そして姪っ子の璃乃ちゃん。

自分の懐に収めて大切に慈しむような竜也の愛し方は、なんだかむずがゆくて照れくさい。

そして、強引に振り回されつつも、私が竜也に惹かれていく理由にも気づく。

学生時代だけじゃなく、仕事を始めてもなお、隙を作らず敵を作らず、気持ちをしっかり持って生きていかなくてはならなかったことにも気づいてくれ、私が自分の見た目によって生きづらい日々を送ってきたことを心から怒り、そして、私を守ってやりたいと熱く言っていた姿。

『奈々を手に入れたくて仕方がなかったから、工場ではなく本社で勤務したいと思った』

なんて言われて、嬉しくないわけがない。

そして、そんな竜也を愛しく思える自分にも気づき、その懐に入れてもらいたいと胸はざわめく。

腰に回された竜也の手の上に、ためらいがちに私の手を重ねた。男性にしては細くて綺麗な指は、竜也が車を運転している時から気になっていて、実際に触れてみると、見た目通りの滑らかな肌にどきっとする。

何度か私の頬を撫でたり手をつないだりしたけれど、こうして〝触れる〟ということに意識を集めて、その肌を、体温を、感じるのは初めてだ。

竜也が自分の思うがまま私を振り回している中で、ぎこちないながらも私から身を寄せた。

会社の同期だとは言っても、希薄な関係だった私と竜也。それなのに、昨日の工場での打ち合わせをきっかけに〝遠距離恋愛〟をしようと言われ、かなりの時間を一緒に過ごしている。

竜也が私を求めてくれる理由も、恋人として側におきたいと言ってくれる真意も、よくわからない。そんな不安が、竜也との距離を縮めることをためらわせていた。けれど、次々と見せられる竜也の本来の姿に、私は気持ちを揺らさずにはいられない。

仕事への姿勢や、自分が大切にしているものへの愛情の注ぎ方を知る度に、私の気持ちはどんどん竜也へと傾く。

視線をそっと落とすと、そこには重なり合ったふたりの手。

竜也の手のぬくもりは、私の戸惑いと迷いを消してくれるようだ。

だから、やっぱり聞かずにはいられない。

「竜也は、どうして私と恋愛したいの？」

重ねた手にぎゅっと力を込めて握りしめれば。

竜也はほんの少しのためらいも感じさせないタイミングで、答えてくれた。

「もちろん、奈々が好きだから」

それは、とても簡単で、私が一番欲しかったに違いない言葉だった。

「あれだけ走り回ったら、そりゃ寝落ちするよな」

「そうだね。付き合ってた私も結構ハードだったもん」

「子供と鬼ごっこなんて何年ぶりだろう」

「軽く十年、ううん、それ以上かも」

ソファで眠っている璃乃ちゃんのかわいい寝顔を見ながら、竜也と顔を見合わせて笑った。

璃乃ちゃんが目を覚まさないように、小さな声で話す私たちの距離はかなり近い。

そんな肩を寄せ合って璃乃ちゃんを見つめている状況に気が付いて、なんだか気恥ずかしい……のはきっと、私だけだろうけれど。

表情になんの変化もなく、落ち着いている竜也を見ていると、自分ひとりが右往左往させられているようで悔しくもある。そして、彼に振り回されることに慣れつつある私自身にも悔しさを感じる。

「璃乃が寝てる間、コーヒーでも飲む?」

竜也が私の背中に何気なく手を滑らせるだけで、その悔しさ以上の潤いが体に溢れるようだ。

　本当、私って簡単な女だったんだな。

「どうした？」

「あ、なんでもない、えっと、そうだね。私がコーヒー淹れようか？　勝手に使ってもいいのかな」

「姉貴に頼まれて何度もこの家で子供たちの面倒見てるから、平気。なんなら食事も作って風呂に入ってもいいぞ？」

「ふ、風呂？」

「そう。この家の風呂、ジャグジーもあるし、気持ちよすぎて癖になる。子守りをふたつ返事で引き受ける理由のひとつかもな。奈々も一度入ってみれば？　言葉通り極楽だぞ」

「う、ううん、いいや……着替えもないし」

　リビングからキッチンへ向かいながら、その極楽を味わう前に、私の心臓は跳ね過ぎて止まってしまいそうだと、体中が熱くなる。

　リビング同様広いキッチンには、見るからに高そうなテーブルや椅子が置かれていた。

「義兄さんがこだわって、有名な職人さんに注文したらしい」

大きな一枚板のテーブルには、食べかけのパンや開いたままの新聞。璃乃ちゃんのものだろうキャラクターのハンカチも置かれていて、生活感が溢れている。

それが私の気持ちを和ませてくれて、ふっと口元も緩んだ。まるで私の小さな頃の家の風景と同じ。私が過ごした幸せな幼少期を思い出して、璃乃ちゃんの今も幸せだろうな、と思いを重ねた。

広いテーブルには六脚の椅子が並んでいて、コーヒーカップを手に、私は一番端の椅子に腰かけた。向かいの椅子に座るだろうと思っていた私の予想に反して、竜也は隣に腰かける。

「え？　隣……？」

「何？」

「ううん、別に」

たとえ恋人であっても、適度な距離と壁を好んで、自分のテリトリーには極力入り込ませないようにする男だと勝手に思っていたけれど、ここでもそれは違ったようだ。

一旦大切だと思えば、とことんこだわって懐の中で慈しんでくれる。

そんな竜也の姿に慣れていない私は、ただ隣の椅子に座るだけでなく、お互いの椅子を近づける竜也の流れにすら驚いてしまう。

「甲野竜也、じゃないみたい」

思わず呟いた私の言葉に、肩をすくめた竜也は笑い声をあげた。

「それは俺のセリフだ。今こうしている奈々も、俺が思っていた本庄奈々じゃないみたいだ」

「私じゃないみたい？」

「そう。社内で有名な〝お姫様〟が、こんなに顔を赤くして俺の隣でおろおろするなんて、予想もしてなかった」

コーヒーを飲みながら、からかうような声。

触れそうな距離で椅子を並べている私たちは、まるで離れがたい恋人同士みたいだ。男性とここまで近い距離で過ごす機会なんて滅多にないせいか、そのことだけでも緊張してしまうのに、私を惹きつけてやまない竜也がその相手。胸の鼓動はかなりの速さでとくとく鳴っている。それでもどうにか平静を装ってみた。

「おろおろなんて、してないし……。それに、〝お姫様〟なんて、今更竜也に言われたくもないし」

私が〝お姫様〟と呼ばれることに慣れてはいても、受け入れてるわけではないと竜也はわかっているると思っていたのに、甘かったかな。昨日の夕方から長すぎるほどの時間を一緒に過ごしているのに、私をちゃんと理解してもらうには足りなかったようだ。

思わず俯いた私に、竜也はくすっと笑って。

「他のやつらが奈々をどう見てるかなんて関係ない。俺にとって奈々はずっと前から、大切な〝お姫様〟なんだ。それはこれからも続くから、奈々も諦めろ」

「え……あ、そう……って、え？　ずっと？」

さらっと言い切った竜也の言葉にどこか違和感を感じた。

『ずっと』

確かにそう言った。

「私のことをお姫様だって、ずっとそう思ってたって、どういう……？」

「奈々が〝お姫様〟だと周りから言われているのは知っていたけど、俺は大して興味なかったんだ。単純に見た目がいいだけのそれだけの女かと思ってたけど、そうじゃないとわかってからは、もう、一気に奈々が気になって仕方なかったな」

体温を感じそうなくらいの近距離に並び、竜也が私を優しく見つめる。

「仕方なかった、というより、どうしようもなかった」

そっと私の頬を指先で撫でる。

「奈々が、『みんなから大切にされすぎて、いつ泣いていいかわかんないよね』そう璃乃に言ってるのを聞いてからはもう、だめだった」

そらすことなく私の瞳を見入る竜也の言葉、確かに思い当たるものがある。

「それって、私が璃乃ちゃんに病院で言った言葉……？」

驚く気持ちを隠さず呟くと、竜也は小さく笑って、その嬉しそうな顔を私に近づけた。

竜也の両手が、私の頬を温かく包み込んでぐっと引き寄せる。近すぎるその距離に一瞬はっとするけれど、唇に落とされた竜也の唇は驚きよりも嬉しさを私に与えてくれた。

啄む唇の動きを感じながら、その熱が私をいっそう竜也へと近づけていく。何度も何度も重ね合う唇に誘われるように、身を寄せた。

「たつや……」

一瞬唇が離れた時に思わず呟いた言葉は熱い吐息交じりで、まるで私自身の声ではないように聞こえる。そして、竜也の手が私の背中に回り更に引き寄せられる。

「ずっと、欲しかったんだ」

竜也は抑えた声でそう囁くと、その熱い舌を私の口へと差し入れた。

「んっ……あっ……た、たつや……」

思わず顔をそらそうとする私よりも一瞬早く、竜也の手は私の後頭部に回ってぐっと力が入る。

「無理、もう、逃がさない」

私の口を我が物顔で探る熱い動きに好きにされて、私はただそれを堪能する。

「た、たつ……」

息継ぎがうまくできないほどに激しく押さえつけられて、貪られる私の口からは声にならない吐息だけが抜けていき、そして意識全てが竜也に持っていかれる。

どちらのものとも思えない声と、交わし合う唇からこぼれる音に更に気持ちは震える、そしてめまいのような揺らぎ。

竜也は不安定になった私の体を抱き寄せ、キスの合間にその膝の上へと私を抱え込んだ。

「あの日から、俺の意識のどこかには、いつも奈々がいたんだ。そう、俺にとってのお姫様がいた」

そして、私を抱きしめながら思いを注ぎ続ける竜也からのキスは更に続く。

「ギ、ギブ、だめ……もう、無理……」

いつまで続くんだろうかと思うほどに長く続いたキスは、息がうまくできない私の言葉によって、終わった。とはいっても、唇が解放されただけで、私の体は抱きしめられたままだ。荒い呼吸を続ける私の様子に苦笑しながらも、竜也は満足げ。

「俺のお姫様は、とことんかわいいな」

竜也の言葉は、これまで聞かされたどの言葉よりも甘くて、私は照れることも、反論することも何もできないまま、ただ見つめ返す。

「璃乃が起きてくる心配がなければ、ここで抱くんだけど」

今まで私が知っていた竜也ではない竜也が目の前にいて、再び私はめまいを感じて目を閉じた。そして、どうにか呼吸を整えようと、何度か深呼吸。

「本当、もうギブだから、しばらく黙ってて。私、慣れてないの。男の人からそんな溶けそうな甘い言葉、言われたことないから。呼吸障害起こしそう」

照れくさすぎて竜也の瞳を見ることもできず、それだけをどうにか呟いた。

呟いた瞬間、私の体に回されていた竜也の腕の力が緩み、捕らわれていたに近かった私の心も動き始めたように感じる。

「竜也はそんな甘い言葉、言い慣れてるのかもしれないけど。私、男の人と密に付き合った経験が少なくて、それに長続きしたこともないし。だから、お願いだから今日はこの辺で終わりにして」

昨日今日と、私がこれまで知らなかった甘い世界にひきこみ振り回し続ける竜也に必死でついてきたけれど、それももう限界だ。

抱きしめられ、熱すぎる唇を、そして吐息を与えられて許容量オーバー。

大人になって何年も経っているというのに。それに、男性と付き合ったことも、体を重ねて愛情を確かめ合ったことも多少はあるというのに。

こうして真正面から「逃がさない」だの「抱きたい」だの言われて、これまでの経験の薄っぺらさを実感しただけだ。そんな自分にがっかりしながら小さくため息を吐いて、やっとの思いで視線を上げた。

「いい年した女なのに、ごめん。がっかりしたよね」

竜也は片手を私の背中に回したまま支えてくれ、もう片方の手で私の手を握ってくれた。

「いい年したお姫様が、他の男に育てられていなくてかなり嬉しいんだけど？　キスと言葉だけでギブなんていう女、かわいいって思わない男いないぞ」

「だ、だからそんな言葉が無理なの。体が熱くなるしドキドキしすぎる。これ以上息があがりそうなセリフ、垂れ流さないでって言ってるのにー」

「垂れ流してるつもりはないけど、俺が奈々を気に入ってからかなりの時間が経ってるから。今までずっと備蓄していた言葉と思いが止まらないんだ」

竜也の腕に力が入って、私の顔は彼の胸に押し付けられた。

背中をポンポンと何度か叩いて、竜也の指先が私の首筋を優しく這う。

「あの日、こうして璃乃を抱きしめていたよな」

「……璃乃ちゃん？」

「ああ。病院の中庭のベンチに腰かけて、璃乃を膝の上に乗せた奈々は、本当に綺麗だった」

また。

甘くて私をとろけさせるような言葉がまだまだ続くんだろうか。

慣れてないからやめてほしいとあれほど言ったのに、この男はそれをやめるつもりはないらしい。いい加減にして、と思いを含めた視線を見せると、竜也はそれに気づいているのかどうか、関係ないとでもいうように口角を上げた。

「璃乃が抱えている病気は、すぐに命に関わるものでもないし、成長して体が大きくなれば改善されるとドクターも言ってたんだ」

私を気遣うような瞳を私に向けながら竜也はぽつりと話し始めた。

「確かに呼吸しづらくてぐっすり眠ることが難しいから、つらい病気なんだけどな。璃乃……今も眠りは浅いはずだ」

確かに、ソファの上で眠っている璃乃ちゃんの呼吸は荒くて熟睡しているようには見えなかった。

「いつも？」

「ああ、姉貴が言うにはいつも眠りが浅いらしい。手術に踏み切る一番の理由は、璃乃がぐっすりと眠れるようにしてやりたいからなんだ」

「手術すれば、ぐっすりと眠れるようになるの？」

「多分。確かなことは手術してみないとわからないけど、今よりは改善されるそうだ」

久しぶりに会えた璃乃ちゃんが抱えているつらさは、予想以上のものなのかもしれない。

「まあ、手術するって決めたからには璃乃に頑張ってもらうしかないんだけど。それに、璃乃が手術を受けようと決めたのは、自分の体調のこと以外にも理由があるんだ」

「理由？」

竜也が璃乃ちゃんのことを話す時にはいつも優しい笑顔を浮かべていたのに、突然真剣な声に変わり、表情も硬くなった。その様子に不安を覚えた私に気づいたのか、ふっと表情を緩めた竜也は私の頬を何度か手の甲で撫でると、安心させるかのように頷いた。

「璃乃は、姉貴のために……自分の母親のために手術を受けるんだ。姉貴が自分自身を責めるから、璃乃はそれをどうしていいかわからなくて困ってる。姉貴の気持ちをどう受け止めていいのかもわからないし、自分が悪いんだと思い込んでるところもある」

「そうなんだ。私が璃乃ちゃんと初めて会った時と状況は変わってないんだね。璃乃ちゃんのおかあさんは、今も謝ってばかりなの？」

「は？　……あ、そうか。奈々は、姉貴の気持ちを理解してるんだな」

「うん、多分、わかってる。あの時からね」

「そうか、そうだよな、じゃなきゃ璃乃にあんな言葉、言えないよな」

昔を思い返すように視線をさまよわせる竜也は、私を抱きしめている手に力を込めて更に強く抱き寄せた。

私の頭の上に顎を乗せ、はあ、とため息を吐き出した。

まだまだ小さな璃乃ちゃんが抱えているのは病気だけではなく、おかあさんの負の感情だって同じように背負っている。明るく笑って元気にはしゃぐ璃乃ちゃんの姿は、それすらきっと、おかあさんを安心させるためのものに違いない。

私が初めて璃乃ちゃんに会ったのは、ある総合病院の耳鼻咽喉科の待合室。

診察が終わって、その後おとうさんとドクターが話をしている間、璃乃ちゃんはひとりで待っていた。

診察の順番を待っていた私は、隣でおとなしく座っている小さな女の子に、『ちゃんとひとりで待ってるなんて、お利口さんだね』と声をかけた。これが私と璃乃ちゃんの出会い。

私は、まだ小学校にもあがっていないとわかる小さな女の子が、椅子に座っておとなしくしている様子に感心するとともに、どこか違和感をもっていた。

『おとうさんが、璃乃の病気のことを先生とお話してるの』

『璃乃ちゃんっていうの？　かわいい名前だね』

『……ありがとう』

ほんの少し照れた顔は年相応に見えて、ほっとしたことも覚えている。

『おねえちゃんも、病気なの？』

『そう。体がくらくらしちゃって。めまいってわかる?』

『……めまい?』

『ははっ、まだまだわかんないよねー。おねえちゃん、時々目の前がふらふらするから、先生に診てもらうの』

へえー。と呟いた璃乃ちゃんには、私が話す言葉がよくわからないようで、私をじっと見つめていた。

『今は大丈夫。くらくらしてないから、璃乃ちゃんのかわいい顔もはっきりと見えるよ』

にっこりと笑って、璃乃ちゃんの頭をそっと撫でた。

『先生に診てもらったら、絶対にすぐに治るよ。璃久も足の骨が折れたから入院してるの。でも、おかあさんが側にいるから頑張ってる。おねえちゃんも頑張ってね』

小さな璃乃ちゃんに励まされて、それまで抱えていた不安が小さくなった気がした。

私が苦しんでいためまいは、検査を受けた結果、ストレスと自律神経の乱れが原因らしく、おまけに肩こりもひどかったせいで、頻繁に起きていたらしい。処方されたお薬を飲んで様子を見ることになり、その後三回程度診察にも通った。

偶然、璃乃ちゃんと病院で会うこともあったけれど、いつもおとうさんが付き添っていた。弟の璃久くんの退院も近いと嬉しそうに話してくれたことを思い出す。

結局、璃乃ちゃんの手術は先送りとなり、それまで通り週一回の通院。私は薬をやめても検査の数値が正常値を維持できるようになったおかげで通院も終わった。

『璃乃、奈々ちゃんみたいに綺麗なお姉さんになれるように頑張るね』

私の通院最後の日、璃乃ちゃんは病院に来る必要がなくなった私をお祝いしてくれるように明るく言った。そして、それ以来会うことはなかった。


「……で、今日久しぶりに会って、大きくなった璃乃ちゃんにびっくりした」

璃乃ちゃんと知り合ったきっかけを竜也に話しながら、少し切ないその過去に、そっとため息をついた。

「奈々と璃乃が、病院の中庭のベンチで話してるところを見たんだよな、俺」

思い返すような竜也の声。

「あの頃、璃久が足を骨折して入院していたから、大抵は義兄さんが璃乃の病院に付き添っていたんだけど、あの日は休日出勤の代休で時間があった俺が璃乃を病院に連れていって。そして、ふたりが一緒にいるところを見かけたんだ」

私の目を見ながら、そして、その言葉によって私がどう反応するのかを気にするような竜也に、私はそっと笑った。

「声をかけてくれればよかったのに。私たち、それほど親しくなかったけど、同期なんだから顔と名前は知ってたはずでしょ？」

ほんの少し拗ねた声で責めてみた。

一年ほど前なら、絶対に私を知っていたはずなのに。私の中には、璃乃ちゃんと一緒にいる時に竜也から声をかけてもらった記憶はない。どこか遠くから、こっそりと私と璃乃ちゃんの様子をうかがっていたとしたらなんだか落ち着かない。

「ねえ、私、バカなこと言ってなかった？　璃乃ちゃんと一緒にいる時って、子供が喜びそうな遊びをやってたんだよね」

思い返すと照れくさい。

広い中庭でバドミントンをしたり、あやとりをしたり、ただふたりでおしゃべりに興じたり。まだ幼稚園児だった璃乃ちゃんとの会話は思いのほか楽しくて、自分の精神年齢に不安も感じたけれど、大きく口を開けて笑いながら楽しい時を過ごしていた。

そんな様子を見られていたと思うと、照れくさいし恥ずかしい。

「バカなことはしてないし言ってなかったけど、まあ、璃乃との年齢差を感じないほどには楽しそうに笑ってたな」

くくっと喉を震わせる竜也は、からかうような視線を私に向けた。

「楽しそうだったし、綺麗な女だなと思って眺めてた」

「ま、またそんな甘い言葉、やめてよ。もう許容量いっぱい。恋愛慣れしてないから、私が照れるようなこと言わないで」

まだまだ私をからかうような言葉を呟きそうな竜也に、少しきつめの声で釘を刺した。けれど、竜也はそれを無視するように言葉を続ける。

「本当に、綺麗だった。自分だって病気で通院しているのに、璃乃の面倒をみてくれて、そしてあんなにかわいい顔で笑ってたんだからな」

その腕に私を収めたまま、竜也は面白そうに呟いた。

「奈々のことを病院で見かけた時、お姫様っていう手の届かない印象よりもずっと近い距離にいるんだなと思ったんだ。そして、俺はどうしても奈々を手に入れたくなって、そんな自分が怖くなった。それからの俺は同期みんなで飲んだり、研修で机を並べている時はいつも、目の前にいる綺麗なお姫様が欲しくてたまらなかったんだ。自分の見た目にプレッシャーを感じながら、その見た目で周りから誤解されて取り残されないように気を張っている、不安定なお姫様が」

「そ、そんなに不安定でもなかった、けど」

「まあ、真珠という同志もいたし、第一俺らの同期ってみんないいやつらばかりだからな。人を見た目や先入観で判断しないし」

な?と私に同意を求めるように首を傾げる。それでも竜也の言葉は続く。

「同期の中での俺と奈々の距離をどうすることもできなくて、もどかしかった。だけど結局、俺は工場勤務で、奈々と一緒にいられる時間なんて限られてるからと言い訳して一旦は諦めたんだ」

何かを思い返すような声には後悔している気持ちも含まれているようで、どことなく切ない。

「一旦。そう、一旦は奈々に対する気持ちは大したことじゃないと、そのうち薄れていく感情だと言い聞かせては諦めようとしたんだ。同期としての関係で満足して、奈々の生活に俺の存在を入り込ませないほうがお互い楽なんだろうと思って」

私を抱きしめる竜也の腕の力は大して強いものではないのに、言葉ひとつひとつが与える強さは半端なものではない。とはいっても、私への気持ちを封印し、諦めようとした竜也に腹もたってくる。

「どうして勝手に私を諦めようとしたのよ」

吐き出すように呟いた私の声は思いのほか厳しくて、竜也の瞳が不安げに揺れた。

「勝手に私を気に入って、苦しんで、それで勝手に諦めようとしてって、どういうこと？」

「どういうって、奈々は俺のことを大して気に入ってるわけでもなさそうだったし遠距離だし。俺が一方的に気に入ってる気持ちをぶつけても迷惑だろ？　お姫様って呼ばれるほどの見た目なんだから、恋人がいるんだろうなと思うのは自然だろ」

「自然なんかじゃない。本社にもその他の場所にも恋人なんていない。それに、好きになったら遠距離くらい乗り越える。あ、それと、今までは特に竜也のことを気に入ってなかった、というより気にしてなかったから、これは正解かも」

「……あっそ」

竜也は呆れたように呟いて、天井を仰いだ。

私の体に回された手はそのままで、離すつもりはないようだ。

言葉の温度と、回された手のぬくもりの落差に可笑しさを感じるけれど、竜也がこれまで抱えてきた思いを直接聞かされて、じんわりと柔らかい感情が溢れる。

私のことを想って切なさ全開……かどうかは謎だけど、自分を欲して過ごした時間が確かにあったと知って、嬉しいと思わない女はいないと思う。

「何？　にやにや笑ってるけど」

面白くなさそうに呟く竜也。

「にやにやなんてしてない」

「……してるだろ。俺の話を聞いて、優越感？」

「あー。そうかも。同期の出世頭で、そして王子様と呼ばれている竜也の心を右往左往させることができるなんて、優越感というか、自慢？」

「は？」

「竜也が私を勝手に諦めようとしたっていうのはいただけないけど、私のことを想って悩んで苦しんでもがいてたなんて、気分いい。社内の女の子が憧れの対象に据えているに違いない竜也が、だよ。そりゃ、優越感も感じるでしょ」

竜也は、ちっ、と軽く舌打ち。

「でも、諦めようとしてたのに、どうして突然『遠距離恋愛しよう』なんて言い出したの？」

甘い言葉で私を餌付けして、そしてその体温で私の迷いを解きほぐすように囲い込んでいる竜也。諦めたと言いつつ、昨日からの強引な展開と、私をとろけさせるような甘々全開の言葉の数々を放っている彼からは、ちぐはぐな印象しか受けない。

本当、竜也の気持ちの変化の理由がよくわからない。

そんな私の疑問を察したようにくすっと笑った竜也は、もったいぶった口調を隠そうともせずに言葉を落とした。

「『みんなから大切にされすぎて、いつ泣いていいかわかんないよね』って奈々が璃乃に言ったこの言葉に俺は囚われてどうしようもなくて、今もそのままだ」

私の唇にちらりと視線を落とした竜也は、それにはっと気づいて身構えた私の反応よりも早く、

「この口がそう言ったことを、覚えてるか？」

竜也は私の唇を彼のそれで覆いつくし、私への強い気持ちを露わにしながら喉を震わせる。

楽しそうなその声に、私の思考回路は即時停止。

そしてなおも続く口づけは、竜也が満足するまで続いた。

……十分ほど。

あの日。

璃乃ちゃんと病院で顔を合わせるようになって三度目の夕方、診察を終えた私たちは院内の中庭のベンチに並んで腰かけていた。璃乃ちゃんに会えたら一緒に食べようと朝から焼き上げたマドレーヌをふたりで食べながら見る夕日はとても綺麗だった。

『奈々ちゃんの制服、かわいいね』

会社を抜け出して通院していた私は会社の制服を着ていた。ピンクのブラウスとグレーのタイトスカートというオフィス街でよく見かけるＯＬ仕様。

『お仕事は大変？』

『そうだね。忙しくてばたばたしてるよ』

『病気にならないでね』

心配そうな璃乃ちゃんに、もう病気なんだけどな、と心の中で軽く呟きながら、こんなに小さな子に労わられる自分が情けなく思えた。

『璃乃ちゃんは、幼稚園楽しい？』

マドレーヌを頬張っている璃乃ちゃんに問いかけると、『うん、すっごく楽しいよ。運動会の鼓笛隊でね、璃乃は小太鼓を叩くんだ。毎日練習で大変だけど頑張ってる』と嬉しそうに答えてくれた。

年相応な明るい反応に、不思議とほっとしたことを覚えている。

子供なら、病院に来るよりもお友達と遊びたいに違いないのに、文句も泣き言も口にしない様子は立派だとしか言いようがなかった。

その日はおとうさんの姿は見当たらなかったけれど、会計で精算を済ませているのかなと気にも留めていなかった。

『マドレーヌ余ってるから持って帰ってもいいよ。おかあさんとおうちで一緒に食べたら？』

『え？　いいの？　おかあさんケーキとか大好きだから喜ぶよ』

『じゃ、これ全部持って帰っておうちで食べて』

『奈々ちゃん、ありがとう。おかあさんと一緒に食べる』

璃乃ちゃんは嬉しそうに声を弾ませたけれど、何かを思い出したのかその笑顔が曇った。

『ん？　どうしたの？』

どこか俯きがちな様子が気になって、その顔を覗き込むと、璃乃ちゃんは俯いたまま小さく首を横に振った。

『なんでもない。璃乃、おかあさんと一緒にマドレーヌを食べる』

呟くその声はどこか弱々しくて、おかあさんと一緒に、と言いながらも、それを喜ぶ様子はどこにも見当たらない。

『どうしたの？　もしかして、おかあさんはマドレーヌ好きじゃないのかな？　そうだったら、無理に食べなくてもいいんだよ』

そう言っても、璃乃ちゃんの気持ちは沈んだままで、どうしたんだろうかと不安になった。今の今まで元気に、そしておいしいと言って食べてくれていたのに。

『璃乃、おかあさんのこと、困らせてばかりだから……マドレーヌ、喜んでもらえるかわからない』

そう言った璃乃ちゃんの瞳からは涙が零れ始めた。ひくひくと息を詰まらせながらも、必死でこらえようとする姿を目の前にして、私はどうしていいのかわからなかった。

自分の気持ちを上手に整理できない璃乃ちゃんは、どうして泣いているのかを私に言うこともできない。

『えっと、えっと……璃乃のせいで、おかあさんはいつも……自分が悪いって……』

私はカバンからハンカチを取り出すと、涙でびしょびしょになっている頬をそっと拭った。それでも止まらない涙の原因が璃乃ちゃんのおかあさんにあるらしいことは、なんとなく察することができたけれど、具体的な理由はわからないままだ。

『璃乃ちゃん、落ち着いてゆっくりと話してみようか』

隣で泣いている璃乃ちゃんの体を優しく抱きあげると、そのまま私の膝の上に横抱きにした。初めて抱きあげたその体はやっぱり軽くて、こんな小さな体のどこから大量の涙が溢れてくるんだろうかと思うとつらい。と同時に、彼女の胸を痛める原因が何かを知りたかった。

『璃乃ちゃんの涙が止まって、いつもみたいにかわいく笑えるまで、こうして抱っこしてあげる。だから、安心していいよ』

私の言葉に、不安げな顔を見せた璃乃ちゃんは、それでも必死で考えて。ゆっくりと話してくれた。

『おかあさん、璃乃の病気は自分のせいだって言って泣いてるの。ごめんね、って言って謝るの。璃乃は、平気だよって笑うけど、だめなの。おかあさんが泣いてるのは璃乃のせいなの』

自分の気持ちを整理しながらゆっくりと、子供なりに一生懸命紡ぐ言葉からは悲しみがありありと感じられてたまらなかった。

璃乃ちゃんの病気は自分のせいだと思うおかあさんの気持ちもわからないではないけれど、子供にとって母親は、力強く愛情を注いでくれる優しい存在。自分を愛しているとわかれば、それだけで子供は嬉しくなって幸せな気持ちにもなる。たとえ病気であっても、たったひと言、母親が『大丈夫よ』と言ってくれれば。それだけで子供は安心し、強くなれるのに。

その母親が自分のせいで涙を流し、不安定になっている姿を目の当たりにすると、子供は自分の存在を否定されたように思えて苦しい。

きっと璃乃ちゃんは、自分へのおかあさんの態度に苦しんで、切なくて。素直におかあさんに甘えられないはずだ。そして、璃乃ちゃんの涙の理由は、自分自身が病気であることで家族に負担を強いていることへの申し訳なさだ。

腕の中でひくひくとすすり泣く璃乃ちゃんの頭をそっと撫でながら、私自身の子供の頃を思い出した。

母親から『ごめんね』と謝られながら育ち、そして父や兄たちからも必要以上に気を遣われる息苦しさを知っている私には、璃乃ちゃんの気持ちが自分のことのようにわかる。

『璃乃ちゃん、よく頑張ってるね。それに、優しいね』

切なくてたまらなくなった私はそう言って、璃乃ちゃんの体をぎゅっと抱きしめた。

璃乃ちゃんのせいでも、誰のせいでもないのに、生まれつきの病気を抱えているというだけで周りみんなが気を遣って璃乃ちゃんを追い詰めている。

『もう、我慢しなくていいんだよ』

璃乃ちゃんが抱えている悲しみを、幼い頃の私も同じように抱えていた。

けれど、大人になった今ではその感情を既に昇華している。

だから言ってあげられる。

『みんなから大切にされすぎて、いつ泣いていいかわかんないよね』

私の言葉を正確に理解してもらえるのかどうかはわからなかったけれど、それでも言わずにはいられなかった。

私の腕の中で涙を流す小さな天使には、笑顔が似合うから。


璃乃ちゃんの涙に心を痛めたあの日のことを話すと、竜也は悲しみに揺れる瞳を隠すことなくため息をついた。

竜也の膝の上にある私の体には、微かに震えている指先。

この家に来てからずっと、璃乃ちゃんに向ける竜也の優しいまなざしを見ていたせいか、その苦しみの大きさを実感する。竜也はきっと、璃乃ちゃんが生まれた時からずっと彼女を気遣って励まして見守ってきたんだろう。だから、私が璃乃ちゃんと病院で交わした言葉を今でも覚えているんだ。

「璃乃ちゃんの涙が止まるように、ああ言ったけど、きっと璃乃ちゃんにはまだ理解できなかったよね」

沈みがちな空気を変えようと、明るくそう言った。

「まだ幼稚園児だったもん。わかんないよね。だからといって、今同じことを言ってもまだ理解できないかな」

竜也は、私の体をその胸に抱き寄せると、私の頭に顎をぽん、と乗せた。

「あの時、璃乃が奈々の言葉を完璧に理解したとは思えないけど、奈々が璃乃を大切に思っていたことはちゃんと伝わったと思う。あの日からしばらくの間、璃乃の口からは奈々のことが大好きだって言葉ばかりが出ていたからな」

「ほんと？」

「ああ。あまりにも奈々ちゃん奈々ちゃんってうるさくて、姉貴が奈々に妬いて泣きそうになってたな」

「や、妬いて？　って、それは言い過ぎでしょ？」

「いや、言い過ぎなんかじゃない。ずっと姉貴に気を遣って泣けなかった璃乃にとって、泣いてもそれが罪じゃないと教えてくれた奈々は、天使のような存在だったな」

「て、天使っ。大げさだよ」

竜也の言葉に照れた私は、思わず大きな声で否定した。天使なんてとんでもない。

すると、竜也はにやりと笑い、必要以上に顔を近づける。

「な、なに……」

思わず言葉を詰まらせた私の様子なんて構うことなく更に近づいて、そして更に密に近づいて。

「天使のようなお姫様は、ようやく俺のものになった、よな？」

「お、俺の、て、天使っ？」

竜也の言葉に次々と驚かされて、裏返った声ばかりを発している。

「天使なんて言葉は、私には似合わないよ。お姫様って言葉もそうだし、竜也も悪のりしないで」

照れる気持ちを隠すように俯くと、それを追うように竜也の目は私を覗き込む。

「ちょっ、やめてよ……」

きっと、今の私の顔は赤いに違いない。

その原因は、竜也の甘すぎる言葉と視線。

「あの日、璃乃の気持ちを理解して励ます奈々を見ていた俺は、お姫様の魅力に骨抜きにされた騎士ってとこだな。もともと同期としての奈々を知ってはいたけど、ただ見た目が綺麗なだけの女だと誤解してた自分を殴りたくもなった」

どこまでこの男は……。

私は恋愛に慣れてないって、何度も言ってるのに、どこまで私を甘やかすんだろう。
今すぐ気を失って、この恥ずかしい空気から逃げ出したい。
そんなこと、無理だけど。

王子様が欲しいもの

俺のこれまでの人生を振り返れば、それなりに器用に、なんでもこなしてきた。

勉強やスポーツはもちろん、小学校にあがる前から習っていたピアノも絵も周囲から感嘆の声をあげられるほどに上達。必死で練習したわけでもないし、寝る間を惜しんで勉強に励んでいたわけではないけれど、高校も大学も志望校へとすんなりと入学できた。

絵画展での入選や、ピアノコンクールでの優秀賞。

習うもの全てにそれなりの結果を出してきたが、入選ではなく大賞、優秀賞ではなく最優秀賞を獲ったことはなく、一位には縁がなかった。そして、学校のテストでは学年五位あたりをうろうろ……。

決して自分を卑下するわけではないけれど、俺の人生には〝てっぺん〟という言葉が存在しない。そして、俺の人生はこんなもんだろうと思いながら、なんでもそつなくこなす自分を持て余していた。

そんな俺が中学生の頃に出会ったのは、俺の未来を変えるひとりの女性だった。

当時、実家を新築することとなり、建築士の人や工事に携わる多くの職人さんと出会った。簡単に近づけない危ない場所にも近づきたくて、うずうずするという感覚は初めて知った。

『竜也くんが大人になっても、この家から離れたくないって思えるような家にしたつもりよ』

完成した家を見あげながら誇らしげにそう言った建築士さんの言葉が、建築の道へ進むきっかけとなった。

建築の勉強を本格的に始めようと、その世界では有名な大学に入学。仁科《にしな》夫妻や相模恭汰《きょうた》という日本屈指の建築士を輩出した大学と並び有名なその大学で、思う存分に勉強し、建築の世界の可能性にいっそう惹かれた。

『建築デザインコンクール』で大賞を獲るという野望を持つ学生が多かった中で、俺はひたすら自分が将来住みたいと思うような家を設計しようと、それだけを目標に勉強し学生時代を過ごしていた。

卒業後、本格的に住宅の設計をしたくて住宅建築で有名な会社に就職したけれど、入社後目の前に現れたのは、同期にして尊敬すべき男、司だ。

彼は相模恭汰に憧れて、同じ大学を卒業し、同じ会社に就職。相模課長の下で仕事をするにはどうすればいいのかと、入社後の研修で人事部に尋ねた有名人だ。

見た目がよろしく、猪突猛進型の仕事人間で、女の子からの人気も半端なものではなかった。

相模課長への熱意がかわれたのか、本人の希望通りに相模課長直轄の部署に配属された。

そして、そんな司と並び、将来有望な新人と周囲から評価されていた俺だけど、結局は司のような花形部署ではなくて、本社から離れた工場の設計部へ配属される。

相模課長が人事権を持っているわけではないし学閥があるとも思わないけれど、同じ大学を卒業し、あからさまに憧れを口にして相模課長への尊敬の念をぶつける司と、俺のようにあっさりと全てを受け流すような温度の低い人間を比べれば、側に置きたいと思うのは司の方だろう。

『人生って、こんなもんだろうな』

諦めることに慣れていた俺は、その時もすんなりと状況を受け止め、配属先へと赴いた。

その後も厳しい研修を共に乗り越えた同期との絆は強く、何かあるたびに助け合っている。そして、同期会や飲み会で無意識に視線を向けてしまうのは、〝お姫様〟と呼ばれて同期の中でも人気が高い奈々だった。

小さな顔にバランスよく配置されたパーツ。大きな目でじっと見つめられると誰もがどきどきと心を揺らしてしまう。華奢な体に長い手足。色白な肌はいつも艶やかで、薄化粧だとわかる見た目なのにいつも華やかだ。

それまで自分の懐で大切にしたいと思える女に出会わなかった俺は、奈々に対しても深い思いを抱かないよう、無意識に気持ちをコントロールしていた。

どちらかと言えば、〝女王様〟と呼ばれて凛とした仕草が魅力的な真珠のほうが好みだったし。

本社から離れた工場で勤務する俺は、奈々への想いを封印しやり過ごしてきた。

そんな俺にも、唯一大切に思う女がいた。

姉貴の娘の璃乃は、生まれた時から俺を魅了する女だ。身内びいきというものを差し引いてもかわいいその容姿は、将来の小悪魔ぶりが予想できて頭が痛いけれど、姪という存在がここまで愛しいものだと気づいて、新たな自分を発見することになる。

璃乃は、扁桃腺の奥にあるアデノイドと呼ばれる器官が生まれつき大きくて、病院に通い続けていた。姉貴は、自分がちゃんと産んであげられなかったせいだと思い込み、自分を責め続けている。

けれど、その思いが璃乃の幼い心を傷つけているなんて、最初は俺も気づかなかった。

璃乃の弟の璃久が生まれ忙しくなった姉貴や、会社を背負い、なかなか仕事を休めない義兄さんの都合がつかない時、二カ月に一度くらい俺が仕事を休んで璃乃の通院に付き添っていた。

そしてあの日。

璃乃の弟の璃久が骨折で入院していて、俺が姉貴の代わりに璃乃の通院に付き添っていた時。璃乃の診察の間に会社にかけていた電話が思いのほか長引き、電話を切った後、慌てて璃乃が待っている病院の中庭に向かった。

中庭に足を踏み入れた途端、柔らかな夕日に照らされ、悲しい顔をしている璃乃が目に入った。ポロポロと頬を涙で濡らす璃乃の側に慌てて駆け寄ろうとすると、そんな璃乃を自分の膝の上にそっと抱きあげた女の横顔が見える。

「え……」

まるで天使のようなほほえみを浮かべている女は、ここにいるはずのないお姫様。

「まさか、……奈々？」

どうして彼女がこの場にいるのかわからない。

どうして璃乃と一緒にいるのかもわからない。

けれど、俺の視線の先にいたのはまさしく奈々だった。

会社では見たことのない、穏やかな視線と璃乃を励ますような笑顔は、一瞬で俺の気持ちを掴んだ。

璃乃の涙が止まった後、ふたりで仲よく笑いながら話したり歌っている姿からも目が離せなかった。

心の全てを持っていかれたと実感し立ちすくんでいたその時、忙しい仕事の都合をつけた義兄さんが璃乃を迎えにきた。奈々と璃乃にどう声をかければいいのかわからなかった俺は、義兄さんに璃乃を託してその場を後にした。それでも、立ち去る間際に振り向き、再び彼女を見つめずにはいられなかったんだ。

そしてその日以来、奈々に再び会えないかと期待した俺は、璃久の付き添いで忙しい姉貴や義兄さんの負担を減らすという建前のもと、何度か璃乃の通院に付き添った。けれど、俺の期待も虚しく、あの日以降奈々に会うことはなかった。病院に行けば必ず会えると思っていたわけではなかったけれど、あんなに優しく笑う奈々を再び見たい気持ちは強くて、『璃乃と一緒にいたおねえちゃん、最近見ないな』と、何気なさを装って璃乃に聞くと……。

『奈々ちゃんね、めまいが治ったからもう病院には来ないの。でも、しばらくしたら来なさいって言われたから来るんだって』

やっぱりあれは、奈々だったのか。

まるで天使のようだった奈々に、再び会いたかったとため息をつく。

その後、璃久が無事に退院し、姉貴が璃乃の付き添いを再開したことで俺が病院に行く機会も減り、二度と奈々を見かけることはなかった。たった一度奈々を見かけただけで気持ちを揺らされた俺は、その気持ちを持て余しながら、何もできない。

年に数回ある同期会でも、それまで同様当たり障りのない挨拶を交わすだけの関係。

さりげなく体調を探ってみても、特に通院をしている様子もなく、めまいに苦しんでいるわけでもなさそうだ。きっと、完治して通院の必要もなくなったんだろう。

これから璃乃の通院に付き添っても、奈々とは会えないんだろうと苦笑した時には、既に彼女を病院で見かけた日からかなりの時間が経っていた。

「えっと……璃乃ちゃんと一緒にいるところを見たんだよね？　病院で。あの日声をかけてくれればよかったのに」

少し拗ねたように、上目遣いで俺を責める奈々に、小さく笑ってその体を抱き寄せる。

見た目以上に華奢な体。

長い髪を指先ですくい、ぱらぱらと落とす。

最近の女性には珍しい黒髪に輝く天使の輪。

艶やかなその手触りに、更に深いところまで知りたいと体は熱くなるけれど、昨日今日で距離を近づけたばかり。

それに姉貴の家、そして、眠りの浅い璃乃がいつ起き出すかわからない状況に、どうにか気持ちを鎮めながら、それでもとりあえず、唇だけ。お互いの熱を重ねた。

「ちょ、ちょっと……」

瞬間真っ赤になった奈々の頬を、手の甲で優しく撫で、親指で目じりをそっとたどった。

「こうして、璃乃の涙を拭いてただろ?」

「え?」

「あの日、病院の中庭で泣く璃乃の涙を、指先で拭ってた奈々が、俺には天使に見えて、声をかけられなかった」

俺の答えは奈々の予想を超えていたようだ。

「何度も言うけど……天使なんて……ガラじゃないし」

照れ隠しなのか強気な声、それでいてかわいいその顔。これが天使ではなくて、なんなんだ？

「奈々が来てないかと病院で探したこともあったけど、結局同期会以外で会える機会はなかった」

「じゃ、どうして突然？」

「昨日仕事だとはいえ久しぶりに一緒に過ごして、やっぱりこの女が欲しいって思ったから、動くことにしたんだ。奈々が、他の男の天使になるって思うだけでむかついたから。……了解？」

かなりの直球で吐き出した俺自身の気持ち。奈々にとってそれは、驚きで体を強張らせるには十分な力があったようだ。

「そ、そうなんだ……で、でも、欲しいって、私はものじゃないし……」

焦って戸惑って、照れて瞬きを繰り返す様子から目が離せない。

そして、俺の膝から離れようとしない彼女の様子に安心する。

強引に奈々を連れ回している俺からいつか逃げ出すんじゃないかという不安が、少し消えたような気もする。そんな不安を顔に出さないように、言葉を続けた。

「本当に、ずっと奈々が欲しかったんだ。それに気づいたのが、昨日。でも、奈々が病院で笑っていたあの日からずっと、そんな思いにとらわれていたと思う。もう、我慢なんてしない。遠距離でもなんでも、うまくやってみせる。正直、奈々を俺のものにするためならなんでもできそうだ」

そう。奈々とのこれからの時間が、遠距離恋愛という壁の向こう側のことだとしても、お互い、いい大人なんだ。気持ちさえ向き合っていれば、どうにかなるはずだ。

「だから、俺と付き合ってほしい」

これだけ奈々を振り回しておいて、今更かよ、と自分でも呆れるけれど、ちゃんと奈々を俺のものにしたくて、はっきりと言葉にした。

付き合ってほしいし、恋人として、これからを過ごしたい。

そんな俺の気持ちを聞かされて、一瞬震えた奈々の体。俺の体に更に密に寄り添い、両手を俺の首に回してきた彼女の体温を感じた時。

「は……やっとだ……」

俺の口から、ほっと安堵の吐息がこぼれた。

やっと、ようやく。

愛しいと思っていた女が、俺のものになった。

そして、自分がかなり緊張していたと気づかされた。

「竜也……甘すぎる……」

相変わらず照れて俯く奈々を自分の胸に抱え込み、俺自身の顔も赤くなっていることを悟られないように、もう一度、大きく息を吐いた。

王子様と姫ふたり

『やっと』

やっと、自分のものにできた、と吐息交じりに囁いた竜也の言葉は私にかなりの喜びを与え、温かい気持ちが体中に染み渡った。しがみつくように彼の体を抱きしめながら、少しずつ気持ちが落ち着いていくのを待つ。

そんな幸せな時を過ごしていると、竜也の鼓動も徐々に穏やかなものに戻っていくのがわかる。とくとくとく。から、とくんとくんとくん。鼓動はそのペースを落としていく。

そうなんだ、竜也にとっても、私に気持ちを告げることは容易《たやす》いものではなくて、かなりの勇気が必要だったんだ。緊張していたのは私だけじゃなかったんだ。

それに気づけば私の中にちょっとした余裕も生まれる。

もっと竜也の心を知りたいと思って、視線を上げようとすると、途端にぐっと力が込められて押し戻された。

「見るな」

「え？　どうして？　竜也の今の顔を見たいんだけど」

私に思いを告げてくれた、その瞬間の竜也の顔を見たいだけなのに。

「見なくていいし、じっとしてろ」

相変わらず私を抱きしめるその力が緩む気配はなくて、無駄だろうと思いつつも彼の背中を軽く叩いてみた。

竜也は私が欲しいと言ってくれた。そして付き合ってほしいと、はっきりと言葉にしてくれる。一方竜也に振り回されていた二日間で、私の気持ちは完全に竜也に取り込まれた。今ではそれを受け入れ、離してはもらえないと覚悟も決めた。

そんな気持ちの区切りとして、思いを寄せ合ったばかりの竜也の顔を見たいと思うのに。

思った以上に頑固で照れ屋さんの竜也の腕の力が緩んだのは、彼の鼓動が平常値に戻ってしばらく経ってからだった。

その時にはもう竜也の表情は普段と全く変わらず、落ち着いた口調で私に『好きだよ』なんて呟いている。落ち着きすぎ。それが悔しくて、拗ねたような視線を竜也に向け、唇をぎゅっと結んだ。

その時、不安げな声が聞こえてきた。

「奈々ちゃん、怒ってるの？」

いつの間にか目が覚めて、ソファに起き上がっていた璃乃ちゃんの困ったような顔。

「え？　ううん、大丈夫、怒ってないよ」

驚いた私は、ははっとごまかすように笑ってみる。

それでも璃乃ちゃんの表情は晴れない。

「奈々ちゃんはどうして竜也おにいちゃんに抱っこしてもらってるの？　璃乃が寝ちゃったから寂しくて泣いてたの？」

「あ、あ、あーっ。ち、ち、違うよ」

璃乃ちゃんの言葉に、はっと我に返る。

私の体は竜也の膝の上に抱きあげられ、そして彼の両腕に取り込まれている。抱きしめられて、あまりにも顔が近い。

「り、りの、ちゃん、なんでもないから、気にしないでっ……」

慌ててそう言いながら、竜也の膝から下りようとするけれど、彼はそれを許してくれず、更にぎゅっと抱きしめられた。

「ちょ、竜也、下ろしてよ、璃乃ちゃんがびっくりしてる」

体をばたばたと動かしても、竜也は全く意に介さず。

大したことないだろう、とでも言うような落ち着いた表情で私を笑ったあと、その笑顔を璃乃ちゃんに向けた。

「璃乃も来い。奈々と璃乃を一緒に抱きしめるくらい、楽勝だぞ」

片手で私を抱きしめたまま、もう片手を璃乃ちゃんに向けて大きく広げた。

「ほんと？」

「ああ、来い」

竜也の言葉に大きな笑顔を作った璃乃ちゃんは、弾むように私たちに向かって来た。かけ足で私たちに飛び込んできたその小さな体を、竜也は上手に抱えあげる。

そして、私と向かい合うように璃乃ちゃんを膝の上に乗せると、

「俺の姫がふたり。……極上で、かなり贅沢だな」

心からの満足げな声と表情を隠すことなく、竜也は私と璃乃ちゃんを交互に見た。

その優しく穏やかな顔に、改めて私の心は囚われてしまう。

ただでさえ王子様と呼ばれている整った顔に、幸せからくる余裕と満ち足りた心が加わって、魅力は何倍にも増したようだ。

私と竜也にとって大切な日となった今日この日、竜也のこの顔を決して忘れずにいようと思った。

「私の王子様と、璃乃ちゃんというお姫様。私の人生も極上で贅沢だよ」

私の言葉はそれぞれの心の琴線に触れるかのように響き、これ以上ないほどの優しい空気に包まれた。


それから、リビングにある大きなテレビでゲームをした。

私の部屋にあるのとは比べものにならないほどの大きなテレビでゲームをするなんて、本当に贅沢だ。

「璃乃ちゃん、いつもここでゲームするの?」

三人でゲームをしながら聞くと。

「うん。でも、おかあさんが、ゲームをしたかったらちゃんとお勉強してからだって言うからあまりできないの」

拗ねたように話す璃乃ちゃんは、リモコンを両手で抱えて体を弾ませている。竜也も、それほどのゲーム通ではないと言いながらも、どうにか一位をキープしている。

「ゲーム持ってないから、こんなに下手で悔しい」

私の成績は最下位で、小学生に負けている自分が悔しくてたまらない。

「あーあ、そこちゃんと飛ばないとだめだよ、奈々ちゃん」

「俺の技をよく見てろよ、このボタンとこれを、一緒に押すんだ。わかったか？」

ふたりは何度も私にアドバイスをしてくれるけど、それは単に私の負けず嫌いな性格を煽るだけだ。

「大丈夫だよ、璃乃だって一年くらい練習したんだもん。璃乃が持ってる攻略本を貸してあげるから、竜也おにいちゃんとお勉強してね」

私の悔しさを感じたのか、璃乃ちゃんが気を遣ってくれた。

「うわあっ、奈々ちゃん見てっ。璃乃、竜也おにいちゃんよりも数字が増えてるよ」

「え？　あ、ほんとだ、璃乃ちゃんすごいね。……竜也、負けてるよ」

「うるせえ、すぐに逆転だっ、おいっそれはやめろーっ」

竜也と本気でゲームを楽しみながら笑っている璃乃ちゃん、本当は、間近に迫った手術が怖くてたまらないはずなのに。


その後白旗を上げリモコンを手放した私に構うことなく、竜也と璃乃ちゃんはゲームに燃えていた。「いつもなら、とっくにおかあさんから『そろそろやめなさい』って言われてるんだけど」と心細げに呟く璃乃ちゃんに、竜也はにやりと笑って言った。

「もしもゲームの途中でおかあさんが帰ってきたら、『今始めたばっかり』だって言えばいいんだよ」

「そっかあ、おにいちゃん、頭いいね。うん。これからそうしようっと」

璃乃ちゃんは竜也に負けない、にやりとした笑顔を浮かべた。

その小さな体にやたら大きく見えるリモコンを両手で抱えて、心から楽しそうに体を揺らしている璃乃ちゃんを見ると、それはそれで当たり前なんだな、とほっとする。

まだ小学一年生。

お勉強やおけいこ事ばかりじゃなく、思いっきりゲームだってしたいに違いないし、大好きな竜也おにいちゃんと秘密を共有するわくわく感だって味わいたいはずだ。

それを璃乃ちゃん本人が理解していなくても、彼女は普通の女の子。いつもおかあさんに気遣われて心配されて、それを切なく苦しく思っているばかりの女の子じゃないんだから。

あーあ。それでも。

こんなにかわいい天使が上手な嘘のつき方まで覚えちゃったらきっと、将来は見事な小悪魔に成長するに違いない。

まだまだ続きそうなふたりのゲーム大会を見ながら、私はふふっと笑っていた。

そして、思う存分ゲームを楽しんだ後、近くのファミレスに行くことになった。

出かける前に三人でリビングを片づけていると、にやりと笑った竜也が私を手招く。ふと見回すと、璃乃ちゃんはいつの間にかラグに寝転びながらスケッチブックに絵を描いている。夢中になっているせいか、私たちに気づいていない。

「何？」

竜也の側に行くと、白い封筒がその手にあり、戸惑う私にそれをひらひらとして見せた。

「ファミレスじゃ使い切れないほどの夕食代」

「え？」

「姉貴が置いていったんだ」

今日の璃久くんのサッカーの試合の後、チームの慰労会があるらしく、『三人で好きなもの食べてね』と言って、かなりの額の軍資金を竜也に渡していたらしい。

「この家の大きさから察するに、璃乃ちゃんちって、かなりのお金持ち？」

「ああ、義兄さんは会社の社長だ。まあ、儲かってるし仕事は忙しい。姉貴とはお見合いで結婚したんだけど、今では周りが呆れるほどの甘い夫婦だ」

口元だけで笑う竜也の口調はからかい気味だけど、お姉さんの今の状況が嬉しいようで、その目はかなり温かい。

「そうなんだ。璃乃ちゃんのおとうさんには病院で何度か会ったけど、若いよね。それなのに社長さんってすごい」

「早くにおとうさんが亡くなって、大学生の頃には社長の椅子に座ってたらしいから。ある意味、自分の人生ではない人生を歩いてる人。それでも、姉貴とお見合いして結婚できたんだから、自分の人生は最高だって真面目な顔で言うし。璃乃と璃久にもメロメロで、結果オーライ。幸せな家族だよ」

「へえ。お金持ちだし家庭も平和。なんだか絵に描いたように幸せな家だね」

「ああ。姉貴も義兄さんのことを愛してるって人前でも平気で言うし、似たもの夫婦。親に勧められた結婚でも、こんなに明るい未来があるなら、見合いも捨てたもんじゃないよな」

「親に勧められた？」

「あ、そんな大した話じゃないから安心しろ。生まれた時から会社の後継者として育てられた義兄さんは、結婚相手も両親が選んだ人だろうって覚悟していたんだ。それなりに恋愛はしてたんだろうけど、本気にはならず、冷めた付き合い。……まあ、体だけ、みたいな」

「それって……」

「確かにまっとうな恋愛じゃないけどな」

「まっとうのまの字もないよ、全然、だめ」

体だけなんて、そんな関係を続けている友達がいないわけではないけれど、男だって女だって、心から満ち足りているようには見えない。恋愛の本当の幸せを知らない若いうちなら、割り切れるのかもしれないけれど、それでもやっぱり、まっとうではないと思う。気持ちを添わせてこその恋愛だから。

私のそんな感情が表情に浮かんだんだろう、竜也はよしよし、と私の頭を撫でた。

「俺も、奈々と同じ。体だけなんて、論外だから安心しろ」

「……うん」

「でも、義兄さんを庇うわけじゃないけど、ある意味特殊な環境にいた人だから。それでも、俺の両親と義兄さんの両親が大学時代からの友人で、お互いの子供を結婚させて親戚になろうなんて、意表を突かれたけど。今ふたりはかなり幸せだから、それもよかったって思う」

「うまくいって、よかったね」

「ああ。何バカな計画を子供たちに押し付けるんだよって俺のほうがいらっときたけど、両親たちは『うまくいくって思ってた』って普通に話すし」

呆れたように、それでも、お姉さんの幸せに安堵の吐息を漏らしている竜也は、どう見ても〝弟〟の顔。よっぽどお姉さんの事が気がかりだったに違いない。

「ご両親には、絶対にうまくいく何かが感じられたのかもね。うちの両親だって、兄さんたちが、『結婚したい』って彼女を紹介しにうちに連れてきた時点で『いいんじゃない？』ってあっさりとOKしてたし」

私とは年の離れた兄さんたち。それぞれの恋人を連れて家に来た時も、落ち着いて笑顔を浮かべていた両親に対して、まだまだ子供だった私のほうが拗ねて兄さんたちを困らせた。

私を溺愛していた兄さんたちが、私以外の女の人を大切にすることが信じられなくて妬いてしまったんだ。今となっては笑い話だけど。

「姉貴は結婚してからどんどん義兄さんのことが好きになって、仕事も辞めたんだ。忙しい義兄さんを側で支えてきた。そんな姿を見て、うちの両親なんか『まさしく予想通り』なんて言いながら満足げに笑ってるし。それこそ、自分たちの目に狂いはないって感じでさ」

両親って、そういうものなのかもしれない。子供のことを、わかっていないようでわかってるんだろうな。私の進学や就職、頭ごなしに何かを言うことはなかったけれど、それとなくやんわりと的確なアドバイスはくれていたように思う。

そんな昔を振り返りながら、温かい思いで竜也が座ったソファの隣に腰かけて、そっと頭を竜也の肩にのせた。それを待っていたかのように、すっと彼の手が伸びて私の肩を抱き寄せてくれる。ラグの上で相変わらず夢中でお絵かきをしている璃乃ちゃんを見ながら、竜也の温かさに包まれていると、本当に幸せな気持ちになる。

「おかしな感じ」

「何が？」

「昨日まで、全く気持ちの中にいなかった竜也とこうして一緒にいること。なんの接点もなかった人のお宅でこうして和んでるなんて、ほんと、おかしな感じ」

目の前にある竜也の顔が、一瞬曇った。

「悪かったな。俺のことなんて眼中になかったのに、無理矢理連れまわしてさ。昨日からずっと奈々を俺のものにしようってばっかりで、奈々の気持ちは二の次だったな」

「あー。本当、そうだね。私の気持ちなんて考えてなかったでしょ。強引な男だよね」

肩を揺らし、軽く笑う私に、竜也は少し悲しそうに答えた。

「それはまあ、悪かったけど。正論で何もかもが片付けば、恋愛なんて面白くもなんともないって自分に言い聞かせてたんだよな。それに、奈々が俺を好きになってくれる予感があったから、もう、押し切るつもりで攻めた」

「よ、予感？」

「そう、予感。美散にはどうしても感じられなかった予感が、奈々に何度か会うたびに強くなった」

思い返すようなその声は、特に深い裏の意味なんてないようだけど、〝美散〟なんて名前、私にとってそれは地雷に近いようなもの。竜也の腕に抱き寄せられている体は一瞬で固くなり、言葉を失った。

やっぱり、美散さんと何かあったんだと悲しく思いながらも、竜也の温かい体温から、離れられないな、とも感じていた。

「で？　美散さんのこと、好きだったんでしょ？」

秘密や駆け引きが苦手な私は直球勝負。ほんの少し硬い視線を竜也に向けた。

きっと多くの女の子たちは、好きな人の過去や昔の恋愛について不安があると、それとなくじわじわと問いただしながらパズルを組み立てていくんだろうけれど。私にはそれができなくて、いつも正面から攻める。こんな私のどこがお姫様だ、と苦笑すら浮かぶ。

「俺が美散のこと、好きだったって、言ったっけ？」

私の言葉にひるむ様子もない竜也に、え？と気が抜けそうになる。

「俺、美散のこと、一度も好きになったことはないし、好きだったって、奈々に言ったっけ？」

首を傾げている様子からは、竜也が本気で疑問に思っているのがわかる。けれど「美散」と呟く言葉には愛情も感じられるし、大切な人を思う瞳の温かさが確かにある。

「竜也と美散さん、かなり親しそうだったし、彼女を大切にしてるのがありありとわかったもん」

「……もん、って拗ねられても、俺は美散を好きだって思った記憶はないんだけどなあ。もちろん、それは恋愛感情の上でだけど。逆に、好きになれたらよかったと悩んだ時もあった……いや、それはいいんだ。人間としては好きだけどな。でも、奈々が聞きたいのは恋愛がらみの好きって気持ちだろ？」

「……そう」

話の途中で言葉を濁した竜也が気になったけれど、それに触れてほしくないように視線を揺らしたことに気づいて、何も聞けなかった。

「恋愛対象として好きかどうか、それが問題。だって、気になるし」

竜也の瞳の揺れが気になったけれど、それ以上に気になっていることを聞いた。またもや私は直球で、おまけに拗ねてる気持ちも隠さず見せて竜也を睨んだ。

「で？」

「うーん。何を根拠にって、思うけど。まあ、奈々がそんな気持ちになるほど俺を気にしてくれるのもいい気分だし。……その答えはもう少し焦らしてもいいか？」

「じ、焦らす？　って、意味わかんない」

「ん。好きな女が、俺のことで右往左往するのがこんなに気分いいもんだって知らなかったから、もう少し満喫しようかと」

竜也は肩をすくめ、くくっと笑う。その手は私の頬をゆっくりと撫でながら、私の言葉に嬉しさを感じているのを露わにしている。

「この二日間奈々を振り回して、それは俺にとっては極上の時間だった。これからそれがずっと続くように、奈々を大切にするから、それでいいんじゃないの？　俺、かなり奈々を好きだって自信あるし」

「……うわっ、その自信はどこからくるんだろ」

「んー、短くもない俺の片思い歴による自信？」

じーっと見つめられて、その熱に焦がされそうだと感じ、私は言葉を失った。

これまで見てきた竜也の顔やイメージがことごとく覆されていく。

どちらかと言えば淡々と。

表情や感情乏しく起伏もなく。

仕事には手を抜かず、ストイックに生きている。

もちろん女の子からの人気はあるだろうけれどそれすら軽く流して。

……なんてことを勝手にイメージしていたけれど。

「病院で璃乃と笑い合う奈々を見てからずっと。想い焦がれてたって言ってても言いすぎじゃないほど、奈々が欲しかった。それだけじゃ、納得できない？」

どこまでも甘い言葉で私を陥落させようとする竜也に、私はKO寸前。

「……納得、したいけど、できないに決まってる」

そう。結局、美散さんって竜也とどういう関係なんだろう？

竜也からのとろけそうな言葉でうやむやにされそうだけど、結局私は美散さんのことを、思っていた以上に気にしていたようだ。

「とっとと吐きなさい」

気持ちをきゅっと引き締めて、わざときつい声で呟いた。

その時、小さな音が聞こえた。

「奈々ちゃん、美散ちゃんのことが嫌いなの？」

私の鋭い声に反応したのか、いつの間にか璃乃ちゃんが私たちをじっと見ていた。

お絵かきしていた色鉛筆を手にしたまま、どこか硬い表情で不安げな瞳。そんな顔をさせてしまったのは明らかに私だと気づき、慌てて大きな声で否定した。

「違うよ。美散ちゃんのこと、好きだよ。とってもかわいらしいし優しいし。夕べも美散ちゃんのお店でおいしいご飯をいっぱい食べたよ」

早口の私の言葉を、探るような目で聞いていた璃乃ちゃんは納得したのかしないのか、微妙な表情で小さく笑った。

「美散ちゃんのご飯、おいしいね。璃乃も、また行きたいな」

「そうだね、一緒に行こうね。あ、手術が終わったお祝いに、みんなで行こう」

「うん……」

「本当に、美散ちゃんのこと大好きだから、安心していいよ」

どこか私の顔色を気にしている璃乃ちゃんを安心させるようにゆっくり言うと、途端に璃乃ちゃんは大きな笑顔を向けてくれた。

「美散ちゃんのダーが作ってくれる卵焼きはおかあさんのよりもおいしい。でも、それはおかあさんには内緒なの」

「ダー？　もしかして、美散さんの旦那さんのこと？」

小さな声で竜也に聞くと。

「正解。璃乃はいっつも『ダーリン』もしくは『ダー』って呼んで懐いてるんだ」

そう言って子供みたいにふざけた表情を見せる竜也は新鮮で、新たな一面を発見したようで嬉しいかも。

いつの間にか竜也の膝の上に飛び込んできた璃乃ちゃんは、小さな声でおねだりをした。

「ねえ、今から美散ちゃんのお店にご飯食べに行きたい」

「いいね。私も昨日、美散ちゃんのお店のファンになったから、大賛成」

「ほんと？　璃乃、肉豆腐食べたい」

「うわっ。璃乃ちゃん、私と好みが合うよ。肉豆腐、おいしかったもん」

「あのね、ししゃも、おいしいんだよ。頭からがぶっと食べるとね、大人みたいで格好いいの」

両手を叩いて喜んでいる璃乃ちゃんの様子を見ていた竜也は、複雑そうな顔をして小さく息を吐いた。

「あまり急いで大人にならないでほしいんだけどな。璃乃にそのうち『おじちゃん』なんて呼ばれるんじゃないかってひやひやしてるのに」

今は『おにいちゃん』だけど、そのうち『おじちゃん』と呼ばれるのかもしれないって、幸せな悩みだと思うんだけど。このまま璃乃ちゃんは素敵な女性に成長して、おとうさんや竜也をやきもきさせるんだろうな。

今よりも渋みを増した竜也と、艶やかさを得た璃乃ちゃんが並んで、軽い口げんかでもしている風景が簡単に浮かんで笑ってしまう。その頃には璃乃ちゃんの病気もよくなって、元気に毎日を過ごしているんだろう。

そう考えると、年を取るのも悪くないって思う。

「俺が『おじちゃん』なら、奈々はその頃『おばちゃん』だぞ?」

はっと視線を向けると、竜也と璃乃ちゃんが私を見ながら笑っていた。

血のつながりがあるから当然だけれど、同じ輪郭で同じ瞳の色。笑うと上がる口角の角度まで同じだとくれば、ふたりの絆を強く感じずにはいられない。よく似ているのは見た目だけではなくて、喉を震わせる笑い方もそっくりだ。

「奈々ちゃんは『おばちゃん』になっても絶対かわいいよ」

「ああ。今もすごくかわいいもんな」

照れずに私を『かわいい』と言い放つ、目の前の愛しい男。

この男には、顔を赤くするだとか恥ずかしいだとかの感情はないんだろうかと、こっちが照れてしまう。

「奈々が『おばちゃん』になっても、俺はずっと奈々を大切にするから」

……本当、腹が立つ。

どこまでもまっすぐに気持ちを向けられて、反論することも頷くこともできずに呆然と見返すしかできない。『おじちゃん』『おばちゃん』と璃乃ちゃんに呼ばれるようになる頃にも竜也と寄り添っていられたらいいなと、じんわりと心が温かくなった。


竜也と璃乃ちゃんが美散さんのお店に行こうと家じゅうの戸締りをしながら楽しげに話している様子を見ながらも、気になるのはやっぱり璃乃ちゃんのおかあさんたちのこと。

夕食のための軍資金を預けてくれているとはいっても、出かける時、璃乃ちゃんを気にして寂しそうにしていたおかあさんの顔を思い出すと、このまま三人で夕食に出かけてもいいのかと悩む。

「ねえ、おかあさんや璃久くんが帰ってくるのを待たなくても大丈夫なの？」

私が聞いても、竜也は璃乃ちゃんに上着を着せながら、なんでもないように答える。

「平気平気。今日は遅いって言ってたし。璃久だって、たまには両親ひとりじめしたいだろ。普段は璃乃の通院に姉貴が付き添ったりして、寂しい思いもしてるだろうから。な？　おかあさんたちを待たなくてもいいよな」

「うん。今日は璃久の日だから、大丈夫。今日のおかあさんとおとうさんは璃久のおかあさんとおとうさんだし」

　なんのためらいも寂しさも感じさせない璃乃ちゃんの言葉はどこか頼もしくて、決して寂しさを我慢してるわけではないと、思う。おとうさんとおかあさんを璃久くんにひとりじめさせてあげるのは、璃乃ちゃんの重苦しい気持ちを軽くしてあげることにもなるし。そんな璃乃ちゃんの気持ちは、私が小さな頃に抱えていた思いと同じだからよくわかる。

「おかあさんをひとりじめするのも、大変だよね？」

　からかうように、言葉を投げた。

「うん。璃乃、おかあさんと病院に行くの、大変」

「……だね」

　そんな私と璃乃ちゃんの会話を聞いていた竜也は、怪訝そうに眉を寄せた。

「璃乃、おかあさんと病院に行くのが嫌なのか？」

　どこか不安げに璃乃ちゃんを見つめた。

私は、璃乃ちゃんの前に膝をついている竜也の横に立ち、優しく璃乃ちゃんの頭を撫でた。

「嫌じゃないんだよ。ちょっと気持ちが疲れてるっていうか、重いっていうか。決しておかあさんが嫌いとかじゃないんだよね？」

璃乃ちゃんは、私と竜也の顔を交互に見ながら、小さく頷いた。

「おかあさんは大好き。でも、時々やだ」

「どうしてだ？　何がやなんだ？」

璃乃ちゃんの言葉の意味がわからない竜也に、璃乃ちゃんはうまく答えられない。

「璃乃は、病院が嫌なのか？　……まあ、好きだって言われても複雑だけど」

「璃乃、病院は、好きじゃない。いっぱい検査するし学校も休まないといけないし。でも、ドクターは格好いいから好きだよ」

「格好いいのか……。それは、まあいいとして。おかあさんと病院に行くのが、面倒くさい？」

「うーん」

「おかあさん、璃乃のことを一生懸命に考えて、病院だって色々探してくれただろ？手術のことも、ドクターとかなり相談してくれてるし、何より璃乃の病気が早くよくなるようにっていつも考えてる」

「……知ってるもん」

「だったら、どうして……？」

竜也の言葉の強さに驚いているような璃乃ちゃんは、どう答えていいのかわからず戸惑っていて、小さな体が更に小さく見えた。

「おかあさんのこと、好きだもん……」

そう言葉にするだけで精一杯。

「おかあさんが大好きだから、璃乃ちゃんは大変なのよね」

私の言葉に、璃乃ちゃんははっと顔を上げ、竜也は眉を寄せた。

ほんの少し私の胸も痛むし、忘れたと思っていた切なさもよみがえるけれど、既に大人になって長いせいか、そんな感情を流せる自分にも気づく。

子供の頃の痛みは痛みのまま残っているけれど、それを曖昧にさせる術を得るということが、大人になるということだ。

「おかあさんがあまりにも璃乃ちゃんを心配しすぎて、璃乃ちゃんも大変なんだよね」

「うん。おかあさんが泣いてると璃乃も泣きたくなる」

「……だよねー」

心細げな璃乃ちゃんににっこりと笑いかけると、気遣うように笑い返してくれる。

その笑顔はとてもかわいいけれど、やっぱりぎこちなく切ない。

「大丈夫だよ。私も璃乃ちゃんと同じだった。小さな頃からずっと、おかあさんに心配されすぎて、大変だって思ってた」

「え？　奈々ちゃんも、お鼻が悪かったの？」

「あ、大丈夫だよ。鼻は大丈夫、全然悪くない」

「奈々？」

心配そうな竜也の声に、小さく頷いた。

「ほんとに大丈夫。心配させるようなことを言ってごめんね」

安心させるように笑って見せた。

「私ね、鼻は悪くないんだけど、大人の歯が一本足りないの」

目の前のふたりは、意味がわからないのか、首を傾げた。

「歯？」

「そう。私には大人の歯が一本ないの。子供の歯……いわゆる乳歯が今でも一本残ってるし、これからもずっとその乳歯を大切にしなくちゃいけないんだよね」

「それって、永久歯がはえてこないってことか？」

「うん。生まれながらに永久歯が一本足りないの。幼稚園の時、歯科検診でレントゲンを撮ってもらって発覚したんだけど、永久歯欠損っていって、私みたいに永久歯に生え変わらない大人って意外に多いらしいよ」

「奈々ちゃん、子供の歯が抜けないの？　いいなあ。璃乃、ここの歯が抜けたばかりでご飯食べにくいもん」

「ふふっ。抜けないのはいいけど、大人の歯がはえてこないのも寂しいよ」

小さく笑って答える私の言葉の意味が、璃乃ちゃんにはよくわからないらしい。

竜也もしばらく考え込んでいたけれど、何かを思い返すように呟いた。

「前に、テレビの特集かなんかで見たな。乳歯が抜けないままで、永久歯がはえてこない人が結構いて、一生乳歯のままか、差し歯にしたりしてるって」

「そう。私はまだ乳歯を一本大切にしてるんだけどね。虫歯になったらだめだから、小さな頃から神経質に歯磨きばかりさせられた」

「あ、だから、『歯磨きのおねえちゃん』って呼ばれてたのか？」

ふと思い出したのか、大きく声にした竜也に、私はくすりと笑った。

「そう。璃乃ちゃんと出会った頃、病院でも何度か歯磨きをしてたから、歯磨きのおねえちゃんって呼ばれてたんだ。かかりつけの歯医者さんは『乳歯がだめになるまで大切に使いなさい。虫歯になったり、抜けたらその時考えよう。どうとでもなるよ』って大したことじゃないように言ってくれるから、大して悩んでないの。幸い、欠損している永久歯が一本だけだから、落ち着いていられるのかもしれないけどね」

わけがわからないように眉を寄せている竜也に、軽く言った。

永久歯が生えてこないと聞かされて、竜也も璃乃ちゃんも驚いているに違いない。

乳歯の下に育っているはずの永久歯の存在がレントゲンで確認できなかったのは幼稚園の時。四か月ごとに受けていた歯科検診で歯科助手のお姉さんに『稀に、永久歯欠損の子供がいるので、レントゲンで確認してもいいですか?』と言われて、気軽に受けた。その直後、院長先生と話していた母さんの顔がどんどん苦しげに変わっていったのを覚えている。

原因もよくわからないそれが私の身に当てはまる事実に母さんはひたすら驚き、嘆いた。

『奈々を妊娠していた時の、私の生活が原因でしょうか?』

そんな言葉を院長先生に投げて、まるで自分が悪いかのように悲しみに包まれた。

そして、『奈々、ごめんね』と、自分を責めた。そんな母さんが、必要以上に私に気を遣い、謝罪の心を向けるようになってしまうのは自然なことだった。

「だから、私にはまだ乳歯が一本残っていて、大事に大事にしてるの」

最初こそ驚いていた竜也と璃乃ちゃんだけど、私が淡々と話したせいか、徐々に私の状況を受け入れてくれたようだ。

「奈々ちゃん、歯磨きいっぱいしていたもんね」

「でしょう？　小さな頃からおかあさんに『歯磨きしなさい』ってしょっちゅう言われてたから、今でもご飯を食べたらすぐに磨かなきゃって思ってしまうんだよね」

「璃乃も言われるよ」

「うん、歯磨きは大切だから璃乃ちゃんも頑張って磨こうね」

面倒くさい、って肩をすくめる璃乃ちゃんと笑いあいながら、私は、母さんをはじめ、私を心配し過ぎる家族のことを考えていた。

私の歯が足りないのは自分のせいだと責める母さんと、私に何もしてあげられないと、落ち込む父さんと兄さんたち。必要以上に心配され、大切にされてきた。少しずつ私は『大丈夫だよ』と作り笑いで答えることが上手になって、いつも気持ちのどこかが張りつめていた。私を心配する家族に、これ以上の重荷を背負わせないように、歯なんて気にしてないって顔で平気なふり。

実際のところ、本当に平気だったんだけど。

「璃乃ちゃん、おかあさんに心配され過ぎて、大変なんだよね」

璃乃ちゃんが今直面している、おかあさんからの強い愛情に対する苦しさ。

「おかあさんが大好きだから、璃乃ちゃん、どうしていいのかわかんないんだよね。おかあさんをひとりじめしちゃって、璃久くんにも悪いなって思ってるんだよね」

璃乃ちゃんは、私の目をじっと見つめると、

「璃久、笑ってるかな？　おとうさんとおかあさんと一緒で、楽しいかな」

少しだけ不安な声で、呟いた。

「うん。きっと、楽しいよ。大好きなおとうさんとおかあさんが、サッカーを頑張ってる璃久くんを見に来てくれるんだから、とても嬉しいし、やる気も出ると思うよ」

「そうだよね。いつもサッカーの練習の時、璃乃が病院に行くから……。おとうさんかおかあさんが璃乃についてきてくれるから、璃久のサッカーを見たくても見られないの」

それは全て自分のせいだと、そう言っているような、切ない声音。

璃久くんと両親が一緒に過ごす時間を、璃乃ちゃんが奪っているんだと、そう感じているのがよくわかる。

弟への申し訳なさがあまりにも強くて、苦しいんだろう。

「璃乃ちゃんがおとうさんとおかあさんをひとりじめしているって悩む必要はないんだよ。璃久くんも、璃乃ちゃんのことが大好きだから、我慢だって平気。だから、悩まないでいいよ」

そっと、璃乃ちゃんの頭を撫でた。

「璃乃、大丈夫なのに。病院だって、ひとりでも行けるし、璃久がおとうさんとおかあさんをサッカーに連れて行っても平気。今日みたいに、璃久がひとりじめしても、大丈夫」

「そうだね。璃久くんも、きっと、今日は楽しい一日になったと思うよ。大好きなおとうさんとおかあさんが応援に来てくれたら、嬉しいに違いないね。でもね、璃久くんにとっては璃乃ちゃんだって大切なんだよ。大好きなおねえちゃんなんだから、サッカーの試合だって応援に来てほしいと思うよ」

「……そうなのかな？　璃乃が行ったら、おとうさんとおかあさんをひとりじめできないよ」

心細い声に、私も切なくなる。

本当に、璃乃ちゃんは優しい。弟をとても大切にしてるんだって、よくわかる。

「璃久くんにとっては、璃乃ちゃんも家族だから。おとうさんとおかあさんと同じように、璃久くんを応援してあげればいいよ。そうすれば、璃久くん、試合で大活躍するはず」

「ほんと?」

「ほんと、ほんと」

璃乃ちゃんはほっとしたような笑顔を私に向け、両手を胸の前で握り合わせて喜んでいる。

「璃乃ちゃんがおとうさんとおかあさんをひとりじめするんじゃないし、璃久くんがひとりじめするわけでもないんだよ。ふたりでおとうさんとおかあさんを大切にしてあげればいいの。そして、璃乃ちゃんと璃久くんが仲よく笑っていることが、おとうさんとおかあさんの幸せなんだよ」

ゆっくりと、璃乃ちゃんにわかってもらえるように話す私に、璃乃ちゃんは小さく頷いた。

「璃乃、璃久が大好き。だから、おとうさんとおかあさんと一緒にいたいだろうなあって思うから、今日も……」

「うん。璃久くんのために、お留守番したんだよね」

「……うん」

「優しいね。璃乃ちゃんがそんなに優しく育ってくれて、きっとみんな嬉しいよ。だから、今度はもっと喜んでもらえるように、璃久くんの試合、璃乃ちゃんも見にいってごらん？　璃乃ちゃんも嬉しいし、璃久くんも嬉しいよ。もちろん、おとうさんとおかあさんもね」

「……璃久ね、いつかサッカーの選手になってテレビに出るんだって。もしも璃乃が病院で寝ていても、テレビで璃久を見られるように、頑張るって言ってた。昨日の夜、サッカーのユニフォームを着て、璃乃に見せてくれた時にそう言ってたんだ。でもね、本当はテレビより、ちゃんと見たい。璃久が走ってるところ、ちゃんと見にいきたい」

それまで全く見えなかった璃乃ちゃんの本心は、小さな胸にずっと閉じ込められていたんだろう。溢れる涙となって、彼女の体から溢れ出てくる。

ずっと璃久くんに申し訳なくて、遠慮していたに違いない。

本当は家族四人で一緒にいたかったはずなのに、どこかでずれていた思い。

「今度、璃久くんの試合に、私も一緒に応援しにいってもいい？」

璃乃ちゃんの頬に静かに流れる涙を、指先で拭いながら聞いてみると。璃乃ちゃんは優しい瞳を細めて笑う。

「奈々ちゃんと竜也おにいちゃんが来てくれたら、璃久はもっと頑張るよ」

「そっか。じゃ、お弁当を作って、応援に行くね」

約束ね。次の試合は一緒に応援に行こうね。

ふたりで小指を絡める。

そして、そんな私と璃乃ちゃんの会話に耳を傾けていた竜也も、当然のように指を絡めてきて、そして。

大きな声で歌いながら、三人で指切りをした。

第三章

「俺、出番なかったな」

落ち込んだ声で呟くと、竜也はがっくりと肩を落とした。

「璃乃があんなに色々と悩んでいたって、気づいていたつもりで実は気づいてなかったよ。奈々が諭してくれた言葉が璃乃を素直にさせて、我慢していた気持ちを解放させたんだろうな。……参った」

そんな竜也を横目でちらりと見ながら、私は目の前を流れるお寿司に集中していた。

「解放かあ……、そうかもね。タイミングがよかったっていうのもあると思うけど」

大好物のネタを目にしてはどんどん手元に取っていく。

「あ、奈々もサーモンが好きなんだな。俺も絶対はずせない」

「だよねー」

カウンターに並んでうきうきとした気持ちで食べ、どんどん積み重なるお皿の山。

ふたりで入った回転寿司に舌鼓をうちながらも、話すことはやっぱり璃乃ちゃんのこと。

「璃乃、やっぱり喜んでたな」

「そりゃそうだよ。強がっていても、みんなが早く帰ってきてくれて嬉しいに決まってる」

「だな。いくら俺たちに懐いてくれたとしても、親には敵わないよなあ。これでも璃乃との距離はかなり近いって思ってたのに、自信失くした」

箸を止めて一瞬悔しそうに顔をしかめた竜也は、その顔を私にも向けた。

「璃乃が生まれた時から側にいてかわいがってきたのに、奈々のほうが璃乃の本音をわかってたし、素直にさせることだってできた。本当、俺の出番もなく、見守るしかできなかった」

璃乃ちゃんの病気を気にしながら、彼女を見守ってきた〝竜也おにいちゃん〟はその任務を解かれたかのような脱力感を味わっているに違いない。

「私も小さな頃、璃乃ちゃんと同じような気持ちを抱えていたから。だから璃乃ちゃんの気持ちがわかったのかも」

「奈々も……？」

「璃乃ちゃんは鼻の病気だったでしょ？　私は、永久歯が一本生えてこないってことが家族にとっては『申し訳ない』だったからね」

「ああ、歯、ね」

これまで、私の永久歯欠損の話をするたび、決まって『かわいそう』という視線に悩まされたけれど、何故か竜也は私の言葉を軽く流すように答えた。

「永久歯が足りないなんて、大人になっちゃえば虫歯やら、ぶつけて歯を折ったりとか、大して珍しくもないからな」

「あ、うん」

「俺の部署にもひとり、高校時代バスケの試合で対戦相手とぶつかって前歯二本折って差し歯になってるやつもいるし。大人になればよくある話だ」

「そうなんだよね……」

確かに私の永久歯は足りなくて、乳歯からの生え変わりが頻繁な時期は両親も私も神経質になって悩んだ。お友達と自分は違うのかなって、幼いなりに真剣に考えたり。

母さんに歯磨きをするようにとうるさく言われる度に反発していたし。

それでも、そんな悩みは大人になった今では大したことではなかったと思う。

「まあ、永久歯が何本も生えない人にとっては、大人になっても大きな悩みだろうし苦しんでいるに違いないけど。少なくとも今の奈々にとっては大した悩みじゃないんじゃないのか？」

くるくると回ってくるお寿司から目を離さないまま、たまにちらりと私に視線を向ける竜也にとっては、本当に大したことではないんだろう。

少なくとも私に対する見方が多少なりとも変わるかもしれないという予想は、大きく外れた。そしてそれは思っていたよりも嬉しいことだと気づく。

「今日、璃乃ちゃんと再会するまで、歯のことなんて忘れてた。うん。大したことじゃないんだよ」

私も回転レーンから、いなりを手に取った。

「姉貴からもらった軍資金の額を考えたら、回らない寿司でもよかったんだけどな」

竜也は思いついたように呟いた。

結局、璃乃ちゃんのご両親と璃久くんは、サッカーチームの打ち上げを抜けて帰ってきた。

『おねえちゃん、僕、ゴール決めたんだよ』

部屋に入るなり璃乃ちゃんに抱きつき、嬉しそうに報告した璃久くん。その璃久くんが、どうしても璃乃ちゃんと一緒に晩ご飯を食べたいと言ってきかなかったらしい。

ご両親にしても、璃乃ちゃんのいない夕食は気が進まなかったに違いない。

『夕食代はそのままあげるから、ふたりで仲よく帰ってくれていいよ』

みんなが帰ってきた途端、追い出されるように璃乃ちゃんとお別れした私たち。

家を出る時に見た璃乃ちゃんの楽しそうな顔に安心して、とりあえず回転寿司にやってきた。

「璃乃を夕飯に連れていくだけなのに、姉貴、どれだけ金を渡すんだよ。それに、追い払うように俺たちを追い出さなくてもいいだろ。いっそ、普段は行かない高級料亭にでも行けばよかったかな」

璃乃ちゃんのことがよっぽど愛しいらしいおじバカ竜也は、箸を動かしながら拗ねている。

「璃乃ちゃん、あんなに嬉しそうにしてたんだし、おじさんは必要ないんだよ」

「……ちっ」

「うわっ。子供みたい。大好きなものを取り上げられて機嫌が悪くなる幼稚園児だね。寡黙でクールな甲野竜也とは思えなーい」

「うるせ」

カウンターに並んでお寿司を食べながら、素直な感情を見せている竜也がかわいく思える。自分よりも家族と一緒に夕食を食べることを選んだ璃乃ちゃんの気持ちをわかっていても、やっぱり寂しいんだろう。私だって同じように寂しくて、しばらくの間、ふたりとも無言で食事に集中した。

「で、これから俺はどうすればいい？」

「ん？　何が？」

茶碗蒸しを注文しようかどうしようか悩んでいる私に、竜也の声。

横を向くと、竜也がカウンターに片手で頬杖をつきながら私を見ていた。

「明日も休みだろ？　このまま奈々を部屋まで送るけど、それから？」

「……それから」

「そう。奈々の部屋の前まで行って、俺はそのまま帰る？　それとも、ひと晩一緒に過ごす？」

「な、何、突然……」

どこか艶めいた視線と声は私には刺激的で、ぐぐっと気持ちを掴まれる。

そして、言葉の意味に気づいた途端、竜也から視線をそらせなくなった。

「突然……って、今更だろ。奈々にしてみれば、昨日からの出来事全てが突然で予想外のことだろうけど、俺にとっては長すぎる想いに決着をつける、ようやくの展開だけどな」

「それがわかってるなら……」

もう少し速度を落としてほしい。

押し切られるように竜也の気持ちを注がれて、逃げる間もないうちに私の気持ちは竜也に取り込まれた。

昨日工場で会って以来、その慌ただしさと、地に足がついていないような感覚全てが非現実的に思えて仕方がない。

「竜也が今日どうすればいいかなんて、考える余裕ないよ」

俯き、そう呟くだけで精一杯だ。

確かに竜也への愛情を感じるし、これほど早い気持ちの変化を信じられないとも思うけれど。既に大人になって長い私は、今晩竜也と一緒に過ごすという意味がわかっている。恋人と体温を分け合う夜を過ごす幸せだって知っている。

愛する人とのそんな時間だけが私に与えてくれる満ち足りた感情を、竜也からも与えられたいと願う自分もいるけれど。

「竜也との関係が、まだ信じられないから、どうしていいのかわからない」

「俺だって信じられない」

「なっ……信じられないって、竜也が強引に私の気持ちを揺らしたくせに」

「強引だし、勝手だし？」

私の言葉を予想していたように小さく笑って答える竜也は、それでも私の手をそっと握りしめて言葉を続けた。

この余裕が、私の中のどきどきを助長するって気づいているのかいないのか。流されてはいけないけれど、流されてもいいような、でも何かがひっかかる。

「俺が長い間、奈々を意識していたってのはわかってるんだろ？　どうしても奈々の存在を俺の中から切り離せなくて、忘れられなくて。こうして奈々が隣で笑ってる今以上のことを求めても、罪にはならない」

「つ、罪にはならないけど、私の気持ちは追いつかないし、竜也を全て受け入れられるかといえば、どう答えていいのかも謎」

「それならちょうどいいだろ」

「え？　ちょうどいい？」

「奈々がとりあえず俺を意識して、少なからず好意も持っているのなら、俺はそれに便乗して押し切るから」

「押し切るって、そんな。私、簡単に男の人を受け入れられるタイプじゃないから。それに、大切な人を受け入れて体温を分け合う幸せを知っているから、だからこそ簡単になんてできないよ」

竜也が私を求めてくれることに喜びも感じるし、飛び込みたいとも思うけれど、竜也が私を、私ひとりを欲しがっていると心底実感できないせいか、躊躇してしまう。

「奈々は、俺のこと、好きか?」

「な、何、いきなり」

突然の問いに、声が裏返った。

「俺の気持ちが、奈々の気持ちよりも格段に強いってのは自覚してるけど、それでもいいから、俺は奈々が欲しい」

「ろ、露骨だね」

「くくっ。さっきから、どもってばっかりだな」

「だ、誰のせいだと」

「ほら、また」

「……だから、何よ? 突然欲しいなんてあからさまに言われて、驚かないほうが無理」

「だな。それをわかっていても、どうしても、だ。どうしても、奈々が欲しい」

私の手をぎゅっと握りしめて、言葉同様熱い気持ちを伝えるかのように、離さない。

その手を見ながら、とっくに私の気持ちも竜也にとらわれているんだけど、と心の中で呟く。

竜也が見せてくれる真剣な表情と、低くて重い声音、手から注がれる熱い想い。その言葉に嘘はないとわかるけれど、それでもどうしても気になってしまう。

昨日竜也が愛しげに見つめていた美散さんのことが、私の脳裏をよぎってどうしても素直になれない。彼女を友達以上の想いで大切にしていることは、明らかだ。

それでも私を好きだと言ってくれるし、美散さんは結婚している。

そんなこと、わかっているけど不安な気持ちは隠せない。

「そろそろ、教えてくれてもいいと思うんだけど」

探るように視線を向ける私に、竜也はけらけらと笑った。

「もう少し、焦らしたかったんだけど」

相変わらずのもったいぶった声。そしてやっぱり焦らしているのか、にやりと笑った。

「竜也、いい加減、教えてよ」

「んー。まあ、奈々が不安に感じることは何もないんだけど、それほど気になるなら話そうか。でも、ここ出てからにしよう。それほど楽しい話じゃないんだ。俺と、美散の関係は」

もう少し食べるか、と箸を手にして、竜也は再び回転レーンへと視線を向けた。

まとっている空気の温度が変わった気がする。温かな空気が、ほんの少し、澄んだかのような。

「竜也？」

「明るい話じゃないけど、奈々には影響のない話だから、もうちょっと待ってくれ。寿司食ってからでも遅くない」

「ん……」

それまで私の手を包んでいた竜也の手のぬくもりが、そっと離れた。寂しい、と思わずその手を追いかけるように私の手は微かに動いた。

はっと竜也を見ると。

中途半端なままに置かれた私の手に気づいて、竜也はくすりと喉を震わせる。

そしてそのまま私の耳元に唇を寄せ、思わせぶりに言葉を落とした。

「安心しろ。今晩は手だけじゃなくて、奈々の体全部、温めてやるから」

「えっ……」

瞬間、私の心はそれを望んでいると気づいた。

竜也の体温全てを私の体で感じたい。

その感情が意味するものをわからない振りなんてしない。もう、そんなことをするほど子供でもない。

ためらう以上に求めてしまう、自分の感情に素直になって口を開いた。

「早く食べて、私の部屋に行こう」

私からそう言って、竜也の腕にそっと手を置いた。


「このマンション、かなりセキュリティに配慮されてるんだな」

「あ、うん。それが私のひとり暮らしの絶対条件だから」

「へえ。俗にいう、箱入り娘ってこと?」

「……かな。箱入りっていうほどでもないけど、家を出ることが決まった時に、『奈々の安全は当然だけど、父さんと母さんの精神的な安心のためには防犯第一だ』って言われて。ずっと両親が防犯設備で満足できる部屋にしか住んでないの」

私は電気ポットでお湯を沸かしながら、リビングのソファに腰かけている竜也に視線を向けた。

竜也は長い脚を投げ出して、背もたれに体を預けながらテレビのリモコンを操作している。初めて私の部屋に来て、それも夜の十時という恋人たちにとっては特別な時間。なんの緊張感もためらいもなく寛《くつろ》いでいる横顔を見ていると、これまで竜也と一緒にいなかった時間が信じられないくらいだ。まるで何年も付き合っていて、この部屋の合鍵も持っているみたいに思えるから不思議。

この部屋の空気感に馴染んでいる竜也に、ほっとするような、少しいらだつような。

さっきまで一緒にお寿司を食べて、この部屋に来たいとまっすぐな目で請われて。

私の気持ちに大きな波を立てたくせに、今見せている落ち着いた態度って、一体どういうことだろうかと、思わず首を傾げてしまう。

「俺、このコンビのライブに何度か行ったんだよ。まだ売れてない頃から目をつけていたから、こうしてテレビで活躍しているのを見ると、妙に嬉しい」

相変わらず視線はテレビに向けたまま、嬉しそうな声。

「へえ。この間、お笑いの賞も獲ってたね。私も結構好きだよ」

「そっか。最近はなかなか行ってないけど、今度一緒に劇場にでも行こうか。生で見ると、やっぱり違うしな」

「うん……」

そして、ふたり分のコーヒーを淹れた私は、竜也の目の前のテーブルに置いた。

「ブラックでよかったよね？」

「ああ。ありがとう」

ソファに座る竜也の足元に腰をおろして、ソファにもたれながらコーヒーをとろうとした。途端、私の背中から竜也の手が伸びて私の腕を掴むと、ぐいっと私をソファへと抱きあげた。

「た、竜也……」

竜也の片膝に横抱きされるようにおろされた私は、あまりにも近すぎる彼の顔に言葉を失ってしまった。

「この部屋、居心地いいな。奈々ってピンクが好きなのか？」

「え？　うん。昔からピンクが落ち着くから……でも、私って結構はっきりした男っぽい性格だから、似合わないでしょ」

この状態が照れくさくて、思わず早口で言って、俯いた。

確かにこの部屋はピンク系で統一されていて、カーテンやラグ、今コーヒーを淹れたマグだってピンクだ。ソファカバーも淡いピンクに赤いドット。

座っている竜也とはミスマッチだと、少しおかしくなる。

それでも、竜也は『落ち着く』らしいから、私のほうがそわそわしてくる。

「お姫様みたいな見た目の奈々には意外じゃないだろ？　まあ、性格はお姫様からは、ずれてるけどな。それも魅力だし、俺にはたまんないけど」

竜也は私の顔にかかっていた髪をそっと後ろに梳きながら、嬉しそうに言葉を続けた。

「奈々がこの部屋で生活しているってよくわかるし、埃ひとつない部屋を見ればしっかりとした毎日を過ごしてるのもわかる」

「掃除が趣味だから……」

「それって、趣味に入るのか？」

「私、これといって熱中しているものがないから、時間があれば掃除して、料理作って……部屋でごそごそと動いてるだけなの」

そんな自分を持て余すことも多いけど、無趣味な時間を過ごすことに慣れているせいか、変えようとは思っていない。そのせいで、部屋はいつも片付いているし、料理の腕にも自信がある。

「カーテンを選んだのも奈々？」

リビングとベランダを仕切る窓に吊るされているカーテンは、紫とピンクが交じり合ったような、少し大人びた色合い。

「生地を買って、自分で縫って作ったの。これっていう既製品に出会えなかったから、頑張って作ったんだけど、結構気に入ってる」

「へえ、上手に作ってるんだな。手作りだからこの部屋にしっくりおさまってるし、奈々の好みがわかって、いいな」

「……少女趣味って笑わない？」

いい大人がピンクに満ちた部屋で暮らしてるなんて、ひかれてしまうかもって不安もありつつ竜也をこの部屋に招いたせいか、竜也の反応が気になってしまう。

「少女趣味、いいんじゃねえの？」

「ほんと？」

「ああ。奈々の好みだけで揃えられている部屋だとわかって、ちょっとほっとした」

「……ほっとした？」

竜也は頷いて、私の体を更に抱き寄せた
「男がこの部屋にいたっていう痕跡がない。この部屋のどこにも男が好みそうな色合いのものが置かれていないから、ほっとした」

とくとくと跳ねる私の鼓動を、更に大きく跳ねさせるような熱い声でそう言った。

「……で？　実際はどうなんだ？」

「実際って？」

「この部屋に男が来たことはあるわけ？」

探るような竜也の声。よく見ると、普段よりも落ち着かないまばたきと、きゅっと結ばれた口元。それが意味することを察して、お姫様とは真逆の私の性格が顔を出した。

「……さあ、どうだろ。気になるのなら教えてもいいけど、どうしようかな」

「はぁっ？」

もったいぶった私の口ぶりに、不快感を露わにする竜也。そんな顔を見ると、焦らされてばかりだったこの二日間の切なさが小さくなったような気がする。

「竜也だって、美散さんとの関係をちゃんと説明してくれないんだから」

小さく息を吐いて、ふふんと笑った。

「私も焦らしたいかも」

振り回されるだけ振り回されたんだから、これくらいいいよね、と言い訳しながら、それでもやっぱり目の前の男が愛しくて。

くすくすと笑い声を上げて、勢いよく、その胸に抱きついた。

この部屋に招いた男性は、父さんと兄さんたちだけだって、小さく呟きながら。

王子様は焦らされる

明るい笑い声と共に俺の胸に飛び込んできた奈々を抱きかかえるように受け止めると、俺はそのままソファにふたりぶんの体重を預けた。

「父さんと、兄さんたちだけだよ、この部屋に来た男は。安心した？」

俺の胸に響く声は微かにくぐもっているけれど、それでも楽しげで、言葉通り焦らされている感がある。

この部屋に広がるピンクで統一された世界は、彼女の全てを教えてくれるようで興味深い。見た目だけで言えばお姫様という呼び名がふさわしいかわいいルックスだけれど、その性格は王様のような奈々。てきぱきと自分の意思を通して仕事をこなし、男からの誘いにも簡単には乗らない男前な性格。

そんな彼女に惹かれてからかなりの時間が経ち、ようやく彼女のプライベートに踏み入ることができた。

彼女ほどの見た目だから、恋愛経験が皆無だとは思っていないし、俺だってそれを求められると苦笑するしかないけれど。ここまで女の子らしく、男が好みそうなダークな色合いのものがひとつもない部屋を見せられると、それだけで安心する。

独占欲なんてないと思っていた俺にもそれなりの、いや、かなり強いそれが備わっていたようで、新鮮な思いにとらわれた。

今、俺の胸に飛び込んできた愛しい女に男の影がないことに喜び、長い夜に何が待っているのかわかっていても、こうして俺を部屋に招いてくれたことに心は弾む。

こうして飛び込んできた彼女を、更に強い愛しさで抱きしめてしまう。

「じゃ、明日は、俺が好きな黒の雑貨でも買って、この部屋に置いて帰るから」

奈々の部屋には男が出入りしているという、ある意味マーキングに近い衝動。

「黒？」

わけがわからないとでも言うように顔を上げた奈々の唇に、触れるだけのキスを落とす。

「どう見ても男物だろうっていうもんをこの部屋に転がしておけば、男よけになるからな」

「お、男よけ……」

「まあ、この部屋でそれを見る男がいないってのが前提だぞ」

そうだ。俺以外の男がこの部屋に来るなんてことを考えるだけでむかつく。奈々の全てを知って大切にするのは、俺ひとりだけで十分だ。

「煙草は吸わないけど、灰皿でも置いて、牽制しておくか」

ふと呟いた言葉に、自分で納得しながら頷いていると、

「……大丈夫なのに。竜也以外に、男の人、この部屋には入れないよ」

照れくさそうな上目遣い。

本当、やめてくれ。

煽るようなその仕草に乗せられた俺は、そのまま奈々をソファに押し倒すと、首筋に唇を這わせ、その滑らかな肌にため息をついた。

「あ、ちょっと、竜也……」

「ちょっと黙れ。誘ったのは奈々だからな」

「誘ってないし……んっ。や、やだ……ここじゃ、無理……」

焦る奈々の声なんかお構いなしに、彼女のブラウスのボタンをひとつひとつ外していく。真っ赤になったその顔をじっと見ながら、手を休ませずにゆっくりと。本気で逃げたかったのなら逃げてもいいと、視線で教えながら。

困ったように涙目になった奈々は、浅い息を何度か繰り返しながらも、その手を俺の首へと回して優しく引き寄せる。

「いいのか?」

今にも触れ合いそうな唇に、最後の言葉をかける。

これ以上抑えられない熱情を抱え、もし、今拒否されたとしても引き返せるのかどうか自信はないけれど、それだけをどうにか言葉にした。

すると、不安げな瞳を揺らした奈々が、か細い声で呟く。

「……私、だけ?」

微かに震える声には、隠しきれない不安が見えて、胸が少し痛んだ。

焦らして楽しんでいた美散のことを、まだこだわっているとわかって後悔する。美散の話をするたびに切なげに目を伏せる奈々がかわいくて、生来の俺の意地の悪さも手伝い焦らしていたけれど、それはとんでもないことだったと気づく。

「奈々だけ。俺の気持ちも体も、全部、奈々にやる」

本気の気持ちを込めて、その唇に注ぎ込むように伝えた。

その言葉をかみしめるようにしばらく俺の頬を撫でていた奈々は、徐々に気持ちを緩めていき、大きく笑顔を作ると。

「好きになったから、竜也を好きになったから……。そう言ってもらえて嬉しい。本当に、嬉しい」

俺のお姫様は、俺を虜にするには十分な言葉を呟いて、そして。

「私の全部も、竜也にあげるから、優しくしてね」

不安を隠せない、それでいて凛とした声で、更に俺の全てを掴んだ。

俺を陥落させるには十分な仕草と熱を与えられた濃密な時間。

ベッドに移ってからも、俺は奈々の体に触れ続け、彼女が意識を失うまでその熱を味わった。

『好き……』

そう何度も呟きながら、喘ぐ自分を恥ずかしがるように手で顔を隠す奈々に煽られた俺は、『俺も好きだから、全部見せろ』と荒々しく言ってはその手を強引に外し、快感に震える奈々の体に溺れた。

ずっと欲しいと願っていた愛しい女との夜は、これまで経験したことのない、温かくて幸せに満ちた、そして忘れられないものとなった。


カーテンがひかれた寝室には、明け方の淡い光が徐々に差し込み、その光は、眠り続ける奈々の体と、部屋の様子を明らかにしていく。

彼女が好んでいるピンクは、寝室のあちこちにも溢れ、今ふたりの体を包んでいるシーツも薄いピンクだ。

「俺のお姫様、かわいいな」

意識を飛ばしたまま眠り続ける奈々の目元にそっと口づけた。

俺から与えられる欲に耐えられず涙を流し、それでも俺にしがみついて離れなかった奈々が、愛しくてたまらない。

長い間、俺の心のどこかにいつもいた彼女をようやく自分のものにし、未来へとつなげることができた今、ずっとこのままでいたいと願う。

「俺には、似合わないよな」

今までの自分からは考えられないその感情に照れながら、くくっと声をあげて苦笑する。

女に本気になったこともなく、女どころか人生全てに淡々とした感情のみで向き合ってきた俺。それでも、奈々だけはどうしても欲しいと、心の底から願っていた。

病院で璃乃と触れ合う時に見せた天使のようなほほえみがとどめとなったのは確かだけれど、もう、素直に認めるしかない。

俺は、入社して初めて奈々と会った時からずっと、彼女に惹かれていたんだ。

お姫様と呼ばれるに値する整った容姿から入ったと言われれば、完全には否定できないけれど、その容姿の向こう側にある奈々の優しさと寂しさ、そして強がりを隠そうとするけなげさに引き付けられて取り込まれていったと、今ならわかる。

「悪いな、もう、手放せない」

その頬を、その唇を、何度撫でても眠りから覚める気配のない彼女に、俺の覚悟を染み渡らせるように呟いた。

王子様との朝

どこか重い体で寝返りをうち、ふっと意識を取り戻した時、部屋には明るい陽射しが差し込んでいた。再び眠りに落ちようか、それともこのまま起きようかと考えながら、浅い眠りの中を漂っていた。

今日は日曜日だから、もう少し体を休めたい。そう思いながら、とにかく体が重すぎて、腰までかけられているシーツを胸元に寄せようと動かすことすら億劫。

上半身は着心地のいいシャツで隠されてはいるものの、腰から下は何故か素肌にシーツ、と。何やら歌のタイトルのような状態で、落ち着かない。

「とりあえずシーツかけなきゃ」

節々が痛む体をどうにか起こした瞬間、下腹部に鈍い痛みを感じた。

「あれ……？　痛い……」

どうして下着を身に着けてないんだろう。私が今身に着けているのは、普段部屋着として着ている大きめのシャツ。決してパジャマとして着ることはないのに……。

「……あ」

思わず両手を口元に当てて、言葉を失った。

下腹部だけではない、体中のあらゆる場所が痛い。普段使いそうにない筋肉も、その存在を示すかのように熱を持っている。手首を見ると、強く掴まれた時についたに違いない青い痣《あざ》がくっきりと浮き上がっている。そして、シャツの首元をぐっと広げて覗くと。

「うわっ」

胸元に広がるたくさんの華、華、華。

「これって、キスマーク……」

呆然とそれを見ながら、夕べ抱かれた記憶を呼び起こしていた。

竜也からの激しい愛情に攻められて喘がされ、逃げる術すら奪われた。

ひと晩中抱き続けられた私の体は、まだその感覚を覚えているように敏感で、どうしようもない。ベッドから起き上がるだけで精一杯。下半身に力が入らないことを考えれば、ベッドから下りた途端にくずれ落ちてしまうだろう。

恋人に愛されて、ここまでぼろぼろになったのは、初めてだ。

「竜也のせいだ……あれ？」

同じベッドにいるはずなのに、既にそこにはいない彼に気づき、切ない声をあげた。

初めての夜を過ごしたのに、目が覚めればひとりぼっちなんて、冗談にもならない。

あれほど私を好きだって言ったのに、どうして？

「ようやく起きたか？」

ひとり落ち込んでいる私にかけられた声にはっと寝室のドアを見ると、入口の壁にもたれて、とろけそうな視線を私に送っている男。

「竜也……」

竜也の顔を見た瞬間、夕べ私が見せた恥ずかしい色々を思い出してしまい、慌ててシーツの中に体を潜らせた。ひとりでベッドに取り残されていることが寂しくて仕方がなかったくせに、いざ竜也が姿を現した途端、照れくさくて体は熱くなる。

「あれ？　お姫様は夜が明けると魔法が解けて、王子様との時間を忘れたのか？」

シーツの中に潜り込んでいるから見えないけれど、ベッドの側に竜也が来たとわかる。

「俺ひとりが本気で喜んでた？　夕べ奈々が言ってくれた嬉しい言葉は全部嘘だった？」

「う、嘘じゃないけど……」

「好き、って何度も言ってくれたのに、それってあの時の雰囲気に流されただけ？」

「違う……」

「あれだけ俺が愛してあげたのに、どうしてちゃんと顔を合わせてくれない？　もう忘れたい？　それとも最初から俺のこと、からかってた？」

「そんなこと、ないけど……」

竜也の言葉に、気弱な響きが感じられ、思わずシーツから顔を出してしまいそうになるけれど、夕べの私の乱れっぷりがあまりにも強く記憶に残っていて。

恥ずかしさが限界値いっぱいの私には、顔を見せる踏ん切りがつかない。

「俺を、好きじゃないのか？　俺、このまま帰ったほうがいいか？」

「やだ、帰らないでっ」

次第に小さくなっていく竜也の声を聞いて、焦った私は、思わずシーツをはねのけて起き上がった。

……あれ？

勢いよく顔を出した私の目の前には、ベッドの端に腰かけて、にやりと笑っている竜也の顔。

「……帰るかよ」

あっさりとそう呟いて、私の唇にキスを落とした。

「ん？　俺がいなくて寂しかったか？」

私の頬を撫でる竜也の手の甲の温かさに、悔しいけれどほっとした。

私が眠っている間に、竜也は近くのパン屋さんに朝食のパンを買いにいったらしい。

私は力が入らない足を無理矢理動かして、『一緒に入って手伝おうか？』と言う竜也の言葉をどうにか無視し、シャワーを浴びた。

体中に残る真っ赤な華にひとり赤面しながらも、夕べ抱かれた幸せな時間を思い出しては嬉しいため息をつく。

まだ体はあちこち痛み強張っているけれど、それを感じるたびに竜也が囁いてくれた甘い言葉がよみがえる。そして、シャワーを浴びながら、恥ずかしさのあまり「うぎゃー」と意味もなく声をあげて、倒れそうになった。

竜也に抱かれてひとつになって、ちゃんとした恋人同士になって。そのことがこれほど私を幸せな気持ちにしてくれるとは思いもしなかった。でも、それはまぎれもない、事実。

夢なんかじゃないんだ。

大好きだと、愛していると何度も言わされたおかげで声は掠れているけれど、それでも気持ちは潤い十分で、弾んでいる。

「竜也……」

シャワーの音にかき消されるのをいいことに、何度もその名前を呟いた。

口にするたびに、好きだという気持ちが強くなっていくのは何故だろうと、まるで初恋をようやく経験した中学生の頃のような、ふわふわとした感覚が私を包んだ。

「奈々？　倒れてないか？　大丈夫か？」

ぼーっとしながら夕べの余韻に浸っていると、すりガラス越しに見えた竜也の影。

「だ、大丈夫、すぐに出るから、コーヒー淹れておいて」

とことんお互いの全てを見せ合ったのに、何も身に着けていない姿を見せるのは絶対に恥ずかしくて、大きな声で叫んだ。

「ああ、わかった。あ、いくら恥ずかしくても、早く出てこいよ」

ガラス越しでも聞こえる竜也の呆れた笑い声に、更に恥ずかしさを感じた。

ふたりで朝食をとった後、竜也の着替えを買いに行こうと出かける準備をしていた。

夕べ、下着だけはコンビニで買った竜也は「洗濯した俺の衣類、この部屋に置いておくから。どっかにしまっておいて」と言い、これからも私の部屋に泊まりに来ると暗に匂わせた。

そのことがやけに嬉しくて思わず口角が上がる私って、どこまで恋愛に慣れてないんだと、情けない。そんな私に反して、竜也の様子は普段と変わらない。

「来週は、俺の部屋に来るか？　まあ、周りには大したデートスポットなんてないけど、俺がいればいいだろ？」

「は？」

「ん。竜也の部屋、見たいけど……その誘い方、慣れてる感じでむかつく」

「今まで何人の女の子が竜也の部屋に入ったの？　怒らないから正直に……あ、正直すぎるのも困る……えっと、私が傷つかない程度に、教えなさい」

きっと、何人もの女の子と付き合ったに違いない竜也だから、部屋にはまだ昔の恋人の残骸があったりして……。考えるだけで嫌だけど、知らないままでいるのも怖い。いざ竜也の部屋に入った途端、女物の洋服でも目についたら……なんてヘマ、竜也はしそうにないけれど。それでも気になるものは気になる。

「俺の部屋に入った女の人数？」

どこか呆れたような声に、私はぎゅっと口元を引き締めて頷いた。

「んー、数えたことはないけど」

「は？　数えられないほどの女の子が入ったの？」

「あ？　ああ」

「……そんな、あっさりと……」

数えきれないほどの女の子が竜也の部屋に……そして、その先にあるのはきっと、私と過ごした夕べのような、めくるめくような、甘い時間に違いない。

「なんだか、ショック……」

ぽつりと呟いて、私はソファに体を投げ出した。竜也の過去にここまでショックを受けるなんて、予想外だ。これまで竜也に恋人がいなかったなんて思わないけど、こうもあっさりとそのやんちゃぶりを想像させるような言葉を落とされると、立ち直れそうもない。

「悔しい……」

嫉妬以外のなにものでもない感情にぐるぐると包まれたような私は、ソファに体を預けたまま竜也を睨んだ。

「で？　十人、二十人？　それとももっと？」

半ばやけくそで声をあげた私に、竜也はにやりと笑い、ソファの前に膝をついた。

嫉妬と怒りに歪んだ私の顔を指先で突きながら、こらえきれないとでもいうような笑い声。

「それとももっと?が正解だな。二十人以上は俺の部屋に来てるから」

「……嘘」

「ほんと」

竜也は私の背中に腕を回し、そのまま抱きかかえるようにその胸に私を収めた。ぽんぽん、と背中を叩きながら、私の耳元に唇を寄せると。

「俺の家、結構広いんだ。だから、宴会の後の流れで工場の若手がなだれ込んでくることが多くてさ。女の子だって混じってるから、これまで延べ人数に直せば軽く百人以上の女の子が俺の部屋に入ってる」

「はあっ?」

竜也の言葉が理解できなかった私は、ぐっと体を離して竜也の目を見た。

「……了解?」

そこには、私のことを振り回すいたずらっ子の顔。それも、整いすぎた極上の、王子様の顔があった。

「だから、奈々が気を揉むようなことはないんだ。補足しておくと、俺の部屋に来た女の中で、俺が惚れたり抱いた女はいないから安心しろ。恋人として部屋に呼ぶのは奈々が初めてだ」

ん?と顔を傾げる角度と口元の上げ方、私の背中をたどる指先の強さ。どれをとっても完璧だと脳の片隅で感じる。そしてそれが似合いすぎることに悔しさすら覚えながら。それでもやっぱり竜也の言葉にほっとする自分がいる。

「絶対?」

「ああ、絶対」

「竜也の部屋で、女物の下着を見つけて修羅場、なんてこと……」

「ないない、あるわけない」

「洗面台にはかわいいシュシュなんてのが転がってたりしてないよね?」

「……えっと……」

目の前の顔が、表情を無くし、視線は宙をさまよう。その様子に、私の声は大きくなった。

「えーっ、あるの? シュシュ。女の子が洗面台にシュシュを置いておくって、使い道なんて決まってるのにー」

洗面台にシュシュ。そんなの、ふたりで迎えた朝、シャワーを浴びる時に女の子が使うもの。そう決まっている、ような気がする。私にも経験ないからわかんないけど。

勢いとはったりだけで聞いたのに、こんなに竜也が答えにつまるなんて予想もしてなかった。

「で？　工場の女の子がシュシュを置いて帰ったの？　それって、竜也と濃密な夜を過ごしたってこと？　もしそうだったら、竜也がさっき言った言葉って嘘になるよ」

悔しさを隠すことなく言い放ち、竜也の額を、人差し指でつん、とひと突き。

「ちゃんと正直に教えて」

洗面台の片隅にその存在を見せるシュシュと、何故か長い髪が数本落ちている床を想像して、更にメラメラと。勝手に想像しては勝手に嫉妬の炎を燃やす。

そんな私に、相変わらず力の入らない視線を向けた竜也。

え……その顔、もしかして、過去の女の子とのあれこれの告白？

「奈々、ごめん……」

「え？　ご、ごめん……？」

「ああ。俺、実は……」

ごくりと緊張し、気持ちを引き締めた私に、竜也は申し訳なさそうな顔で呟いた。

「俺、シュシュって、なんのことかわからないんだけど、それって一体なんだ？　スイーツか何かか？」

「え……」

パーキングから車を出して向かったのは、近所のショッピングモール。欲しいものを揃えられるし、食事をするにも問題ない。私もお気に入りの場所だけど、車がなければなかなか来る機会がないせいか、久しぶりだ。

「私、車買おうかな。学生時代に免許だけはとってるし、練習すればちゃんと運転できるはず。そうすれば竜也の家に行くのも楽だし」

電車だと三時間はかかる片道も、車だと一時間半ほどで済む。

「週末、仕事で遅くなっても行けるし、それって、いい考えじゃない？」

弾む声で呟きながら運転席の竜也を見ると。

「却下」

「へ？」

「奈々が無事に着くまで気になって何も手につかなくなるって、簡単に予想できる。今までペーパーで、運転する機会がなかったなら、その免許証は高価な身分証明書だと割り切ってろ」

竜也はちらりと私を見た後、この話題は終了だとでもいうように、表情を硬くした。

「でも、私……運動神経はいいほうだし……」

「無理、運転には運動神経だけじゃなくてセンスもいるから奈々には無理。それに、たとえ奈々の運転に問題がなくても、暴走した車にぶつけられて怪我することだってあるんだ。頼むから、運転はやめてくれ」

強い言葉に私は何も言い返せない。竜也の気持ちははっきりとしているようで、とにかく私が運転するのは嫌だとわかる。

「奈々が怪我をする可能性を、あえて作る必要なんてないだろ？」

「まあ、そうだけど……」

「俺の家に来るなら、電車で来ればいいし、奈々の家まで俺が車で迎えにいくから。諦めろ」

「あ……うん」

本気の本気で車を買おうと思ったわけではないし、思いつきで言っただけなのに。予想外の強い反対にあって、竜也の新しい一面を知った。……本当に、私を大切にしてくれているんだな、と。もしかしたら、兄さんたち以上に心配性かもしれない。

今朝のシュシュ事件以来、私たちの距離は縮まり、ふたりでいる時の空気の色が暖色系に傾いた気がする。竜也の部屋に女の存在がないかを気にする私を「かわいいかわいい」と目を細める竜也の素直さに私はやられっ放しだ。悔しいから、私が普段使っているシュシュを見せて教えてあげたけど、竜也はにやにや笑っているだけだった。

「車の運転なんて、とんでもない。事故ったらどうするんだよ」

「竜也って、本当に私が好きなんだね」

相変わらずぶつぶつ言っている竜也に聞こえないような小さな声で呟いた。

それでもやっぱり、私が大切だと思う人から、大切にされて、甘やかされる心地よさは格別だ。

「電車の時刻表、チェックしておくね。週末、仕事が終わったらその足で竜也の部屋に行くから。……最寄駅まで、お迎えよろしく」

竜也が私を心配してくれるのなら、私もその思いにちゃんと応えようと思った。

きっとこの先も、竜也が反対することは何もできないんだろうな、と覚悟もした。

幸せで、満たされた覚悟。それってかなり贅沢だ。

「お迎え了解。奈々ちゃんは、璃乃に負けないくらい、いい子だな」

ちらりと視線を私に向けた竜也の優しいその言葉に、そんな覚悟も悪くないと、心は弾んだ。

第四章

王子様は置き去り

休日のショッピングモールは混んでいた。竜也の衣類を買いながら広いモール内をうろうろしていると既に二時。お腹がすいた私たちは、遅い昼食をとるために飲食店街へと向かった。

「何食べたい？　俺、麺類が食べたいんだけど」

「そっか、じゃあ、あそこのうどん屋にでも入る？」

私が視線で示したのは、全国展開している有名なうどん屋さん。

「いいよ。俺、カレーうどんにしようかな……」

そう言いながら、お店に向かって足を進めた途端、私のバッグからスマホの着信音が響いた。

「あ、電話？」

誰からだろうと思いながらスマホを取り出して画面を見ると。

「え、椎名課長？」

電話をかけてきたのは椎名課長。

休日にわざわざ電話をかけてくるなんて、一体何があったんだろう。金曜日、本社から工場へ出張に向かう私に、『気を付けて行ってこいよ』と言ってくれた時以来だ。

通路の片隅に身を移し、電話に出た。

「本庄ですけど、何かありましたか？」

『あ、休日に悪い。今、大丈夫か？』

電話の向こうからは、どことなく焦りも感じられる椎名課長の声。

「大丈夫……ですけど」

そう言いながら、ちらりと隣にいる竜也を見あげた。

特に気分を悪くしているようではないけれど、竜也の手が私の腰に回され引き寄せられた。そんなカップルなら当たり前のような仕草、私にはまだ当たり前なんかじゃなくて、慣れてないんですけど。

『更に申し訳ないんだけど、今から会社に出てこれるか？』

「え？　今からですか？」

『ああ。明日、相模目当ての御一行様が来て、会社見学という名目のファンの集いが開催されるんだ』

面白がってるような、それでいて迷惑このうえないとでもいうようなため息交じりの声。「ファンの集い……」椎名課長の言葉を理解できずに、私はただぼんやりと呟いた。

そんな私をくすりと笑った椎名課長は、言葉を続ける。

『投資家さんの、社内見学だな。まあ、相模のことが好きでうちの株を保有している個人投資家さんたちがやって来るんだ。幹事証券会社に泣きつかれて、部長が渋々引き受けたらしい。で、その準備でIRの他のメンバーも何人か来ていて、本庄にも来てほしいんだけど、大丈夫か？　明日配るカタログやら会議室の準備やら、今日のうちにやっておかないと間に合わないんだ』

「あ……わかりました。じゃあ、今から向かいますけど、えっと、今、出先なんで一時間以上かかりますけど？」

『あ、とりあえず、来られる時間でいいから、顔を出してくれ。本庄にしかわからないデータやらあるから、頼むわ』

椎名課長のほっとしたような声を聞かされて、行くしかないかと諦める。せっかくの竜也とのデートだけど、仕事を投げ出すわけにはいかない。

恐る恐る竜也の様子をうかがうと、椎名課長と私のやりとりを聞いていたのか、憮然とした表情で私を見ている。

『じゃあ、待ってるから。あ、とりあえず教えてほしいんだけど、井上開発の社長って最近変わったか？　息子が跡を継いだとか』

「井上開発ですか？　はい、先週だったと思いますけど、息子さんが社長職を継いだと連絡を受けましたよ。挨拶状、見てませんか？」

『ああ、申し訳ない。ずっと出張続きで見てないな。とりあえず、井上開発の新しい社長さんも、明日来るらしいわ。じゃ、待ってるから、気を付けて』

早口でそう言って切られた会話。椎名課長は既に会社で準備に追われているに違いない。

「ごめん、会社に行かなきゃ。どれだけ時間がかかるのかわからないから、悪いけど今日は帰ってもらったほうがいいかも？」

竜也と気持ちを添わせてすぐのデートを放りだして、会社になんて行きたくはないけれど、もう新人でもないし私にしかわからない業務も確かにある。椎名課長の焦った声を聞かされた後じゃなおさら行かないわけにはいかない。

「残念だけど……ごめん」

寂しい気持ちを封印して、頭を下げて謝った。

「仕事なら、仕方がないけど……食事する時間もないのか？」

怒っているわけではなさそうだけど、機嫌がいいわけでもなさそうな低い声。

「食事かあ、一緒に食べたいけど……無理かな。課長、急いでるみたいだから、このまま行くね。ここからなら、電車でも行けるから」

「は？　なんで電車？」

「なんでって……タクシーなんて乗れる立場じゃないし」

「っていうか、電車とかタクシーとかおかしいだろ」

「……？　バスも走ってないけど」

まさか、歩いて会社まで？　そんなの無理無理。

「休日だから、電車だってすいてるだろうし、一時間くらいで……」

「だから、電車に乗らなくても、俺が車で送っていくって」

「あ……」

どこか呆れたような竜也の声に、はっとなる。

恋人不在の生活に慣れていたせいで、そんなこと、思いつきもしなかった。

「なんでひとりでさっさと行こうとするかな。早く俺と別れて会社に行きたいのか？」

「まさかっ」

「だったら、俺が会社まで送っていくから。電車なんか論外だろ」

竜也は拗ねたように呟くと、当然のように私の肩を抱き寄せて歩き出した。

駐車場に向かいながら隣を歩く竜也を見ると、悔しげに口元を引き締めている。

私と一緒に過ごすことができなくなった休日を残念に思ってくれているんだろうとわかるその表情。

竜也には申し訳ないけれど、そんな表情を見ると嬉しくなる。会社に行かなくてはいけない状況なのに、うきうきしてしまう。

「食事もできないのかよ。ほんと、働かせすぎだろ？」

子供のように拗ねた言葉を我慢できない竜也が、愛しく思えて仕方がなかった。


再び竜也の車に乗り込んで、会社へと向かう。ショッピングモールを出る直前、目についたおにぎり屋さんで、竜也はいくつかおにぎりを買ってくれた。

「会社に着くまで、食べてろよ」

「うん……竜也は食べないの？」

「俺は運転してるし、奈々を送ってから適当に食うからいい」

「そっか、ありがとう。ごめんね」

一般道を順調に進みながら、おにぎりを頬張っていると。

「なあ、さっき電話で話してたけど」

前を見ながら、竜也が呟いた。その声にはどこかためらいも感じられた。

運転に集中しながらも、どこか私に対して遠慮する様子も見える。

「どうしたの？」

「井上開発って、最近、うちの本社の近くに移転してきた会社か？」

「井上開発？　どうしたの、突然」

「いや、さっき、課長からの電話で『井上開発』って言ってたから気になったんだ」

「あ……確かに言ってたね。最近社長に就任された、前社長の息子さんが来られるみたいだよ」

「そっか……うちの会社の株にも手を出してるか……。まあ、彰人《あきと》さんなら、常識もあるから大丈夫か」

何？　どういうこと？　会社の株？　手を出す？　彰人さんって誰？

首を傾げる私を視界の隅に捉えたのか、竜也はちらりと視線を私に向けるけれど、すぐに前を見据えて運転を続ける。

「竜也？　何を言ってるのかわけがわからないんだけど」

竜也は私の声に、小さく息を吐くと、

「井上美散。美散の旧姓だ。で、井上開発の新しい社長は、美散の兄さんで井上彰人。明日の御一行様の中にいるらしい人」

竜也は、重い感情を抑えているような口ぶりで、そう教えてくれた。

「美散さんのお兄さんが新しい社長……。そっか、美散さんって、お嬢様だったんだね。お金持ちかあ……璃乃ちゃんちもかなり立派な家だったけど、美散さんの実家も相当なの？」

井上開発と言えば、ここ数年で急激に業績を伸ばしている会社だ。

国内でもそこでしか生産していないという多くの部品を抱え、大手メーカーに供給している。厳しい業界のなかでも大きく利益を出していると聞く。以前は井上工業という町工場だったけれど、業績の伸びに比例して業務内容も広げ、今では不動産業にも進出している。

わが社の株も、いくらか保有していると聞いている。そんなことを思い出していると、車は赤信号で止まり、竜也の鋭い声が響いた。

「美散は、お嬢様って言われるのを嫌うから、気を付けてくれ。それに、結婚したあいつにはもう、井上の家とのつながりはほとんどないから」

「あ……ごめん」

優しく甘い声音に慣れていたせいか、突然響いた低い竜也の声に、体がぴくりと跳ねる。こんなに近くにいるのに、竜也を遠くに感じ、まるで別人になったようにも思えて怖くなった。

そんな私に気づいた竜也は、はっとしたように顔をしかめた。

「悪い。怒ってるわけじゃないんだ……ただ、美散は、周囲から色々と誤解されながら嫌な思いをして生きてきたから、つい」

本当に悪い、と苦しげに話す竜也に、私はどうにか笑顔を作って頷いた。

「私も、軽々しくお嬢様なんて言って、ごめんね。特に深い意味はないんだけど、これからは気を付けるね」

取り繕うように早口でそう言ってへへっと笑うと、竜也は口元だけでほんの少し笑った。

「美散は、家にお金がたくさん入ってくるにつれて傷つくことも増えて。特に株なんかには嫌悪感も持ってるんだ」

「え……?　なんで?」

「っていうより、お金に対して、だな。美散は、人の心を変えてしまうお金っていうものには恐怖と悔しさを持ってる。美散の父親が、株に人生を変えられてしまったから」

信号が青に変わり、車が再び走り出す。

「今朝も少し話したけど、美散と俺が親密に見えるのならそれは、美散が家のことで苦しみ、でもそれを乗り越えていく時に俺と美散の旦那が、ずっと側で支えてきたからだ」

一本調子でさらっと話す竜也の横顔を、どこか違う人を見るような目で見ている自分に気づく。さっきまで、私ひとりを愛して他には誰もいらないという思いを伝えてくれていたのに、美散さんの話になるといつも、そんな竜也は私が作り出した願望に過ぎないのかと戸惑う。

そして思い出すのは、今朝、竜也がぽつりぽつりと話してくれた美散さんとの関係。ずっと気になって仕方がなかった私が、何度かせがんで話してもらったとはいえ、聞いてしまうと更に不安は大きくなった。

結局のところ、美散さんとは昔から仲のいい友人同士。単なる幼馴染に過ぎないらしいけれど、それ以上の絆があるように思うのは私の思いすごしではないはずだ。

今の竜也が美散さんに惚れているわけではないし、美散さんの幸せを壊そうとも、この先そんな機会があればと願っている様子でもなかったけれど。

彼女に対する気持ちは特別で、他の誰も敵わないと思えるほど、愛しげな顔を見せて彼女のことを話していた。

聞かなければよかった、と何度も思った。

私のことを、ずっと好きだったと言って、そして初めて抱き合ったばかりなのに。

もしかしたら、竜也にとって私は二番目の女なのかもしれない。

そんなマイナス思考全開で黙り込み俯くと。

「……違うから。美散のことは大切な友達だけど、それだけだ。逆に、お互い愛し合えていたらどれほどみんなが幸せに……。いや、それはいいんだ。まあ、学生時代からの腐れ縁というか、家族のようなもんだから。奈々が気にすることはない」

弁解するように焦る竜也の声を聞くと、ほんの少しだけ私の気持ちは浮上するけれど、一度生まれた不安は簡単には取り除けない。

曖昧に笑顔を返したまま、それ以上何も、言えなかった。

王子様が知らない夜

「宣伝部に行って、会社案内と手提げ袋の大きいの、二十セットもらってきて。注文は月曜日に端末に入れるから、先にくれって電話してある」

「あ、わかりました。宣伝部には、今日誰か来てるんですか？」

「来てなかったから、俺と同期の男を呼び出した。おかげで今日は俺のおごりで寿司だ」

「……それはそれは」

椎名課長は、パソコンからいくつかの資料をアウトプットしつつ、相模課長がこれまで手がけた物件の写真に目を通す。

朝からずっと、明日の準備に追われているらしい。課長にも家族がいるのに、大変だな。小さくため息をついて、言われた通り私は宣伝部へと向かった。


その日の遅くまで慌ただしく働き、どうにか相模課長をごひいきにしている御一行様を受け入れる準備は整った。

「相模はわが社の顔だからな。こうして盛り立てていくのもスタッフ部門の仕事だ」

パソコンの電源を落とし帰る準備をしている時に、椎名課長がそう呟いた。

確か椎名課長は、相模課長と同期だったはず。

会社の顔であり、世間では多くの人がその存在を知っている建築界の至宝。相模課長がわが社の名前を有名にしていると言っていいほどだけれど、相模課長本人にはそれほどの気負いもないようで、いつも黙々と仕事に意識を注いでいる。

きっと、他社からの引き抜きもあるだろうし、独立だって容易に実現できると思うけれど、相模課長にその気はないらしい。企業に勤務しているからこそできる仕事も多いから、と研修であっさりと言っていた姿を思い出す。自分の名誉よりも建築士としての可能性を探りたいと。

それはもう格好よかった。新人だった当時、私もこの会社にこの身を埋めようと、生意気な考えもちらりと浮かんだ。

それほどの影響を周囲に与える相模課長。そんな人を『ごひいき』にして、わが社の株式を買い、月曜日にやって来るという投資家の皆様の気持ちもわからないではない。

「さ、俺はこれから宣伝部の課長と寿司に行くけど、来るか？　奢るぞ」

そう声をかけてくれる椎名課長。

相模課長を盛り立てる……即ち会社を盛り立てるために休日出勤までする椎名課長を見るのは初めてじゃない。

スタッフ部門の社員はわが社の前線に立つ設計部門を盛り立てることが多く、表に出る機会はなかなかない。みんなそれに対して特に不満を言うでもなく、淡々と仕事をしているけれど、椎名課長だって何か思うところはあるはずだ。そんな椎名課長の気持ちを推しはかれば、なんだか切ない。

「本庄、寿司どうする？　飲みたければどれだけ飲んでもいいぞ。彼氏いないって言ってたよな？　だったら時間あるだろ？」

鬱々と考え込んでいた私にかけられた声に視線を上げると。

「課長たちが行く寿司屋、うまい酒が多くて有名だぞ」

同じ経理部ＩＲ課の先輩、三橋《みはし》さんがにやりと笑った。

経理部に配属されて以来、一緒の課だということで何かと面倒を見てくれる三橋さんは、昨日まで地方の営業部に出張に出ていた。夕べ遅くに自宅に帰って、本人いわく泥のように眠っていたところを椎名課長からの呼び出し電話で起こされて。

『来て手伝わなければ、来週から更に出張地獄へ突き落とすからな』

そんな脅迫じみた言葉を聞かされたらしい。

まさしく、脅迫。パワハラだ……。

「あ……お寿司、いいなあ」

三橋さんが言うお店に心当たりがあり、ぜひともご一緒したいと思う。椎名課長の奢りとなればなおさらだ。普段から飲みに行く機会が多い部署だけに、今日のお誘いも、会社に来た時からある程度予想していた。

けれど。

「昨日から忙しくて睡眠不足なんですよね。若くないんで今日は帰って寝ます」

残念な気持ちは確かにあるけれど、結局は断った。

昨日から、というよりも金曜日からずっと竜也に右往左往させられて、心身ともに限界。疲労というよりも、余力がなくなってしまったから、ひとりになってぼんやりとしながら自分を取り戻したいというのが正直な気持ちだ。

「……ふうん。いつも誘えばふたつ返事でついて来る奈々が断るなんて、一体……って、まあ。これが理由か？」

「ん？　理由？」

「そう。ここに、理由があからさまに見えているぞ」

意味がわからなくて首を傾げると、三橋さんは苦笑しながら人差し指で私の首筋を突いた。

「いたっ。な、何するんですか？」

「何って、キスマークをなぞってるんだけど？」

「は……？　キ、キ、キスマーク……？」

「そう。かなり赤いぞ」

その言葉に、思わず座っていた椅子から立ち上がると、キスマークが見えないように慌てて手で隠した。三橋さんがなぞっていたあたり、確かに身に覚えがある。

夕べ、竜也が唇を押し当てて、何度も痛みを落としていたような……私は朦朧として、そして体に力が入らなくて、されるがままに受け入れていた。

「ふうん。心当たりがあるんだな。夕べか？　で？　お姫様をものにした勇気ある男は誰だ？」

私の体にすり寄って、何故か低い声で問う三橋さん。

なんだか普段と違うその様子が妙で、不安も感じる。

「お、お姫様じゃないってのは、三橋さんよく知ってるでしょ？」

「まあな。見かけ倒しのお姫様だもんな」

「でしょ。だから、別にお姫様をものにしたってのはちょっと……」

「違う？」

「うん。お姫様だなんて、思ってなさそうだった」

「へえ」

気づけば、三橋さんは私を机に押し付けて、私の体の左右に手を置いている。私が逃げられないようにしているようで、あはは、と笑っても彼には動じる気配もない。相変わらず私に探るような視線を向けてくる。

焦ってあたりを見回すけれど、椎名課長は私たちに背を向けて電話中だ。スマホで奥さんと話しているようで、時折甘い言葉が聞こえてくる。他の人たちも席を外しているのか見当たらない。

え、どうしよう。

「み、三橋さん？」

「俺は、ずっとお姫様だと思ってたんだけどな。できの悪いお姫様？」

「えっと……意味がわかんないんですけど」

三橋さんはくすくすと声をあげるけれど、目は笑っていない。おまけに不機嫌だ。

「仕事は手を抜かずに本気でやってるし、上司相手に正論ぶつけては悔し泣きもするし」

「み、三橋さん?」

「酒は強いし、男と一緒にパチンコや競馬に行っては負けたって騒いでるし。確かに、お姫様ではないよな」

三橋さんが話していることは全て事実で、悔しいながらも反論できない。

そうだ、確かにお酒は強い。パチンコや競馬の奥深さにも心揺り動かされ、はまりにはまった時期がある。

そう。私は見かけ倒しのお姫様。自分が一番わかっているんだ、そんなこと。

「そんな見かけ倒しのお姫様が、かわいくて仕方なかったな」

相変わらず近い距離のまま、三橋さんがにっこりと笑った。

「配属されてすぐに奈々が大きな失敗やらかして、部署総がかりで対応した後、全員に頭下げて回って。で、直後に気持ちが緩んで気を失って」

「あ……その節はどうも」

今でも思い出すと体が震えるほどの大きな失敗をして、部内総出でリカバリーにあたってもらった。

あの時は退職願の書き方ってどこに載っているんだろう、と頭の片隅で考えながら必死で作業をしていた。そんな悪夢のような経験をして、それ以降は十分すぎるほど慎重に仕事に向かい合うようにもなった。

「俺の目の前で倒れた奈々を抱きとめた時、ちょっと気持ちが揺れたんだけどな」

「は……？　そんなの、全然気が付かなかった。それに三橋さんにはその頃から恋人がいたじゃないですか。今は婚約者さんですけど」

「まあ、恋人がいても俺の心をぐぐっと引き寄せるくらいに、奈々には魅力があったってことだ」

「……っ」

小さく肩をすくめた三橋さんは、ようやく私から体を離した。

私はほっとしながら、その長身を見あげるように視線を向けて、

「もうすぐ結婚するくせに、よくそんなことが言えますね」

冗談に違いないと思いつつ、呆れた声でため息をついた。

「んー。恋人には惚れ込んでるから、俺。奈々が一度や二度俺の心を揺らしても、だからってどうにかなるもんでもないし」

「……はあ？」

「だけど、俺は奈々を大切に思ってるし、奈々が幸せじゃないなら気になるってこと

だ」

よくもまあ。結婚間近の婚約者がいるのに、どうして他の女にこんなに甘い言葉を吐けるんだろうか……。

「三橋さん、婚約者の方とうまくいってないんですか？」

思わず呟いた私に、三橋さんは眉を寄せた。

「は？　全然っ？　相思相愛で、早く結婚したくてたまんないけど？」

何故そんなことを聞く?と言葉を続ける。

「だったらどうして、私に気持ちが揺れたことがあるとか、気に入ってたとか、簡単に言うんですか？」

「そりゃ、簡単に言えるくらいにしか気持ちが揺れてないからだし、手に入れたいって思うほどに惚れてないからだろ」

「はあ？」

落ち着いた三橋さんの声に、私ひとりが振り回されている。

私の体を拘束するように近づいて、吐息がかかるほどの距離感。まるで私に本気の好きという気持ちを持っているかのような言葉を聞かされて。

「結婚をやめて、私を手に入れようとしてるのかって誤解しました」

「んー。それは、ないな。悪い悪い」

「だったら、誤解させるような言動は慎んでくださいよ。正直、どうしようかと思いました」

はあ、と大きく息を吐いて、もたれていた机から体を起こした。

三橋さんのふざけた言葉に右往左往させられることは、今が初めてじゃないのに、まんまとひっかかってしまった心境だ。悔しい。

「三橋さんの奥さんになる人って、大変ですね。恋人が自分以外の女の子に誤解させるようなことを言っているなんて、知ってるんですか？」

「知ってるんじゃないの？　十年付き合ってるし。だけど、自分だけが愛されてるってのも知ってるからどんと構えて気にしてない。そこも俺にとっては手放せないポイントなんだよな」

緩い表情で、熱っぽい声。

きっと婚約者の人を思い出しているに違いない。

何度か見たことがあるその顔は、彼女を本気で愛していると隠そうともしていない。

「……前言撤回します。三橋さんの奥さんになる人、きっと幸せです」

今の三橋さんの様子を見ていれば、そう思わずにはいられない。

彼女を愛していることがわかりすぎるほどのデレデレ感は半端なものではないし、仕事では厳しさ全開の三橋さんが、ここまでとろけている瞬間を目の当たりにしてしまうと。

「どうぞ、お幸せに」

そう言うしかない。本当、悔しいけど。

「ああ。心配しなくても、俺は必ず幸せになるから。あいつが俺を幸せにしてくれるって太鼓判押してくれたし」

くすくす笑う三橋さん。

「俺が幸せなら、あいつも幸せらしいから」

「……ごちそうさまです。もう、いいです、お腹いっぱいです。私のことを気に入ってるとかの戯言《たわごと》は忘れますから、気にしないでください」

三橋さんからのふざけた言葉をこれ以上聞きたくなくて、思わず刺々しい口調になってしまった。そして、この話題はこれで終わりにしようと思う私に対して、三橋さんは一転して真面目な顔を見せた。

「戯言じゃないぞ。俺は奈々を気に入ってるし、幸せになってほしいとも思ってる。それに、俺の気持ちを揺らしたことがあるほどの上等な女なんだから、忘れるなんて言わずに自信もてよ」

「自信もてって言われても……」

　惚れに惚れている恋人との結婚を間近に控えているくせに、どうして私にまでそんな甘い言葉を簡単に言えるのか、理解できない。

「あのですね、三橋さんには奥さんになる人がいるんですから、他の女の人に心揺らしたり、その気にさせるような言葉は言わないでください。私じゃなかったら、誤解しますよ」

「心が揺れるもんは仕方ない。ただ、俺には本気で惚れぬいてる女がいて、そいつがいない人生は考えられないから、どうこうしようとは思わないけどな」

「どうこうしようと思われても困ります」

「だよな。奈々にもとうとう、キスマークを残して独占欲を主張する男ができたみたいだし、俺が奈々を気に入ってる気持ちはそっと隠しておくよ」

　その言葉に、私は再び首筋を手で押さえた。

　竜也に残されたキスマークがどれほどのものなのか、早く鏡で確認しなきゃと焦りつつ、三橋さんにこれ以上見られないようにそっと距離をとった。

「奈々がその男を大切にする気持ちとは別に、他の男に気持ちを揺らしてしまう時がくれば、俺の気持ちもわかるだろ」

「そんなこと、ないです。私は竜也に一途なんですっ」

三橋さんの言葉にかっとして、思わず大きな声をあげた。

今の私には、竜也以外に気持ちを揺らすなんてこと、考えられない。恋人がいるのに他の男性を好きになるってことも、信じられない。私は気が多い女だと三橋さんに思われているようで、なんだか腹も立ってくる。

三橋さんは、そんな私の気持ちを見透かしたように笑った。

「本気で惚れている恋人がいて、そいつしか欲しくなくても、世の中にはそいつ以外にいい女やいい男は溢れるほどいるんだ。そんな相手と知り合って、いい女だなとかいい男だなとか幸せになってほしいって思うのは、人間として自然な流れだと思うけど？」

「でも、私は竜也が一番好きで、一緒にいたいと思うのも彼だけなのに。それは自然じゃないってことですか？」

「好きっていう気持ちの中身の違いだろ？　惚れて惚れてそいつと一緒に生きていきたいっていう気持ちと、単純に大切だなっていう気持ちとは全く別のものだ。まあ、恋愛のあれやこれやを勉強中の奈々ちゃんには、これから知っていくことなんだろうけどな」

「確かに、よくわからないですけど」

拗ねた口調の私に、三橋さんは面白そうに頷いた。

「奈々みたいに恋人だけを愛して、ひと筋になるのは恋愛においての基本だけど、その相手にだけ気持ちも時間も全て持っていかれると、人間としての大切なものを見逃すぞ。大切な人は、恋人以外にもいるってこと。それに、恋人以外に気持ちを揺らしても、結局恋人の側が一番だって思えるなら、それこそが一途ってことだろ？」

「恋人の側が一番……ですか」

「そう。俺も、どれだけ綺麗な女に出会っても、あいつの側にいる幸せを手放すなんて考えられなかったからな」

心なしか胸を張って自慢げにそう呟く三橋さんは、心底幸せそうに瞳を輝かせている。今日の仕事の疲れなんて全く感じさせないほどだ。

私をかわいがってくれるけれど、仕事は厳しく、指導はスパルタで怖さ全開。そんな三橋さんの今の顔は、普段の顔からは想像できないほど甘く、優しい。

「溶けそうですよ。目尻、下がってるし」

結婚間近の幸せに満ちて、悩みなんて何もないみたいだ。

「当然だろ？　間違いなく俺は幸せだし、それを隠すつもりもない。結婚相手は最愛の女。溶けそうにならずにいられるかよ」

近くにあったカバンを手にし、帰り支度を整えながらの言葉は至って冷静。

でも、その言葉に含まれるものは、甘さばかり。

「そんなことを言う人が私を気に入っていたなんて、なんだか信じられないですけど」

「信じないならいいけどさ、俺は、恋人とは違う次元でたくさんの大切な人がいるし、それは当然だと思ってるから。で、奈々もその大切な人のひとり。奈々だって、そのうち彼氏以外の大切な人を、自然に受け入れられるさ」

「そうですかね」

何となくわかるようなわからないような。

恋人以外の大切な人、そして気持ちを揺らす人。

そんな人、今の私には家族くらいかな……あと、友達？

「で、そのタツヤくんとはいつからだ？」

「え？」

「さっき、タツヤって、口にしていただろ？」

さっき？　あ、確かに、思わず叫んでいたような気がする。

「タツヤって、社内の男か？」

「いや、あの、その……」

探るような、そしてからかうような言葉に、焦りばかりがこみあげてくる。

付き合い始めたばかりの竜也のことは、もう少し秘密にしておきたいけれど、思わず口にした竜也という名前に三橋さんは興味津々だ。このまま見逃してくれるとも思えない。

「今まで男っ気のなかった奈々をようやく落として、キスマークまで残した男に、俺は酒でも奢ってやりたい気分だな。散々飲ませて、奈々を泣かせると許さねえって、脅してやるか」

ははは、と笑うその笑顔にはどこか腹黒いものが見え隠れしていて、本気でそう思っているとわかる。入社以来、私に目をかけ、大切に、そして厳しく育ててくれた尊敬すべき先輩。そして、私の恋愛経験値の低さをよく知っているだけに、気になって仕方ないんだろうけど。

「……絶対に、会わせません」

何を言われるか、怖くて絶対無理だ。

疲れた体で我が家に着いたのは、ちょうど日付が変わる頃だった。

結局、三橋さんや椎名課長に連れていかれたお寿司屋さんで飲みに飲んで、気分よくタクシーで送ってもらった。

タクシーからおりた時、車内から椎名課長に声をかけられた。

『彼氏とのデート中、呼び出して悪かったな。それでも駆けつけるところがお姫様のお姫様たるゆえんだ』

『なんですか、それ』

『いや、本庄にもようやく潤いある日々がやってきたかと思うと俺は嬉しさ半分心配半分。そのタツヤくん、今度俺にも挨拶に来いって言っておけ』

『……三橋さんと同じようなこと、言わないでくださいよ』

そんなやり取りを何度か繰り返してようやく部屋に入った途端、足元から力が抜けて、リビングのソファに倒れ込んだ。

お寿司屋さんに付き合うつもりはなかったけれど、引きずられるように連れていかれて一番楽しんでいたのは私だったような気がする。

三橋さんは結婚前の準備が忙しいと言いながらも、どう見てもそれを楽しみにしているようだし、椎名課長も子供が今度ピアノの発表会だとかで、その時の衣装が何色だとか、自慢げに話していた。

『下の子は、今度水泳で全国大会に出るんだよなあ。誰に似たのか、ふたりとも優秀なんだ』

な、そう思うだろ?と何度も聞かれて、そのたびに私は『そうですねー。羨ましいです』と相槌をうっていた。

三橋さんは、お酒を飲みながら私たちのやり取りを苦笑しながら見ていた。

今日、休日出勤した六人で行ったお寿司屋さんは、社内でもおいしいと密かに噂されている穴場のお店で、私はそろいもそろった日本酒の種類の多さに心弾ませ、結構な量を飲んだ……と思う。

自宅に帰って、ソファに倒れ込むくらい、には、飲んだ。

「飲ませ上手なんだもん」

酔いがほどよく回っている意識の中で、そう呟く。

私だけではなくその場にいたメンバーみんなに、上手にお酒をすすめては飲ませていた三橋さん。自分が幸せだからだろうか、かなりご機嫌だった。

結局、椎名課長ではなく、三橋さんがひとりでお代を払ってくれた。

結構な金額になっていただろうし、結婚前のこの時期、申し訳なさも感じたけれど。

『幸せなもんが奢ればいいんだよ』

なんて太っ腹。

普段から何かと奢ってくれたり差し入れをしてくれるけれど、私が奥さんだったらちょっと複雑かも、と思っていると。

『タツヤくんとやら、今度紹介しろよ』

何度も言ってはからかってきた。私はそんな三橋さんの言葉に曖昧な笑顔を返し、最後まで頷かなかった。そりゃ、無理でしょ、無理。

「社内恋愛だもん。無理無理」

ソファに顔を押し付けて体をばたばたしつつ、やっぱり社内恋愛って秘密だよね、と憂鬱になる。でも勤務地が違うんだから神経質になるほどでもないか、と気持ちを整えて、小さくため息をついた。

そういえば、竜也はちゃんと帰ったのかな。無事に着いたかな。

会社の前で私を車からおろしてくれた後、自宅に帰ったはずだけど。

足元に転がっていた鞄からスマホを取り出して確認すると、メールが一件。

「気が付かなかった」

慌ててメールを開くと、やっぱり竜也からだった。

【今、帰った。次の週末は、俺の家に来るか？

着替えやら必要なもの、用意しておけよ。

金曜日の晩、迎えに来てほしいなら、奈々の家まで行くから連絡して。

車を買うなんてことは絶対に認めないから、諦めろ】

簡潔すぎるほどのその文面に、少しだけ物足りなさを感じながら小さくため息。

「これだけ？」

がっかりした声をあげて、肩を落とした。

週末ずっと一緒にいてあれだけ私を振り回したのに、そんな時間は私の妄想だとでも思ってしまいそうなあっさりしすぎる文面に気落ちする。

「熟年カップルみたい。こんなの連絡事項を並べてるだけじゃない」

思わず文句も飛び出した。付き合い始めの高校生の甘いメールを期待していたわけではないけれど、やっぱり、もう少し温かい文面が欲しいと思ってもおかしくないはず。

ずっと前から私のことが気になり見ていたと言ってくれたのに、私を手に入れた途端、このあっさりとしたメール。何度もそのメールを読んでいるうちに不安や悔しさ、混じりに混じった感情が私を覆う。

「ずっと好きだったって言ってたのに、ちっともそんな感じじゃない」

やっぱり、まだ私のことを怒ってるのかな。

会社に送ってもらう途中、私の言葉が原因で気まずくなったから、こんな必要最低限のメールしかくれないのかな。

スマホの画面を睨みながら、泣きそうな気持ちで「ばか……」とひと言呟き、人差し指で画面をぽん、と弾いた。

すると、私の指先に反応して、画面はゆっくりと下にスクロールされていく。

ぼんやりと見ていると、『諦めろ』で終わっていた画面の下、空白しか見えなかった部分の下から文章が現れた。

【週末ずっと奈々と一緒にいて、それが当たり前になったみたいだ。悔しいけど、惚れに惚れた。早く来い】

そんな、予想もしなかったとろけそうな言葉の羅列。

「な、何言ってるんだか……。惚れに惚れたって」

竜也の甘い言葉が並ぶ画面から目が離せない。あっさりとしたメールにがっかりさせられて、その直後にこんな甘い言葉を見せられて。

「もしかして、作戦？」

思わずうなってしまった。

会社の前で私をおろしてくれた時の竜也からは、私と一緒にいるのが当たり前なんてそんな気持ちは全く感じられなかった。

それどころか美散さんをお嬢様だと言ってしまった私に、竜也は厳しい言葉でそれを否定した。そのことにはそれ以上触れずに帰ったけれど、私はそのことが気になって仕方がなかった。

私が美散さんを悪く言ったと誤解されたんじゃないかと落ち込み、竜也が持つ美散さんへの神経質な思いを逆撫でしたように思えてずっと苦しかった。

竜也の大切な人。

気にしても仕方がないと、自分にそう言い聞かせながら仕事に集中していたけれど、結局はお酒に逃げて半端なく飲んだ。そうすることで不安な考えをどこかに押しやっていた。

そんな私にとって、この甘いメールはその不安を軽くする力を持っていて、読み終えた瞬間、心からほっとした。

その一方で、竜也が美散さんを大切にしていることを私は当たり前のように受け入れなければいけないのかと、複雑な思いがあるのも事実。

「美散さん、いい人だったな」

友達になりたいと思える素敵な女性。お金持ちの家に育ったお嬢様だという雰囲気はなくて、気さくで温かい人。

おまけにため息が出るほどかわいい、竜也が特別な気持ちを抱くのもわかるくらいの上等な女性だから。竜也が大切に思い、守りたいと思っているに違いない美散さんのことを、意識せずにはいられない。

まあ、簡単に言えば、嫉妬しているだけだ。

美散さんのことを考えれば、気持ちは沈んでいくけれど、それでも私の気持ちがどん底まで落ち込んでいないのは、今日三橋さんが力説していた言葉のおかげかもしれない。

惚れぬいている婚約者がいても、違う次元で大切に思う人がいるし、私に気持ちを揺らしたことがあると言っていた。

その時は理解できなかったけれど、三橋さんの言葉を竜也に置き換えてみれば、そういうことなのかと自分にいいように解釈もできる。

竜也にとっての美散さんが、惚れた女ではなくて大切な人なら、それはそれで仕方ないのかなと少しだけ気持ちも浮上した。ほんの少し三橋さんに感謝して、そして。

「いいこと言ってくれるね。三橋さん」

意外に格好いい三橋さんに、気持ちが揺れた。

あ、そうか。

竜也以外の男性に気持ちが揺れるって、こういうことなのかな。

三橋さんの言葉を理解できたような気がした一方で、竜也に対してほんの少しだけ申し訳ない思いも感じていた。

王子様と大切な人の秘密

『相模恭汰を囲むファンの集い』ではなく、投資家の皆様への本社案内は滞りなく終了したらしい。

らしい、というのはその言葉通り、私に案内の役目は回ってこなかったからだ。案内が行われていた間ずっと、経理部内の打ち合わせブースにひとりでこもって作業をしていた。

できれば美散さんのお兄さんを見たいなあと思っていたけれど、急ぎの作業が入り、お兄さんと会うことはできなかった。

けれど、どうしてだろう？

今、私の目の前にいるのはまさしく美散さんのお兄さん。井上開発の社長様だ。

「へえ、竜也が惚れるのも無理ないな。そんなにかわいい顔をしてると、男からしょっちゅう声かけられるだろ？」

「え、声……は、かけられません、けど？」

「またまたそんな謙遜して。あだ名は〝お姫様〟なんだろ？　そんなに見た目がよくて、おまけに仕事もできるって聞いたし、相当もてると思うんだけどな」

美散さんのお兄さん、井上彰人さんは、相模課長を交えての懇親会がお開きになった後、なぜか経理部にやってきた。

「美散から竜也に恋人ができたって聞いて、会いたくて仕方がなかったんだよな」

宣伝部の女の子に案内されてブースに通されたお兄さん、というか、井上社長は、工場見学会のためにカタログの準備をしていた私の前に立ち、開口一番そう言った。

大きな企業の社長とは思えない若い外見。まだ三十代半ばあたりのようで、グレーのスーツに映える紫のネクタイがやけに若々しい。

「あの、井上……社長、ですか?」

勢いよく向かいの椅子に腰かけた彼に、遠慮がちにそう聞いてみる。

美散さんとよく似てはっきりとした、それでいて温かい目元が私をじっと見ていて居心地が悪い。

「社長、そうだな、社長に就任したばかりの井上彰人。悪かったな、自己紹介を先にするべきだったのに、竜也の恋人に興味がありありで。今日も、えっと……奈々ちゃんだっけ？　君に会いに来たようなもんだから」

「は?」

くすくす笑う井上社長は、驚く私に構うことなく言葉を続ける。

「相模恭汰もすごい人だと思うけど、俺にしてみれば竜也の気持ちを掴んだ奈々ちゃんのほうがよっぽどすごいと思うね」

椅子の背に体を預け長い足を組みながら、井上社長は満足げに頷いた。

「あの……その……」

井上社長の言葉が、よくわからない。というよりも、今、私の目の前にいることに現実味も感じられない。

「俺は奈々ちゃんのことをよく知らないけどさ、それでも竜也が惚れた女っていうだけで、俺の中の特別枠に入れてやるよ」

社長には見えない若さに、ただ驚いていたけれど、その口から飛び出す言葉は、まさに社長という立場にふさわしく強気全開。自分が話す言葉に対する自信がありありと見えて、気持ちがいいほどだ。社長としての仕事ぶりも、相当なものだろうと想像できる。

「今日は相模恭汰に会えるのはもちろん、それ以上に竜也のお姫様に会うオプションを楽しみにして来たんだ。予想以上に竜也が面食いだったってわかっただけでも収穫収穫」

満足げに笑う井上社長にどう答えていいやら居心地が悪くて、私は手元に積まれていた資料を意味なく揃え直す。

面食いなんて言葉は、見た目について言われることに抵抗を感じる私には、鋭い刃だ。

「竜也が、美散以上に大切にする女の子とようやくめぐり会うことができて、それもこんな綺麗な女の子でさ。俺もほっとした」

「それって、どういう」

ただでさえ美散さんを意識している私は、井上社長の言葉に鋭く反応してしまう。

「あ、美散と竜也の間に、何かあると思ってるのか?」

井上社長は眉を寄せて、探るような声で私に問いかける。そして小さくため息をつくと、いつの間にか私の隣の席に腰かけて体を寄せてきた。

近すぎる距離に緊張するけれど、それ以上に井上社長が話そうとしている言葉が気になって身動きがとれない。

美散さんと竜也に一体何があったんだろう。それは恋愛のあれやこれやなのかと、不安も溢れる。たとえそうではないにしても、ふたりの間には強い絆があることは確かだ。

そんな私の心細い気持ちを感じ取ったのか、井上社長は私に穏やかな視線を向けながら話し始めた。

「美散と竜也は、お互いにお互いを大切に思っているし、それは一生続くと思う。だけど、これまで惚れた腫れたで気持ちを動かしたことはないから安心していいぞ」

「は、はあ……」

「まあ、あのふたりはお互いの心の中の特別な場所に、お互いが存在してるんだけどな」

その声からは井上社長がこの部屋に入ってきた時に放っていた傲慢で強気な様子は影をひそめて、何かを耐えているような、儚さが感じ取れた。

私はそんな井上社長の様子に思わず。

「社長、ここにシワ寄ってます」

そう呟いて、井上社長の眉間をそっと指差した。

「は？　……ああ、これか。社長と呼ばれるようになってシワもため息も増えたんだ。気にするな」

「社長に、なりたくはなかったんですか？」

ふと口にした言葉に、井上社長は。

「ああ。なりたくなんか、なかったね」

苦々しく呟いた。

「父親があれほどのバカじゃなかったら俺は社長になんか就かなかったし、美散だって家から飛び出すこともなかった」

吐き捨てるような言葉には諦めと嫌悪が感じられて、私は一瞬身を引いた。

美散さんが家を飛び出したことは竜也も言っていたし、前社長であるおとうさんとうまくいっていないのかもしれない。事情を知らない私は、こんな時どうすればいいのかと悩んでいると。

井上社長が表情を緩めた。

「竜也のものじゃなかったら、俺がここで抱きたいくらい、いい女だな」

突然の言葉に驚いた私は、じっと見つめ返したまま視線すら動かせない。まるで時が止まったような空気の中、緊張感だけが大きくなる。

そんな状態に、井上社長は小さく笑い声をあげた。

「あれほど自分の欲しいものを諦めることが得意な竜也が、『絶対俺のものにする』って言うほどの女だもんな。あ、これは夕べ美散から電話があって聞いたんだ。だから、美散のことなんて気にしないで、自信を持っていいと思うぞ」

私の頭をくしゃり。優しく撫でてくれた。

意味深な口元からは、ほんの少し前まで浮かべていた苦しげな表情はすっかりと消されて、最初の印象通り、強気で余裕ありありの雰囲気が漂っている。

「で、美散のことだけど。俺たちの親父が無理矢理、竜也と結婚させようとしていたんだ」

「はあ？　結婚？」

「そう。結婚。突然金持ちになって、なんでも思い通りになるとでも思ったバカな親父が、竜也との家のつながりが欲しくて、結婚させようとしたんだよ」

「家のつながり……」

「竜也の、っていうより竜也の姉さんの旦那さんって言ったほうが正確だな。いくつもの会社を経営しているグループのトップだから」

「旦那様って、璃乃ちゃんのおとうさん」

「あ？　璃乃ちゃんのこと、知ってるんだ？　もしかして、もうお姉さん夫婦に挨拶に行ったとか？」

からかうような声に、慌てて首を横にふった。

確かに竜也のお姉さんのお宅に行ったけれど、それは挨拶なんてものではなくて単に璃乃ちゃんとお留守番をするためだ。

「ふーん。まあいいけど。竜也がお姉さんのところに連れていくほどだから、やっぱり本気なんだな」

それに関しては、どう答えていいのやら。竜也と付き合いだしてからまだ日が浅すぎて判断しづらいけれど、同期としてこれまでの彼を振り返れば、彼が遊びで女の子と付き合うことはしないと、それだけはわかる。だから急展開すぎるこの状況を受け入れているのかもしれない。

「で、美散のことだけど」

低い声で話を続ける井上社長に、私は姿勢を正すように体を向けた。

「俺と美散の父親は、もともとは町工場の社長だったんだ。国内でもその工場でしか作っていないネジやら金属金具を抱えていて、評判も業績もよかった。俺も、工場に顔を出すたびに職人さんたちが誇りに満ちた顔で仕事をしている様子を見ながら、幸せな気持ちになったもんだけど」

「だけど？」

暗い表情になった井上社長は、小さく舌打ちをした。

「たまたま営業で工場に立ち寄った証券マンに薦められて買った株が、やたら値を上げたんだ。株数は少なかったんだけど、ビギナーズラックってやつ？　工場で地道に稼ぐことしか知らなかった親父にはかなりの衝撃でさ。そこからが親父の株人生の始まりだ」

「株人生……」

「そう。工場の仕事は社員に任せて自分は慣れないパソコンで株価のチェックばかり。もともと、株の才能と運があったんだろうな。買う株買う株全てが値を上げていったんだ」

まるでそれを憎むかのように、井上社長は顔を歪めた。買った株が全て値を上げていったのなら、それは儲けが出たってことで、喜ぶべきだと思うけれど。

喜ぶというよりも、後悔、諦め。

目の前の井上社長からは、そんな感情しか見えない。

「親父は証券マンに相談しながらも、自分の勘を頼りに株式や投資信託、外国の国債にまで手を出して。それもまた大当たり」

井上社長が口にした、当時おとうさんが購入したといういくつかの株式の銘柄には、急激に値を上げた優良株も含まれていた。

「大儲け、ですね」

思わず呟いた言葉に『羨ましい』という思いが混じったのは、許してもらおう。なんせ私は平凡な会社員。手取りなんてたかが知れているし、株式で大儲けなんて夢のまた夢だ。

「その通り、大儲けだな。そのおかげで親父は工場にも顔を出さず、ひたすら株価の動きに意識を向けるだけの投資家ってやつになった」

「投資家」

その言葉に、何かひっかかった。私が、投資家さんとのつながりがあるIRという仕事に就いているから反応したのか。

とはいっても、その言葉に触れる機会ならこれまで何度もあったけれど、こんなに気になることなんて今までなかった。どうしたんだろう。気になって仕方がなかったけれど、井上社長の言葉が淡々と続き、意識をそちらに向けた。

「株式で儲けたお金で、どんどん工場を増やしていった親父は、工場で働くよりも数字の中で儲けることだけに夢中になった。そのうち、その金にものを言わせて財界のお偉いさんともお近づきになりやがったんだ。そのひとりが、竜也のお姉さんの旦那さんだ」

「え？　あ、あの……璃乃ちゃんのおとうさん……」

財界のお偉いさん？

という言葉がしっくりくるかと言えば……くる。

璃乃ちゃんの病気を通じて知り合って、たまたま会う時にはいつも璃乃ちゃんが間にいたせいか、プロフィールはよくわからないままだった。それでも、いつも品よく、璃乃ちゃんへの深い愛情を見せていた。

竜也のお姉さんの旦那さんというよりも璃乃ちゃんのおとうさん。確かにお偉いさんという言葉に負けない雰囲気を持っている。

「槙尾駿二《まきおしゅんじ》。槙尾グループの総帥だ。知ってるだろ？」

「し、知ってます」

知ってますとも。

槙尾グループと言えば、衣食住に関する全ての分野に進出し、いくつもの会社を経営している国内有数のグループ。先代の社長さんが亡くなった後、息子さんが跡を継いだと、聞いている。

「じゃ、璃乃ちゃんのおとうさんが、今の社長さん」

そんな私の問いに、小さく頷いた井上社長。

「いつの間にか、工場からそれなりに大きな会社へと変貌を遂げていた自分の会社に箔をつけたいと企んだ親父は、槙尾グループ社長の義理の弟である竜也と自分の娘である美散を結婚させて槙尾グループとの縁を強固なものにしようとしたんだ」

「そんな……今時そんな話があるなんて信じられない……」

思わず呟いた私に、井上社長は苦々しげな表情を見せただけだった。


仕事を終えて家に帰り、週末ごとに準備している保存食を温めて食べた。

元来綺麗好きで、夜中に突然部屋中をくまなく掃除することも多い。夜の遅い時間に掃除機をかけるのは気がひけて、拭き掃除に限定しているけれど、いいストレス発散になる。意味なく野菜スープをことこと煮込んでみたり、本棚に並べてある本の並び順を変えることもしばしば。

今日も今日で、帰宅してからずっと動き続けている。

「これで、最後か」

アイロンをひたすらかけ続けていた私は、最後の一枚となったハンカチを広げて小さくため息をついた。

「あーあ。終わっちゃった」

アイロンがかけられたハンカチやブラウスを丁寧にたたみ終えて、さて、次は何をしようかと考える。

何かをしていなければ、井上社長から聞かされた重い事実ばかりを考えてしまう。ちゃんと向き合おうと思うし、竜也と一緒にいたい、その気持ちは変わらないけれど、それでも今は自分の心を整理できない。

部屋を掃除するみたいに自分の感情もうまく整理できればいいのに。

「考えるのは、明日にしよう」

時計は夜の十時を指していて、そろそろ寝てもいい時間だ。

ベッドに入っても、そのまますぐに眠れるかどうかはわからないけれど、とにかく寝ようかな。読みかけの本を読んでもきっと、頭に入らないだろうし。

今日、井上社長から聞かされた竜也と美散さんの関係は、予想以上に私の心に重く響いてしまった。

ふたりの間には強い絆があるだろうと思っていたけれど、それは決して恋愛がらみの何かではなくて、ふたりの将来に関わる苦しい過去だった。

『親父は美散に、竜也と結婚しないなら親子の縁を切る。そして、女の子を養女に迎えてその女の子と竜也を結婚させるとまで言い出したんだ。竜也の義兄である槙尾さんとのつながりがどうしても欲しい親父は、その時にはもう狂っていたんだな。自分の娘を犠牲にしてでも、自分の欲を満たしたい。俺らが知っている、子煩悩で家族思い、工場に誇りを持っていた親父は消えていた』

井上社長は、苦しげな顔で話してくれた。言わずに済むのなら、言いたくなかったに違いないだろう。

『美散は、好きな男……今の旦那だけど。彼がいたから、親父との縁を切って家を出たんだ。まあ、そう言ってしまえば簡単だけど、修羅場というものを俺は初めて見たな。で、竜也は竜也で美散を恋愛感情を持って好きになることはないと、親父にはっきり言った』

井上社長のおとうさんは株で損をしたわけでもないのに、更に更に儲けを増やそう、という気持ちが強くなった。

『会社の金にまで手を出そうとして、社長職を解任された。未然に防ぐことができたのは、会社の重役を務めている工場時代からの親父の仲間たちのおかげだ。親父の変化に気づいて犯罪者にしたくないと、泣く泣く解任したんだ。それ以来、親父は人が変わったように無気力になってしまって。今では施設で療養中だ』

その後すぐ、井上社長はおとうさんの後継者として社長職に就き、会社の経営に携わることになったらしい。それまでは高校の先生をしていたけれど、志半ばで退職。

『この春卒業させた生徒たちが、新聞で俺の顔を見て驚いたらしいけどな』

ははっと乾いた笑い声をあげた井上社長は、すっとその表情を真面目なものに変え、私を見据えた。

『竜也にはこの先もずっと、美散の存在はついて回る。ふたりには家族に近い絆があるし、お互いを思い合ってる。もしも奈々ちゃんが竜也とこの先一緒にいるのなら、美散を大切にしている竜也を受け入れないとだめだし、それが絶対条件だ。竜也の中の、両親を大切に思う気持ちと同じ位置に美散はいる。理不尽なお願いかもしれないけど、俺らの家の問題でつらい思いをさせた竜也を、見捨てず受け入れてやってほしいんだ』

全く揺れることのない瞳を見れば、井上社長がそれを強く望んでいるとわかる。きっと、今日わざわざ経理部まで来たのも、そのことを私に伝えるためだ。

竜也が大好きで、彼の幸せを願って。言いたくもないお家事情まで話してくれた。

美散さんがおとうさんから縁を切られたことを知らなかったとはいえ、『お嬢様』だなんて言ってしまって、竜也が気を悪くしたのも納得できる。ふたりが交わす視線に強い絆を感じたのも当然だし、更に、私には入り込めない深い関係を実感させられた。

ずっと、ふたりの関係に不安を感じて、美散さんの存在に痛みすら覚えていたけれど、全てを知ってしまえば違う痛みが私に生まれる。

あれだけ美散さんのことを大切にしている竜也のことだから、できることなら自分の手で守り、寄り添いたいと願ったはず。璃乃ちゃんのことをねこかわいがりする様子を見ていても、自分が大切に思うものへの愛情のかけ方は半端なものではない。

だから、美散さんを自分が幸せにしたいと思ったはず。けれど、恋愛愛情がなかったふたりは結婚することができなかった。美散さんには竜也以外に愛する人がいたとなれば当然だ。

美散さんを愛せればよかったと思わず口にした竜也を思い出し、その心の痛みに私も苦しくなる。

きっと、竜也と美散さんが結婚していれば、美散さんのおとうさんも病院に入るほど気持ちを狂わせることはなかっただろうし、お兄さんの井上社長だって、教職を続けていたはずだ。

「何もかも、うまくいかなかったんだね……」

竜也が私を愛している、惚れていると言いながらも、美散さんを大切な女だという理由は嫉妬なんかでは片づけられないほど重く切ないものだった。

もしもこの先私が竜也の側にいるのならば、私にとっても美散さんとの関係は一生もの深い関係だ。

そう気づくと、不安で揺れていた気持ちもすっと落ち着き、固まった。

竜也と美散さんとの関係に、右往左往するのはやめよう。

……なるべく。……できる限り。

そして、思い出すのはやっぱり三橋さんから言われた言葉だ。

竜也が私に惚れていても、きっと美散さんは〝大切な人〟であって、それはこの先も変わらないんだろう。これまで竜也自身も悩み、苦しい思いをしてきたはずなのに、美散さんを見離さずに彼女の幸せを願っている。

人間としての懐の大きさを見せつけられた気がして、更に更に。

「これ以上、惚れさせないでよー」

思わず呟いてしまうほど、私の気持ちは竜也にぐんと掴まれていた。

「それにしても」

突然、竜也との関係が単なる同期から恋人へと変わって、愛し合い。竜也と美散さんのつらいつながりに、私も心を痛めている。

久しぶりの恋愛はあまりにも濃くて忙しくて、どこかに逃げてしまいたくもなる。

逃げたところで、行先はきっと竜也のところなんだとわかっているのが悔しくて、照れくさい。どこまで私は竜也に毒されてしまったんだろうか。

明日になれば、少しは気持ちも落ち着いているはずだとどうにか自分を納得させて、私はようやく眠りついた。

王子様のプロポーズ

翌朝、竜也からの電話で起こされた。

『夕べ、メールの返事も電話もなかったけど忙しかったのか？』

「メール？　見てないんだけど、急ぎ？」

時計を見れば六時。そろそろ起きなきゃと、大きく体を伸ばした。

『は？』

そんな呟きが耳元に聞こえ、一気に目が覚めた。竜也の機嫌は悪いようだ。

「竜也？　機嫌悪いの？」

寝起きの気だるさが竜也に伝わったのか、不穏な空気を感じた。

『機嫌なら、最悪だ。昨日、彰人さんから奈々のことを〝お前のもんじゃなかったら俺がいただいてた〟なんて言われて、機嫌よく笑ってられるかよ』

「い、いただいてたって、私はものじゃないんだけど」

『それはよーくわかってるさ。ものなら箱詰めして俺の鞄に放り込んでる。それができないから、気になるんだろ？』

朝から聞くにはかなり色っぽくて刺激的な言葉だ。

聞いているうちに、眠気も次第に遠のいて、代わりに感じるのはただただ戸惑いばかり。

「つまり、竜也は井上社長が気に入らないってこと?」

『違う。彰人さんが奈々を気に入ったっていうのが気に入らない。なんでわざわざ会いに行くかな。俺だって週末しか会えないってのに』

電話の向こうからは明らかなため息が何度も聞こえる。ふうっと、気持ちを落ち着かせようとしている呼吸も聞こえる。

『相模課長に会いに行ったついでに奈々を見に行ったらしいけど、かなり奈々のことを気に入ったみたいだな』

低い声からは、相変わらず機嫌の悪さがうかがえる。

『奈々に俺と美散のあれこれを話しておいたから、後のフォローは任せたなんて電話もらって、正直焦った』

「あー。うん、あれこれ聞いたよ。竜也と美散さんが結婚していたかも、って話。あ、違った。竜也と美散さんが結婚させられそうになったたって言ってたかな」

思い返すように呟く私に、竜也の声は大きくなった。

『させられそうになったわけでもない。それ以前の話だ。美散はずっと、ヤス一筋で他の男のことなんて眼中になかったし、俺だって』

……俺だって？

一瞬間があいた意味を、ちらりと考えた。

「俺だって、他に好きな女がいた？　それとも付き合ってる女がいた？」

完全に目が覚めた私は、明らかに意地悪な口調で竜也の過去に嫉妬した。

『……俺だって、いつか本気で惚れた女と結婚したいって思ってたって、言おうとしたんだけど？』

「え？　あ、そ、そうなんだ……」

『まあ、これまで誰とも付き合っていなかったなんてことは言わないけど。結婚したいほど本気になった女はいなかったな』

「へえ……」

『奈々に負けないほど綺麗な女もいたし、それなりに楽しい恋愛をしていたから、不満は感じなかった』

「……もういいよ、わかった。竜也は今でも王子様って言われるほど魅力のある男性だから、そりゃもてるよね。美散さんにこだわらなくても、ちゃんと女の人がたーくさんいたんだよね」

半ばヤケになって乱暴な口調で話す私に、竜也はくすりと声をあげた。

『最後まで聞けよ。それなりに楽しい恋愛で不満はないってことは、恋愛を心の底から楽しんでいるわけではなくて、満足もしていないってこと。好きだって言われて付き合って、で、それだけ。未来につながる関係になった女はいなかったから、奈々がヤケになる理由もない』

竜也って、これまでどんな恋愛をしてきたんだろう。心の底から恋愛を楽しんでいなかったとさらりと言えるなんて、どこか冷たくて、なんて男だと、思わなくもない。

これまで付き合ってきた女性に対して失礼だ。

『美散とは、付き合うなんて関係でもなかったし、単純に気が合う仲間。ヤスと付き合っているのをずっと見てきたし、結婚するまでの葛藤も間近で共有してきたから幸せになってほしいと思って気にかけてるけど。奈々が彰人さんに何を言われたのかは謎だけど、とにかく気にするな。俺が本気で好きなのは、奈々だけだから』

「そ、それは、どうも、ありがとう」

朝っぱらから私の体温は一気に上昇。

竜也のこれまでの恋愛がどんなものだったのかは知らないけれど、私への甘い言葉には際限がない。

『それに、俺が奈々を好きになって、奈々に片思いして、奈々に気持ちを伝えて。で、付き合い始めた今でも、俺が奈々を追いかけてるんだ。美散のことに限らず、俺の過去のあれこれに気持ちを荒立てても意味がない』

「俺が俺が、って言うけど、私だって、竜也のこと……」

今じゃかなり好きだし。夕べ、それを実感しながら眠りについたし。とはやっぱり口には出せず。余韻の中に込めた想いを汲み取ってほしいなんて、思ってみたり。とにかく、竜也みたいに自分の気持ちを甘い言葉に変えて露わにするなんてできない。

お互いの表情が見えない電話でのやりとりは、私の照れた顔を隠してくれる一方で、照れて口に出せない想いを伝えることもできなくてもどかしい。

「とにかく、えっと、だから。……今から、メール読んで、返事するから」

竜也が送ったという未読メールのことを思い出して、呟いた。

昨日、色々なことを井上社長から聞かされて、私の受け入れキャパはオーバー。逃げるように眠りについたせいか、メールにも気づかなかった。

「読んだらちゃんと返事するから、とりあえず、電話切ってもいい？」

『わかった。ちゃんと、返事しろよ』

〝ちゃんと〟という言葉にアクセントが置かれた気がしたのは気のせい？

『じゃ、夜にでも電話するから。あ、週末はどうするのか、考えておけよ』

工場の始業時間は本社よりも早い。竜也はもうそろそろ出勤するから、と言って電話を切った。

通話を終えたスマホを片手に、夕べ届いていたらしいメールを確認する。何が書かれているのかと、不安を抱えながら画面をタップした。

【指輪のサイズ、教えろ。もちろん左手薬指。今回は靴のサイズじゃないからな。誕生日プレゼントにしようと思ったけど、いっそエンゲージリングにするか？】

「は？」

あっという間に読み終わる簡潔な文章だけど、すぐにはその意味を理解できなくて、スマホを睨み、何度も読み返した。

「サイズは、えっと。八号だっけ。しばらく必要なかったから変わったかも」

そう言えば璃乃ちゃんちで聞かれた時、私は何を勘違いしたのか指のサイズではなくて足のサイズを教えてしまって。呆れた竜也に『もういい』って肩を落とされた。

それにしても、竜也のメールの真意って一体、何？

突然指輪とかエンゲージリングとか、これまで私に縁のなかった言葉をぶつけられて、こんな時どんな対応をすればいいんだろう。どきどきして落ち着かない。

恋愛経験が少ない私は、これまで恋人から指輪をもらったことなんてなくて、友達が幸せそうに指輪を輝かせている様子に切なさを覚えてばかりだった。

指輪という、小さくて重すぎる枷。その枷に、憧れない女の子はいないと思う。

愛する人からエンゲージなんて言われて嬉しくないわけがない。何度も竜也のメールを読み返し、幸せを実感する。

「私ひとりが指輪をするなんて、やだな。誕生日だって近いんだから、竜也にも指輪をはめてほしいな」

思わずそんな言葉も自然にこぼれた。

とくん。

私の思いつきを後押しするかのように、鼓動は音をたてる。

どきどきする気持ちを必死でこらえて、指先で想いを入力していく。

【竜也の指のサイズを教えてくれたら、私のサイズを教えてあげる。もちろん、左手薬指】

自分で作った文に自分で照れながらも、えいっと呟きながら、勢いに任せて送信。

恋人から指輪を貰うだけでも極上の幸せなのに、更にその上までを願う私って、欲張りかな。かなり恥ずかしいし照れくさい。

「あ、男って、エンゲージリングなんてしないのかな」

それなら、単純に誕生日プレゼントとして、指輪を用意しようかな。

自分が貰ったこともない指輪を男性に贈るなんてかなりハードルが高いけど、それでもやっぱり竜也に枷を与えたい。仕事の後、デパートにでも見にいこうかな。

今までの私なら思いもしなかったあれやこれやに心はわき立って、とりあえずそんな気持ちを鎮めようとシャワーに向かった時。

スマホがメールの着信を告げた。

慌てて見ると。

【今まで指輪なんてつけたことがないからサイズは知らない。

週末、一緒に買いに行こうか。エンゲージじゃなくて、マリッジってことで】

「……マリッジ」

マリッジって、それが意味することはただひとつ。

私との未来を約束するってことであり、竜也は私だけではなくて、自分にもかなり重い枷を用意すると決めたということだ。

指輪をつけることで、新規恋愛の可能性がゼロになるかもしれないのに。……そうでなければ困るけれど。

いくら竜也が私のことを長い間見ていたとはいっても、付き合いだしてからほんの数日の私たちがマリッジなんて言葉を交わすなんて早すぎるし、あまりにも安易だとよーくわかってる。

わかってる……はず、なんだけどな。

決して若すぎるわけではないし、大人としての常識もとっくに身についてる私たちなんだけどな。

と思いながらも、私が送った竜也のメールへの返事は。

【マリッジ、上等】

まるでプロポーズの返事をしたみたいで、照れくさかった。

『正論で何もかもが片付けば、恋愛なんて面白くもなんともない』

竜也が以前私に言った言葉だ。

それを聞いた時は実感としてよくわからなかったけれど、竜也に惹かれてしまった今ならわかる気がするから不思議だ。

何もかも、そう何もかもが普通じゃない私たち。

突然遠距離恋愛をしようなんて言われて、それからの数日を密に過ごす中で私の気持ちは一気に竜也に取り込まれた。同期としての付き合いの中、色恋に発展するような気持ちなんてカケラも持ち合わせていなかったのに、竜也の思いの強さに気圧されるように私の全てを掴まれた。

とはいっても、流されただけで付き合い始めたわけでもないし、嫌々体を重ねたわけでもない。ふたりの距離が一気に近くなって、一気に私は竜也を好きになって、普通なら考えられない展開の中、マリッジなんて言葉を交わすようになった。

それだけのことだ。

そう、それだけのこと。

出会って、お互いを知って、気持ちを告げて。

ゆっくりと思いを高め合って未来を語り、そして結婚へと動き出す。

そういう流れが世間で言う普通ならば、私たちの場合はかなり速い動きを見せているだけで、普通の恋愛と変わりはない。お互いを愛していると認めて、その気持ちに素直になっただけだ。

もう少し時間をかけて付き合いを深めてから結婚に向かってもいいんじゃないかという常識が、私の心にないわけではないし、不安もないわけじゃない。けれど、正論を盾に自分のこれからを決めたいと思う以上に、竜也を好きになった気持ちを大切にしようと、それしか考えられない自分がいて。

「ま、いっか。竜也のこと、好きだから」

好きだという気持ちさえあれば、正論を論破できる強さと自信が溢れてくる。

竜也が私を好きになってくれたその気持ちに、応えたいと思う。

恋人を愛する気持ちと恋人から愛されている幸せを兼ね備えれば、それはそれは無敵の恋愛ができるはず。

私と竜也が愛し合えば。

私は無敵のお姫様であり、竜也は無敵の王子様なんだ。


その週は『工場見学会』の準備に追われ、忙しく過ごした。

相変わらず『タツヤって誰だ』とうるさい三橋さんをかわしながら、ようやく迎えた金曜日。十七時半の終業時刻を迎えるや否や、私は急いで着替えを済ませ、小ぶりの旅行バッグを抱えてエレベーターで一階へおりた。

これから竜也の部屋に行き、週末を一緒に過ごす予定だ。

毎晩電話で話し、ふとした出来事をメールで送り合い、急速に高まったお互いの気持ちに折り合いをつけるように平日を過ごしていた。

夕べ、電話越しの竜也の声は仕事に一区切りをつけたのか、かなり明るかった。これまで、実は竜也が工場の新商品開発プロジェクトに召集されているなんて知らなくて、そのことを誇らしげに話す竜也の言葉には何度も驚かされた。この間、竜也が経理部に立ち寄った時に見せた椎名課長との意味深な目配せも、それを秘密にしなくてはいけなかったからなのかと納得した。

新商品開発に携わることは、設計をしている社員にとっては大きな目標のようなものだ。竜也は設計の実力を認められ、プロジェクトに召集されたらしい。

『ようやく夢に図面が出てこなくなった』

きっと、その言葉は冗談ではないんだろう。プレッシャーに押しつぶされそうになりながら、ようやくプロジェクトの終着点が見えてきたとも言っていた。

新商品の開発は年単位で極秘に進められる場合があって、携わるメンバーにとっては心身ともに全てを捧げる覚悟が必要だ。私も、新商品の発表があったおとといまでそのプロジェクトについての詳細は何も知らなくて。ましてやそこに竜也が参加しているなんて、想像もしていなかった。

『新商品のカタログを持って、奈々のご両親に結婚の申し込みに行くから』

竜也にとっては自分の能力以上の力を注いだ自信作らしい。その自信作を、私の両親を安心させる材料にすると言っている。

一方、設計部の同期からは、いくつかの内情を聞かされた。

『プロジェクトには相模課長も関わっているけど、むしろ新しい才能の発掘に重きを置いていたみたいだな。ここ何年かかけて工場に集められていた若手の精鋭たちが開発のリーダーとして頑張っていたらしい。竜也が参加しているそのプロジェクトに入れなかった司はかなり悔しがってたぞ。司、竜也の才能には一目置いてるから。あ、俺だってもちろん悔しいけどな』

司には申し訳ないけど、これまで相模課長の下でその才能をいかんなく発揮していた司ではなく、竜也が全社を挙げてのプロジェクトに参加していたことが嬉しくて仕方がない。

竜也は、私にプロジェクトのことを話せなくてつらかったと言っていたけれど、『家族には極秘事項も伝えていいことになってるから、次からはちゃんと言える』と電話越しに聞こえる声は弾んでいて、竜也の嬉しそうな表情が簡単に想像できた。

結婚することの効能は、ここにもあり、だ。

エレベーターを飛び出して、そのままロビーを駆け抜けようとしていると。

「奈々っ」

ロビーに大きな声が響いた。

慌てて足を止めてあたりを見回すと、視界の隅に人影が揺れた。

「竜也っ？　ど、どうして」

ロビーの片隅の柱にもたれている竜也がいた。スーツ姿で鞄を持ったその姿は遠目にも格好よくて、側を通り過ぎる女の子たちがちらちらと視線を投げていく。けれど、そんなことに気づいていないように、竜也の視線はまっすぐ私に向けられていた。

「新商品の会議で本社に来ていたんだ」

近づいてくる竜也のもとへ、私からも歩みを向けた。

「それならメールでもくれればよかったのに」

お互いの距離がゼロに近づいて、向かい合うのは先週末以来。それは、付き合い始めてからとほぼ同じ期間だ。そういえば、こうして本社で話すなんて機会は滅多になかったな。

年に数回研修で顔を合わせる機会があったとは言っても、設計部門とスタッフ部門で仕事をしている私たちには、その機会すらなくなりつつある。

「今朝、突然相模課長から連絡があって、新商品の開発チームみんなが本社に集められたんだ。宣伝部や営業部、かなりの人数が会議室を陣取ってこれからのことを色々と、な」

「そうなんだ。……でも、ロビーで待ってる時間があればメールでもできたでしょ？もし、すれ違ってたらどうしたの？」

「ん？　それは抜かりない。三橋さんが奈々の動きを逐一連絡してくれていたんだ」

「……は？　三橋さん？」

「ほら、これ見ろよ」

　ふふん、と意地悪そうな表情と共に差し出されたスマホには、何やらメール画面。

「見ていいの？」

「いいぞ。見て、驚け」

　にやりと笑う竜也に不安を覚えながら、その画面に視線を落とした。

【奈々の業務終了。慌てて更衣室に飛び込んだから、あと数分でロビーを通過予定。しっかり捕まえて、楽しい週末を。あ、結婚式では喜んでスピーチを引き受けるから、楽しみにしてろ。奈々に関しては、お前よりもよーく知ってるから妬いても無駄だ。奈々が酔っぱらうとかわいいんだぞー】

「こ、これって……」

「奈々のことをよーく知ってるらしい、三橋さんからのメールだ」

スマホをスーツのポケットにしまいながら、竜也は私を睨んだ。

「酔ったらかわいいなんて、どうして自慢げに教えられなきゃならないんだ？」

低い声で呟くと同時に私の手を取り、早足で歩き出した。

「さ、車で来てるから行くぞ」

「ちょ、ちょっと竜也、ここ会社だから、手をつなぐのはまずいって」

引きずられるようにロビーを抜けて会社から出たけれど、竜也につかまれた手はそのままだ。というよりも、いわゆる恋人つなぎでぎゅぎゅっと握られていて、離してもらえる気配はまるでない。

「は、恥ずかしい……」

思わず俯いてしまった。

そんな私の様子に竜也は小さくため息をついて。

「俺と一緒にいるのが恥ずかしい？」

「え？」

「周りに秘密の恋愛をするわけ？　お姫様って言われてちやほやされるまま、俺のことは内緒？」

見あげると、唇を尖らせた竜也の横顔が目に入る。

ただでさえ整っていて、周囲からの注目を浴びやすいその顔は、拗ねた感情が加わると更に目が離せない……なんて、惚れた弱みかな。

「私、ちやほやなんてされてないよ。それに、竜也のことを内緒にするとか秘密の恋愛とか、何も考えてない」

「だったら、なんでそんな焦るわけ？　会社にばれてもいいんじゃないの？」

「ねえ、もしかして、拗ねてるの？」

そうとしか思えない竜也の横顔がなんだか愛しくて、思わずからかうように呟いた私。

この一週間、いつも私が竜也に振り回されてきたけれど、形勢逆転。今は竜也の子供じみた表情と態度がかわいくて仕方がない。

「拗ねてないけど、いい気分じゃない」

「ふふっ。じゃ、三橋さんに妬いてるんだねー。って、一体どうして三橋さんが竜也にメールしてるの？　知り合いだったっけ」

三橋さんは顔が広いから、竜也ともどこかでつながっているのかな。

不思議に思いながら歩いていると、会社近くのパーキングに竜也の車を発見して嬉しくなった。恋人の車の助手席って、特別だ。

竜也はパーキングの精算をしながら、リモコンキーで車のロックを解除してくれる。

「先に乗ってろ」

相変わらずご機嫌よろしくない声に、あららと思いながら乗り込むと、バッグからメール着信の音が響いた。取り出して見てみると、そこには三橋さんからのメールが届いている。

「なんだか、怖いかも」

私と竜也の関係を既に知っているに違いない三橋さんの、からかうような笑顔が頭に浮かんで、肩をすくめた。

【奈々のタツヤって、甲野のことだったんだな。いい男を捕まえたな。将来性十分、お買い得な男だ。俺の大切な奈々を託すには十分すぎるほどの男、手放すなよ。そして、せいぜい楽しい週末を過ごしてくれ。あ、月曜日、くれぐれも目立つところにはキスマークをつけてくるなよ】

うわっ。

「き、キスマークって、三橋さん……」

画面を見つめながら肩を落とす。そう言えば私に恋人ができたと知られたのは、キスマークを見られたことがきっかけだった。今ではもう消えてしまったけれど、週の初めの数日間は気になって仕方がなかった。

今日は目立つ場所にキスマークをつけられないように気を付けなきゃ。三橋さんにこれ以上からかわれるのも嫌だし。

あ……で、でも。こんなことを考える私って、この後、竜也にキスマークをつけられる展開を期待してるってこと？　ん……期待、していないとは言えないな。

なんといっても今日は竜也の部屋にお泊りの予定。その準備もバッグに入っている。それに何より、竜也の体温に包まれた先週以来、ずっと、その温かさが恋しくて仕方がなかった。

「起きてるか？」

「え？」

「奈々、固まってる」

恥ずかしさと照れくささに体を熱くさせながら助手席で固まっていた私に、竜也は怪訝そうに声をかけた。運転席に乗り込んで、エンジンをかける。

「ベルト、した？」

「う、うん」

「それ、見せろ」

私が両手で握りしめていたスマホを、片手でひょいと取り上げた。

「あ、それ、だめ」

慌てて取り返そうとする私の手を掴んで、反対側の手でスマホを私から遠くへと。

画面には三橋さんからのメールがそのまま表示されているはずだ。

「それ、えっと、三橋さんからのメールで、なんでもないから」

「なんでもないなら、俺が見てもいいだろ」

「だ、だからー、だめだってば」

取り返そうと暴れる私をものともせず、片手で私の体を抑えながら竜也はメールに視線を落とした。

「へえ、俺って掘り出しものみたいだな。三橋さんだって、かなりのやり手でお買い得な男だけど。で、キスマーク、見られたんだ？」

意地悪な声で、ちらり。私を見ながら口角を上げた竜也は、既に抵抗することを諦めた私の手を離すと、そのままその手を私の頬へと乗せた。

するすると優しく這う竜也の指先に心地よさを感じる。

「三橋さんだけじゃなくて、他の男にも見られたんだろうな」

「……多分」

「そっか。上等上等」

竜也は既に消えているキスマークを探すように私の首筋に視線を向けると、耳の下あたりから肩に沿って、ゆるりと撫でる。

「……っ」

瞬間痺れるような感覚に体は震え、思わず竜也の手を掴んだ。

視線を合わせると、細められた瞳が何かを企むように黒い光を見せた。

「三橋さんにも誰にも、見えないところならいいってわけだ」

私に挑むようなその声音は、私の答えを求めているのか疑問形。さっきまで私が照れていた想いを見透かしているようだ。

「一週間、俺を忘れないように、めいっぱいの華を咲かせてやる。奈々の体中に、な」

首筋に置かれていた竜也の指先に力が込められた。

「痛いっ」

竜也の顔が痛みを確認するように、私の首筋に近づく。そして、もう少しでその唇が痛みの上に落ちる、という時。

「続きは俺の部屋で」

くすくすと笑った竜也は、「期待しているところ、悪いな」とからかいながら私の体から離れ、運転席に体を戻した。

え……。どういうこと？　からかわれた？

熱くなりかけた体をそのままにされて、呆然となる。

「俺だってもっとしたいけど、本社近くの駐車場で不埒なことはできないだろ？　というわけで、急ぐから。あ、三橋さんだけど、今回の新商品のプロジェクトに彼も参加してるから、かわいがってもらってたんだ。なかなか鋭い男だな」

「え？　プロジェクト……って、三橋さんが？　だって、設計でもないのに」

驚く私に、竜也はくすりと笑った。

「設計して、製造して、広告うって、販売。そのどの過程にも莫大な費用がかかるんだ。だから経理部もプロジェクトの度に召集されてるぞ。経理部だけじゃなく、宣伝部も総務部も。設計部以外からもメンバーが集められていたんだよ。三橋さんもそのひとり。まあ、極秘だから奈々が知らなくても当然だけど」

「そ、そうだったんだ……」

同じ部署で一緒に仕事をする機会も多いのに、三橋さんがそんな大きなプロジェクトに参加していたなんて、全く気づかなかった。

「水曜日だったかな、三橋さんが工場に来たんだけど、俺を見た瞬間思い出したように『奈々のタツヤって、もしかしたら甲野のことか?』って大声で叫ばれたよ。おかげで、仕事がやりづらくて仕方なかった」

「奈々の竜也って、それ、えっと……ごめん」

思わず謝る私に、竜也は喉の奥を震わせる。

「いや、本社のお姫様は俺のもんだって笑って、いい気分だった。奈々を泣かせたらぶん殴るって三橋さんに凄まれたのは計算外だったけど」

「凄まれた……?」

「そ。俺の大切な奈々を必ず幸せにしろって。……かなり本気で」

「嘘……」

「まあ、言われるまでもないけどな。幸せにしますって、ちゃんと言っておいたから」

私を安心させるような声が心にすっと入ってきた。

そして、やっぱり竜也が大好きだと、心から思った。


車は順調に走り、目的地に着いたのは十八時半。

「よかった。面会時間に間に合った」

十九時まで面会できると聞いて、急いで来たのは璃乃ちゃんが入院している病院だ。

水曜日に無事に手術を終えた璃乃ちゃんは、病室で絵を描きながら元気にしていた。

一週間ほどで退院できるらしいけれど、おかあさんに甘えている璃乃ちゃんは本当に嬉しそうで、このまま病院でおかあさんをひとりじめしたい気持ちを隠そうともしていなかった。璃乃ちゃんのおかあさんの表情は、無事に終わった手術に安堵したのかとても柔らかい。ずっと璃乃ちゃんに負い目を感じていたに違いないおかあさんの心中は察するに余りあるけれど、ようやく、その重さから解放されたんだろう。

「璃久のサッカーの試合が再来週あるの。それには家族みんなで応援に行くから竜也も奈々ちゃんも、そして美散ちゃんもよかったら来てね」

面会時間が過ぎて、帰ろうとする私たちに声をかけてくれた。

「ああ、都合が合えば行ってもいいけど、俺と奈々も色々忙しいんだ」

「あーあ。奈々ちゃんもこんな腹黒い男で本当にいいの？　逃げるなら今のうちだからね」

「うるせー。余計なこと言うなよ。逃がすわけないだろ」

「ふふっ。腹黒いし強引だけど、一旦懐に入ったらとことん大切にしてくれるから、大丈夫よ。仲よくしてやって。一生、お願いね」

私は璃乃ちゃんのおかあさん、ううん、竜也のお姉さんのその言葉に大きく頷いた。

一生、という言葉に重みを感じて身震いするほどだ。

そして、そんな私たちを近くで見ていたのは、美散さんだった。

「この間お店に来てくれた時から予感はあったけど、あっという間に結婚を決めたのね。おめでたでもないっていうし、本当、縁があったのね」

璃乃ちゃんのお見舞いに来ていた美散さんと病室で偶然会い、私は少しだけ緊張したけれど、そんな私の不安を吹き飛ばすような勢いで美散さんが話し始めた。

「あのバカ兄貴が余計なことを言ったみたいで、ごめんなさいね。私、ヤスがいればそれだけで幸せなのに竜也との関係が云々、色々ややこしく考えているみたいで困ってるのよね。本当、昔から私のこととなると心配しすぎなのよ」

竜也よりもまず私に笑顔を向けてくれた美散さんが、申し訳なさそうに頭を下げた。

本当に、あのバカ兄貴にはとことんお説教しておかなくちゃ、と厳しい言葉をこぼしながら肩を落とすその様子を見ていると、まるでそれは私自身の姿のようだと感じた。

「私にもバカ兄貴がいるから、その気持ちはよーくわかる。それも、ふたりもいるから大変なのよ」

私の口から思わず出た言葉をきっかけに、一気に美散さんとの距離が縮まった。

その後、病院を出た私たちは、お店に戻るという美散さんと別れて竜也の部屋へ行った。

途中、竜也が気に入っているお店でパスタを食べて、スーパーで買い物をして。

そして連れてこられたのは五階建てのマンション。私の部屋よりも広いし、男性のひとり暮らしだからか物が少なくて殺風景だ。

「ひとりで住むの、もったいないくらいだね」

「風呂、入るだろ？　今お湯入れてるから」

「あ、うん。ありがとう」

思わず緊張した声で答えてしまう。

「奈々のバッグ、寝室に運んでおいたよ。クローゼットの左側の引き出しいくつか空けてるから、適当に使って」

「うん……」

既にスーツからジーンズに着替えている竜也を見ていると、普段と変わらない落ち着いた様子。コーヒーメーカーでコーヒーを淹れている後ろ姿もかなり自然で、私ひとりが緊張しているんだな、と妙に居心地が悪い。

リビングのソファに意味なく腰かけて、ゆったりと動いている竜也を見つめていると、更に私の心拍数は上昇して、呼吸も荒くなったような気がする。

「ん？　どうした？」

冷蔵庫から何やら取り出しながら、竜也が振り返った。

「疲れたのか？　仕事終わってすぐに璃乃のお見舞いに行ったし、車に長い時間乗ってたからな」

「あ、ううん、疲れてないよ、大丈夫」

心配そうな竜也に、慌てて首を横にふる。

だけど自分でもわかるくらい上擦っている声には『大丈夫』だと信用してもらう力はなくて、竜也は小さく首を傾げて眉を寄せた。

「なんだ？　もしかして、緊張してる、とか？」

探るような声に一瞬ぴくりと私の体が跳ねたのを、竜也が見逃すわけもない。そして、手にしていた白い箱をテーブルに置くと私の側にやってきた。

「よいしょっと」

私の隣に座るや否や、私をその膝の上に抱きあげた竜也は、向かい合う私の顔をじっと見つめて。

「慣れろ」

低い声で、いきなりそんな言葉を呟いた。

竜也と体全てが密着しているような、かなり照れくさい状況。

竜也は私の背に腕を回して、ソファに体を預けている。目の前には竜也の顔があって、その恥ずかしすぎる距離感に目をそらそうとするけれど、後頭部を固定されているせいでそれすら許してもらえない。

「あ、あの、竜也……」

この状況、かなり恥ずかしいんですけど。

「慣れろよ。確かにまだ付き合いだして日は浅いし、俺の奈々への気持ちのほうが強いってのもわかってるけど、照れて距離作ってる時間がもったいないだろ？」

私の頬にかかる竜也の吐息に、私の鼓動は跳ねる跳ねる。

先週私の部屋でふたりで過ごして、竜也の甘い言葉や態度に慣れたつもりでいたけれど、数日離れただけで元通り。やっぱり照れくさいし、恥ずかしい。そんな私の気持ちなんてお構いなしに、竜也は言葉を続ける。

「俺は、平日に奈々と一緒にいることはできないんだから、週末会えたら、会った瞬間からこうして奈々に触れていたいし優しくしたい。奈々が俺に照れて恥ずかしがって、で、ようやく慣れた頃には月曜日、なんてもったいないだろ？」

もったいない……？

「会った瞬間からこうして触れていたいから。これから俺と会う時には、覚悟して会いに来い。わかった？」

強い光が竜也の瞳に宿ったかと思った途端、ぐいっと体は抱き寄せられた。力いっぱい抱きしめられて、首筋には竜也の唇が落とされる。噛まれたような痛みを何度か感じて、そのたびに私は体をしならせた。その瞬間、私の呼吸も止まるけれど、気づけば竜也の息もあがっていて。それが何故か私の気持ちを温かくした。

「竜也も、私に会いたかったの？」

私からも竜也の首に腕を回してしがみついて、思わずそんな言葉を口にした。

「会いたいどころじゃない。抱きたくてたまんなかった」

気づけば私はソファに押し倒されて、竜也の顔の向こう側にはベージュの天井が見えた。

「悪い。風呂は後だ」

竜也は私の手に自分の手を重ね、深いキスを何度も落としながら、もう片方の手で私の服を脱がせていった。


「ぎりぎりセーフだな」

「……アウトだよ」

「いや、ブラウスのボタン、ちゃんと全部かけていれば見えない」

「……そうかなあ」

お風呂の後、私は竜也に髪を乾かしてもらっていた。リビングのラグの上にあぐらをかく竜也の足の間にちょこんと座っている私は、背後から聞こえるドライヤーの音が心地よくて、今にも寝てしまいそう。

けれど、胸元を見るといくつも赤い華。憂鬱な気分になり眠気も飛んでいく。月曜日までに消えるかな。消えないいな、きっと。

「三橋さん、きっとチェックするんだろうな」

小さくため息をつくと……。

「だったら、見せつけてやれば？　俺に愛されましたって、言ってやればいいんじゃないの？」

「あのねえ。無理だから。私、恋愛経験値低くて、うまく対応できません。三橋さんにからかわれたら顔を真っ赤にして黙り込むに決まってるんだから」

「……いいな、三橋さん。そんな奈々の顔を見られるなんて羨ましい。写メでも送ってもらおうかな」

「はあ？」

竜也の言葉が信じられなくて思わず振り返ると、どこか真面目に考え込んでいる表情。

「三橋さん、奈々のことをかなり大切にしてるから、逆に怒るかな。でも、奈々を泣かせるなとは言ってたけど、ベッドで啼かせるなとは言ってなかったし、キスマークつけるってことは、愛してるってことだから、いいか」

私の髪を梳き、ドライヤーをあてながら、ぶつぶつと真面目にそんなことを呟いている竜也。

「ねえ、竜也？」

「ん？」

「なんだか、論点がずれてない？　私、キスマークを三橋さんにからかわれるのが嫌だって話してるんだけど」

「からかわれてもいいだろ？　恋人にかわいがってもらいましたって言えばいいし」

「い、言えるわけないでしょ」

「言えよ」

「なんでっ」

「三橋さんが羨ましいから」

「……え？」

思いがけない竜也の言葉に、熱くなりかけていた私の口調は一気に冷めて、何がなんだかわからなくなった。

「俺が知らない奈々を三橋さんは知ってるわけだし、『奈々を大切に思ってる』なんて公言されたんだぞ。確かに三橋さんは奈々に惚れてるわけではないしもうすぐ結婚するわけだけど。それでも、毎日奈々の側にいられる三橋さんが羨ましいんだ」

ドライヤーのスイッチを切って床にそっと置いた竜也は、そのまま私を背後から抱きしめた。私の肩にこつんと顔を乗せて、小さく息を吐いた。

この部屋に来てから絶えず私の体に触れてくる竜也に私はようやく慣れたようで、ゆっくりと竜也に体を預けた。

「三橋さんね、私に気持ちが揺れたことがあるんだって」

ふふっと笑いながら目を閉じた。竜也の体が強張ったかのようにぴくり。

背中越しにそんな動きを感じて肩をすくめると、いっそう強い力で抱きしめられた。

「ちょ、竜也、大丈夫だよ。三橋さん、ほんの少し私に揺れただけで、私が恋人を超えるなんてめっそうもないって感じだから」

「へえ」

低い声が耳に響いて、竜也の機嫌が悪いとすぐにわかる。私を抱きしめる力もぐぐっと強くなる。そんな竜也がかわいくて、少しだけ、もう少しだけ、意地悪したい。

「でもね。恋人がいても、私のことは別の次元で大切なんだって。いつも気にかけてくれて、面倒見てくれて、幸せになれって言ってくれた」

「大切か……」

ふう。小さな吐息に竜也の落ち込みがわかる。

妬いてるのかな。そうでなきゃ、私が意地悪している意味もないけれど。

「私も、三橋さんのことが大切なんだよね。入社してからずっと私を育ててくれて、見守ってくれて。私の見た目と中身のギャップも笑って流してくれたし。それが私の個性だって言ってくれた。すごく大切な人なんだ」

私の胸の前で交差された竜也の手にそっと私の手を重ねて、ゆっくりと撫でた。

しばらくの間その感触を楽しんだ後、少し強引に私の手を差し入れて。

「ふふっ。恋人つなぎ」

手をつないでぎゅっと力を込めた。最初は私のなすがままだった竜也だけど、すぐに私の力に負けないほどの力で握り返してくれた。私の手よりもずっと大きなその手に包まれて、背中にも竜也の体温が広がっていて、そして顔をそっと後ろに向けると。

「なんだよ。俺をからかって、面白いか？」

ひと目で拗ねているとわかる表情の竜也が唇を尖らせていた。

ぷいっと横を向く子供みたいな仕草もオプションでついてきて、得した気分だ。この部屋に来てからずっと続いていた緊張感もようやくゼロになった私は、いつになく余裕溢れる笑顔を作った。

「大切な人は何人もいるけど、惚れてるのは、竜也だけだからね」

以前、竜也が美散さんとの関係を私に説明してくれた時の言葉をそのままお返しした。私が美散さんと竜也の関係に切なさを感じたのと同じように、竜也も少しだけ切なさを感じてくれればいいな、と思いながら。

そしてもちろん、妬いてくれればいいな、とも期待しながら。

「くそっ。早く結婚して一緒に暮らそう。俺、本社に異動願い出してもいい」

叫ぶような言葉を落とされて、同時に私の体は竜也の体に取り込まれた。背後からかぶさるように抱きしめられた私は窒息しそうなほどの力を感じて何度か咳こんだ。それでも竜也の腕の力が緩むことはなくて、そのあまりの激しさに驚いた。

意地悪を言い過ぎたかなと、ちょっと後悔する。

「竜也、えっと、私が好きなのは竜也だけだから……」

苦しい呼吸の中、そう呟くと。

「当たり前だ」

「だったら、ちょっと離して、苦しいよ」

「……だったら、すぐにでも結婚……」

「そ、それは、無理ー」

私の言葉に『ちっ』と舌打ちした竜也は、更に私を抱きしめる手に力を入れて。

「結婚するって言うまで抱きつぶす」

「ほ、本気……?」

その声音の強さに怯える私に、にやりと笑顔を向けた竜也は、私の膝の下に腕を差し入れると、軽々と抱きあげた。

「抱きつぶすなら、ベッドだろ」

その後の展開を予想して暴れる私をものともせず、寝室へと移動。

そして。

宣言通り、その晩私は散々抱きつぶされた。

その結果は明白で、翌日の私は腰が砕けてベッドから出られなかった。

腰が砕けて立てないほど愛されるような出来事が、私の人生に起きるなんて夢にも思わなかった。

竜也は、自分の欲がおさまるまでとことん私を抱いた。きっと今まで嫉妬というものに苦しんだことがなかったせいで、どうしていいのかわからず、私を抱くことだけに気持ちを集中させたんだろう。

そんな竜也に呆れた私は、疲れた声を隠そうともせずに言った。

「恋愛に目覚めたばかりの高校生じゃないんだから。がむしゃらに私を襲わないでよ」

経験が多い分、高校生よりたちが悪いかもしれない。

竜也は、ベッドに突っ伏して起き上がれない私に「悪い。加減できなかった」と何度も謝って、私の体をマッサージしてくれたけれど。

ひと晩中愛された体は竜也に触れられただけで敏感に反応してしまって、思わず漏れそうになる吐息を我慢するだけで精一杯だった。

そして、ようやくベッドから起き上がって活動を始めたのは土曜の夕方。せっかく竜也の部屋に来ているというのに、手料理を披露することもできず、夕飯はコンビニのお弁当だった。

ふたりでのんびりとコンビニまで手をつないで歩きながら、幸せを実感し、まるで高校生のようにはしゃいだ。手をつなぎながら見あげた夜空には、郊外ならではの綺麗な星がいくつも輝いていて、思わず立ち止まり感動の呟きをもらした。

「早く結婚して、奈々と子供と一緒にこうして夜空を眺めたい」

ぽつりと呟いた竜也の言葉は私の心の深い場所に響き、そんな未来を早く手にしたいと星空に願った。

竜也と一緒に未来を紡いでいきたい。

そして、お互いを唯一の惚れた相手として共に暮らし、幸せに過ごしたい。

そっと隣を見あげると絡み合う視線。

その視線が私に伝える気持ちはきっと、私と同じ気持ち。

私と紡ぐ幸せな未来を、竜也も願っていると、教えてくれた。

特別書き下ろし番外編

いきなりお姫様

それから私たちは週末ごとにお互いの家を行き来しながら、結婚に向けての準備を始めた。

竜也が会社の大きなプロジェクトに参加して結果を出し、本社に転勤する可能性が大きいということがその後押しとなったのだ。竜也は転勤前に結婚したいと強く言い張り、私は何度もそれを諦めさせようとしたけれど、頑として譲ろうとしないその強い決意に私は白旗を上げた。

早ければ年末には内示が出るということで、更に情熱的に且つ精力的に結婚式の準備に取り組んでいる。……竜也ひとりで。

昔から結婚式に何の憧れも抱いていなかった私は、竜也の好きにすればいいよと言って早々に戦線離脱。準備全てを丸投げ状態。極端に言えば、私は入籍だけでもいいと思っているけれど、竜也はそんなの論外だと受け付けてもくれない。

どうしてそこまで結婚式にこだわるのか理解不能だけれど、楽しげに計画している竜也が妙に素敵に見えるから、よしとしよう。……私は手伝わないけれど。

両家の顔合わせの段取りも、竜也が完璧に整えてくれた。

結納のような堅苦しいものではなく、かといって簡単に済ませることにも抵抗があった竜也は、高級ホテルとして知られている『アマザンホテル』での食事会なら文句はないだろうと、予約を入れた。

私の両親に気を遣っているんだと申し訳なく思い恐縮する私に、「違う違う。どちらかといえば奈々を溺愛しているふたりのお兄様が文句を言わないように、アマザンにした」と言って肩をすくめていた。

お互いの両親や兄弟、誰もが私と竜也の結婚を喜び、お祝いの言葉をかけてくれる。とは言っても、私の兄さんたちは、悔しそうな、そして寂しそうな顔を隠そうともせず、『結婚後も奈々の様子を確認したいし、連絡先を教えろ』と竜也に迫っていた。

そんな脅迫じみた兄さんたちの言葉にも怯むことなく、笑顔で連絡先を交換し、厳しい言葉をうまくかわす竜也。

妹離れできない兄さんたちにいい加減にしてほしいと思いながらも、それをなかなか言えず、竜也には本当に申し訳なかった。

「そこにカタログ並べてるから、気に入ったのがあったら教えて」

竜也の部屋で夕食の後片付けをした後、コーヒーを飲みながらテレビを見ている私に竜也の声。

テーブルには、竜也が予め用意していた結婚式場のパンフレットや結婚情報雑誌。

これまでも何度か手にして見るには見たけれど、あまりにも種類が多すぎて、どこから調べて、何を決めればいいのかよくわからない。

やっぱり竜也に全てお任せしよう。そう思いながら、ふと手近にあったパンフレットを見た。

「嘘だあ。竜也知ってた？　ケーキ入刀に使うナイフ、オプション費用払えばリボンが大きくなるんだって。リボンなんて別にいらないのに、カタログに載ってるってことは需要があるんだね。不思議ー」

資料を広げて色々見ていくけれど、ウェディングドレスにしても披露宴のお料理にしても、私にはどれも同じに見えて仕方がない。いっそカタログを並べて、くじ引きのようにひとつを選ぼうかなと思うほどだ。

「今日、会社で決算資料の数字のチェックをしたんだけど、そっちのほうがよっぽどラクだね。あ、見て見て、披露宴の時にお願いするカメラマンを選べるんだって。カメラマンの顔で選ぶわけじゃないし、綺麗に撮ってくれればそれでいいから誰でもいいよね。っていうか、カメラマンって、必要なのかな？　家族や友達がこれでもかっていうくらい撮ってくれるだろうし、それで十分なのに。って言っても兄さんたちは絶対にカメラマンをお願いしろって言うだろうな。あー、面倒くさい」

テーブルに置いてあるコーヒーカップを手にすると、既に空っぽで、おかわりを淹れようかと竜也に声をかけた。

「コーヒーのおかわりいる？　……竜也？」

リビングのラグに腰をおろしている竜也の背中に声をかけても、微動だにせず返事もない。既に日付も変わった夜中だ、仕事で疲れて眠っちゃったのかとそっと顔を覗き込んだ。

「竜也、寝ちゃった……え、なに見てるの？」

「う、うわっ、驚かせるなよ、びっくりするだろ」

私の声に驚いた竜也が、大きく肩を揺らした。

「今、真剣に悩んでるんだから、ちょっと待ってくれ。あ、コーヒーならいらない。昼間の会議で飲みすぎた」

私に視線を向けることなく、ラグに並べた写真に集中している竜也。眠るどころかその目ははっきりと開いていて、腕を組み、真面目な顔でうなっている。

「ねえ、もしかして、どれがいいかなあとか、悩んでるの？」

竜也が眺めていたのはウェディングドレスの資料写真。どこかのホテルからもらってきたらしいけれど、二十枚以上の写真を並べては悩んでいたようだ。

「あったりまえだろ。一生に一度のことなんだから悩むに決まってる。ほら、奈々も一緒に見て、どれがいいか考えろよ。どれもかわいいし、奈々のような綺麗な女なら着こなせるはずだ」

「えー、私、もっとあっさりしたのがいいんだけどなあ」

「無理。あっさりしたものなんて却下。これなんかいいんじゃないか？」

「どれ？　……却下」

「な、なんでだよ。大きなリボンが腰についていてかわいいだろ？　あ、これなんてどうだ？　エンパイアライン？　へえ、ナポレオンの奥さんが好きだったらしいぞ。お腹あたりがゆったりしてるから、細すぎる奈々の体も少しは豊満に見える……いてっ！　何するんだよ」

「却下！　豊満なボディじゃなくてごめんなさいね。胸も腰も貧弱で薄っぺらい体で申し訳ないですね」

「だからって、カタログの背で叩くことないだろ……って、あ、これがいいんじゃないか？　そうだ、これだ、絶対にこれだ」

「また……もう、ドレスなんてどれでもいいのに」

「どれでもいいなんてことない。これだよこれ。絶対に奈々に似合うぞ」

興奮した竜也が手にしたのは、『プリンセスライン』と書かれた写真。

綺麗なモデルさんが着こなす姿はとても清楚で、それでいてかわいい。その名の通りまさにプリンセスだ。ウェストから下はパニエでボリュームを出しているのか、かなりふんわりとしている。

「よし、ウェディングドレスはこれにしよう。絶対奈々に似合うぞ。プリンセスラインなんて、お姫様のような奈々にぴったりだ」

写真を見つめながら、何かを想像し笑みを浮かべている竜也は、本当に幸せそうだ。

「ねえ、ドレスを着る私の意見って反映されないのかな」

竜也の目の前に並んでいる他の写真に視線を落としながら、一応聞いてみたけれど、返ってきた答えは予想通りのものだった。

「え？　全部俺に任せるって言ってただろ？　それって、衣装も全て入ってるって思ってたし、俺、自分の好みを譲るつもりはないぞ」

それが当然だとでもいうような強気な言葉。

「あー、はいはい。お任せします。私は当日スッピンで会場に行くだけでいいって竜也が言ってくれたから、それに従います」

「ああ、それだけでいいから、全部俺に任せておけ。年末にはふたりでバージンロードを歩くんだからな。楽しみにしておけよ」

力強い言葉で頷いた竜也は、「次は色ドレスだな」と呟きながらウェディングドレスの写真を片づけると、足元に置いてあった色ドレスの写真の束を並べ始めた。赤や青、オレンジなんかも交じったその写真はかなり華やかだ。

竜也は気合を入れ直し、ドレスを選び始めた。

「じゃ、決まったら教えてね」

私はそんな竜也の様子に苦笑しながら、コーヒーのおかわりを作ろうと腰を上げた。

それにしても、竜也はどうしてこんなに結婚式にこだわるんだろう。

男性は結婚式を面倒くさがって、なかなか積極的に進めてくれないと聞くけれど、私と竜也の場合はそれが逆転している。

結婚しようと決めた時以来、竜也の結婚式の知識はかなりのもの。仕事も忙しいはずなのに、その意気込みには頭が下がる。私が何も手伝わないと気づいてからは、文句を言うどころか、「スムーズに進められるから助かる」などと言う余裕も見せている。

本当に、結婚式が楽しみで仕方がないらしい。今も色ドレスの写真を並べて見入っている。その顔は緩んでいて、私がどれを着れば一番綺麗に見えるのか、目じりを下げて厳選中。

「私はどれでもいいんだけどな……できれば、ドレスは着たくないし」

そんな私の言葉なんて、竜也の耳には届いていない。

「やっぱり奈々は赤が似合うよな」

竜也が呟く声を聞きながら、週末の夜はふけていった。

私と竜也の結婚は、社内に小さな波紋を呼んだ。

会社の新規プロジェクトのメンバーである竜也は、そのことだけでも社内では時の人で、そのメンバーが集結している本社工場は今やエリート養成地区とでも言うべき扱い。これまで相模課長の下で仕事をすることが設計者の目標であったけれど、それ以外にも設計を極める道が作られたことは意義のあることだと思う。

今回のプロジェクトの発案者の中に相模課長がいるということはその後知らされたけれど、これまでとは違う展開で新規開発ができるんだと、若手の士気を高めるいい起爆剤になっている。

プロジェクトの参加者が社内で注目を浴びる中での私と竜也の結婚は、思いの外速いスピードで全社に広まった。

時の人であり、将来有望な若手エリート建築士である竜也。そのおかげで、披露宴の招待客を決めるのはかなり難航した。

竜也がこれまでお世話になった工場での上司や同僚。そして、これからお世話になるであろう本社の人たち。どこからどこまでを招待すればいいのかわからなくて、頭を悩ませた。最終的には、「悩むのが面倒になったから、全員に招待状を送ろう」という投げやりな私の言葉が採用され、とんでもない数の招待状ができあがった。

できればコンパクトな披露宴を、と思っていた私の願いはその瞬間消え去り、がっかりした私に反して、竜也は「奈々の綺麗な姿をたくさんの人に見てもらえる」と大きな笑顔で喜んでいた。どこまでも私のウェディングドレス姿を楽しみにしているんだなあと再認識した私は諦めの境地。竜也が決める披露宴にただついていこうと、改めて決意した。

竜也が悩みに悩んで決めた披露宴会場は、本社に近い場所にある有名ホテルだ。招待客が多いことと、立地のよさを考慮したらしいけれど、一番の決め手は私に似合うと竜也が太鼓判を押すウェディングドレスがレンタルできるということだった。ドレスを購入して持ち込むことも可能だったけれど、今後そのドレスを保管することがこれまた面倒で、「絶対にレンタル」これだけは、譲らなかった。

竜也お気に入りのウェディングドレスの試着の日、ホテルに着くなり浮かれた竜也の頬が引き締まることはなかった。

「奈々に絶対に似合う」

そう言って私に笑顔を向ける竜也に、私は曖昧な表情で頷く。

ハイテンションな竜也に比べ、私の気持ちはなかなか盛り上がらない。今朝起きた時から軽く三ケタはため息をついている。

結婚式の打ち合わせはこれまでも何度かあったけれど、ここまで気持ちが落ちている自分に驚く。朝早く車で迎えにきてくれた竜也の顔を見てもそれは変わらなくて、ホテルに向かう車内でも口数は少なかった。

自分のこの状態を、これまで予想しなかったわけではない。結婚を決めて竜也が楽しげにあれこれを決定していく様子を側で見ながら、覚悟をしていたはずなのに。

私の体に植え付けられている負の思い出は、なかなか私を解放してくれないようだ。

結婚することも、結婚式を挙げることも、大好きな竜也とともに生きていく節目として幸せに感じているけれど、それでも気持ちは沈んだまま。

「どうした？　体調でも悪いのか？　それともお腹がすいた？」

ホテルのウェディングサロンに着き、予約時間までロビーのソファに座って待っていると、心配げな竜也の声が聞こえた。

朝から元気がない私を気遣ってくれているんだろう。

「体調は悪くないし、お腹もすいてない」

俯いたまま答える私に、竜也は小さく息を吐いた。

「じゃ、寝不足？」

「あ……それは、そうかも」

今日のことを考えて、夕べはあまり眠れなかった。そのおかげで、ウェディングドレスに合わせたメイクやヘアスタイルも決める大切な日なのに、肌の調子はかなり悪い。

「メイクの打ち合わせがあるからスッピンで来たけど、目の下のクマ目立ってないかなあ」

「大丈夫、俺の奈々はスッピンでもかなり綺麗だ。ここに来てからも、男どもの視線は奈々に集中してるぞ。ほら、あっちのカップルだって結婚式の打ち合わせに来てるのに、彼氏は彼女そっちのけで奈々をちらちら見てるし」

「嘘だ」

「嘘じゃないって。今日の奈々もいつも通り、いや、それ以上にちゃんと綺麗だから安心しろ」

「……うん」

竜也が何度か口にした「綺麗」という言葉に、更に気持ちは沈んでいく。無意識に言ってるんだろうけれど、その言葉は私にとっては刃ともいえる。

落ち込む気持ちを隠せないまま俯いていると、竜也の手がそっと伸びてきた。

「大丈夫。もう、昔の奈々じゃないから、大丈夫だ」

膝に置いた私の手を、竜也の手が優しく包み込む。はっと視線を上げると、今までに何度も見た竜也の整った顔、それも私への愛情が溢れている優しい顔が目の前にあった。

「本庄奈々といえば、綺麗な顔。小さな頃から注目を浴びる整った容姿は、学生時代も今も変わらず健在」

「え？　どうしたの、突然」

竜也は私の手をぎゅっと握ったまま、視線で私の言葉を制した。

「いいから、聞けよ。……そして、見た目のよさは奈々にとっては重荷であり苦痛でもあった。ご両親やお兄さんたちからかわいいかわいいと誉められ、お嬢様仕様に育てられた。かわいい洋服を着せられて、素直で優しく清楚に。そんな期待を向けられて、奈々は怖くなったんだよな。〝お姫様〟って言葉が。そして、綺麗って言われることが」

「そ、それは……」

「成長していくにつれて、その綺麗な見た目は自分を守るものではなく、敵を多く作るものになっていた。勉強も仕事もどれだけいい結果を出したとしても、一度のミスで全てチャラ。見た目がいいだけの女だと陰で言われて正当な評価をしてもらえないことも少なくない。女同士の妬みのターゲットにもされ、嫌な思いも数多く味わってきた。……それが、綺麗な見た目に生まれてきた奈々のこれまでだ」

私がその言葉をどう受け止めるのか。竜也が気にしているのを握りしめられた手から感じる。そして、その温かさが私の動揺を最小限に抑えてくれている。

「竜也、どうしたの……そんなこと、今更言われなくても、わかってるよ」

どうにか竜也と視線を合わせると、涙を見せない私にほっとしたのか、竜也は小さく息を吐いた。明るさを装った声だったけど、竜也自身、緊張していたようだ。

「俺がいるから、もう大丈夫だ。たとえ奈々のその綺麗な見た目をひがんで傷つけるようなことを言うやつがいても、俺がいるから安心しろ」

「竜也……」

「それに、会社で奈々を見た目じゃなく仕事ぶりや人間性で受け入れる人間は多いだろ？　椎名課長だって、三橋さんだって。あの口の悪い経理部長だってそうだ。奈々の見た目が弱点となって敵を作らないようにって鍛えてくれてるだろ？　もう、今までの奈々じゃないから安心しろ」

「そんなこと、……わかってるけど、でも」

　竜也から聞かされる思いがけない言葉は、全てが私の心に染みて、うまく答えることができない。私を大切に、そしてめいっぱい愛してくれている竜也からの甘い言葉には慣れていたけれど、これほど私を深く見てくれていたなんて思わなかった。

「奈々が今までマイナスに思っていた綺麗な見た目だけどさ、一生に一度くらい、それを見せびらかしてもいいんじゃないのか？」

「え？」

「お姫様みたいだって言われることに抵抗があるかもしれないし、嫌な思い出も多いかもしれないけど、自分の結婚式くらいお姫様ってのを満喫してもいいだろ」

な？　と呟くと、竜也は唇を私の耳元に寄せた。

「お姫様ここにあり、って、スポットライトを浴びようぜ。ウェディングドレスを着て、その綺麗な顔をみんなに見せびらかして、文句のつけようがない姿を自慢しような」

「な、って言われても私……」

「いいからいいから。俺が全部準備してやるから、奈々はただひたすら自信を持って、俺の隣に立てばいい。嫌な思い出と怖いイメージしかないお姫様みたいだっていう言葉だけど、これからはその言葉が大好きだって思えるように、俺が完璧に仕上げてやる」

　力強い言葉には、私が今まで抱えてきた冷たい思い出を取り払ってくれるような響きがあった。

「今日の衣装合わせが憂鬱なのは、小さな頃に家族からお姫様のような服を着せられて、作り笑いを浮かべていたことを思い出していたからだろ？」

「あ……うん」

　竜也の言葉通り、ドレスとまではいかないまでも、かわいいお嬢様という雰囲気のワンピースを家族から着せられていた私は、それを拒めない自分に辟易しながらも家族を悲しませたくなくて笑って着ていた。その頃のことを思い出して、今朝から憂鬱で仕方がなかった。

「よく、わかったね」

「当然当然。愛する女のことならこの王子様に任せておけ。奈々が幸せな結婚式だったと俺たちの子供に話せるようないいもんにしてやるから。だから、自信を持ってお姫様を満喫しろ」

竜也は私の後頭部に手を回すと、そのまま私たちの額を合わせた。

「俺のお姫様は、誰よりも綺麗だ。俺のお姫様を傷つけるようなやつは、誰であっても許さない。俺は、お姫様を守る王子様だ」

ふたりにしか聞こえない呟きは、私の心を溶かす魔法の言葉。

「お姫様が幸せに暮らせるように、そしていつまでも王子様を愛し続けるように、俺はちゃんと奈々を守るから。どんと構えて結婚式を楽しもうぜ」

言うが早いか竜也は私の体を抱きしめて、何度も「大丈夫。大丈夫」と囁いた。まるで洗脳するように私の体に入り込むその言葉に、我慢していた涙が頬を伝うのを感じる。そっと両手を竜也の背中に回して、小さく泣いた。

「お、王子様も、王子様らしい格好いい姿でスポットライト浴びてよね。……私みたいな綺麗なお姫様の横に立つんだったら、絶対素敵な王子様にならなきゃだめだからね」

ひくひくと息を詰まらせながらどうにか呟いた私の言葉に、竜也は肩を揺らして笑った。

「任せておけ。誰もが羨む極上の王子様になってやる」

嬉しげに答える竜也の笑顔は、出会ってから今までで一番素敵な笑顔だった。

その後、私と竜也は言葉では言い尽くせないほど忙しい一日を過ごした。

竜也が仕事をなかなか休めないから、一日で衣装関係全てを決定することとなり、ひたすら着替え、メイクをし、髪形を整えた。ブーケやベール、ティアラ、アクセサリーも決定した頃には、気力もぎりぎりの状態。結婚式ってこんなに大変なんだと実感しながらも、ようやく竜也と一緒に未来を生きていけるんだと感じて嬉しくもあった。

この嬉しさがなければきっと、どんな女の子も結婚式を挙げようなんて思わないはずだ。

何着試着したかわからないドレスを脱いでロビーに戻ると、既に着替えていた竜也が待っていた。その手にしているのはスマホで、そこには私がドレスを試着している様子が何枚も撮られていた。

「よし、これを送ろう」

真剣な面持ちで画面に見入っていた竜也は一枚の写真を選ぶと、メール画面を呼び出して、何やら入力している。

「誰にメールするの？　添付する写真って、私がウェディングドレスを着てる写真でしょ？」

「ん？　奈々の兄さんたち」

「え？　ど、どうして？」

「ドレスが決まったらメールしろって言われてるから」

「い、いつ言われたのよ、そんなこと」

慌てる私の声なんて無視して、竜也はスマホに向かったまま。

「……俺のお姫様の写真、送ります。よし、送信」

「俺のお姫様……」

それって、私のことだよね。そんなメールを、あの兄さんたちに送って大丈夫かな。

「あ、大丈夫だぞ。奈々の兄さんたちとこないだ飲み比べして勝ったから、奈々はもう完全に俺のもの。奈々ちゃん命のお兄様ふたりには、自分たちの家族だけに愛情を集中投下してもらって、奈々のことは俺に任せてもらうって決まったから」

「え……？」

がつん、と頭を殴られたような衝撃。

「兄さんたちに、そんなこと言ったんだ……。私を溺愛しているあの兄さんたちに」

「ああ。奈々の兄さんたちだって、奈々が抱えていたお姫様イヤイヤ症候群のことは気づいていて心を痛めていたからな。披露宴でそんな奈々の負の過去を払拭してやってくれって頭下げられた。ま、俺の人徳人徳」

「竜也……あ、ありがと……」

両家の顔合わせを兼ねた食事会のとき、私の両親よりもふたりの兄たちの寂しがり方のほうが尋常ではなくて、竜也はかなりの時間をかけて兄たちに気持ちを伝えてくれた。

『奈々さん以外、僕の人生を幸せにしてくれる女性はいないんです。奈々さんを幸せにできるのも僕だけです』

最初は「奈々に結婚なんてまだまだ早い」の一点張りだった兄さんふたりだけど、

竜也の粘り強い説得によって、ようやく結婚を認めてくれた。

「あの日お兄さんたちとメアドの交換をしただろ？　それから何度かやり取りしていたんだよ。で、やっぱり奈々がかわいくて仕方がないお兄様方は俺を呼び出して飲み比べをしようって言い出して。で、俺が勝ったんだ。もともとお兄さんたちは酒に弱いんだよな？　負けるのがわかってるのに飲み比べなんて言い出してさ、きっと自分の気持ちに踏ん切りをつけたかったんだろうな。『勝負は勝負だ。奈々は任せたぞ』って、最後は号泣しながら言ってくれたよ」

そうだったんだ。

年の離れた愛する妹に足りなかった一本の歯。それだけが理由ではないにしても、必要以上に私を気にかけかわいがってくれた兄さんたち。その気持ちを察して自分の本音を隠した私は、それがとても幸せなことのようにお嬢様仕様の服を着て兄さんたちを喜ばせていた。

でも、私の下手な演技は見破られていたらしい。

「兄さんたち、気づいてたんだね」

「家族なんだ、そりゃ気づくだろ。でもきっかけがなくて、奈々にお姫様のような見た目を求めることをやめられなかったらしい」

「そうか……そんなことまで兄さんと話してくれたんだね。ありがとね。色々」

「おう。惚れ直せ惚れ直せ。奈々の王子様は永遠にいい男だからな……あ、メールだ。返事がきたかな」

そして竜也のスマホを一緒に見ると、やっぱり兄さんからのメールだった。

「奈々のウェディングドレス姿に泣いてるんじゃないか？」

「うわっ、ありえるから怖い」

ふたりで恐る恐るメールを読むと、『胸が開きすぎ、こんなドレス、絶対に却下だ』とだけ。

「……奈々のことは俺に任せるって言ったはずだろ？　この意見、却下だ」

「兄さんらしいね」

「……だな」

体はくたくたに疲れているにもかかわらずとても幸せで、ふたりして顔を見合わせ笑った。

その晩、私の部屋に帰ってきた途端、竜也はソファに体を投げ出して眠りに落ちた。

規則正しい寝息からは、かなり深い眠りの中にいるとわかる。

よっぽど疲れたんだな。

ウェディングドレスを着て、お姫様のような姿を披露宴で見せることに躊躇していた私は、それが理由で結婚式の準備にも乗り気じゃなかった。竜也はそのことに気づいていたんだろう。だからひとりで準備してくれていたに違いない。

どの角度から見ても整っている竜也の顔をしばらく眺めた後、その寝顔がとても愛しくてたまらなくなった私は。

「ありがとう。愛してるよ」

その唇に、そっとキスをした。ぴくりとも動かない竜也は、今どんな夢を見ているんだろう。

「私だって、竜也以外、私を幸せにしてくれる人はいないんだよ」

ふふっと笑うと、竜也の胸元に顔を寄せた。

とくんとくん、と響く竜也の鼓動に安心感を覚えていると、一気に気持ちは緩み、私も眠気に誘われる。竜也の体を抱きしめるようにソファに体を滑り込ませた。

窮屈だけれど、竜也の体温を感じる喜びのほうが大きい私にはそんなことは気にならない。ぎゅっと竜也に寄り添った途端、竜也の腕が私を引き寄せ、すっとその胸に収まった。

「た、竜也、起きてるの？」

どうにか顔を上げて声をかけても、聞こえてくるのは規則正しい寝息だけ。

どうやら寝ぼけているらしい。それでも竜也の腕は私を抱きしめたまま離してくれそうもない。背中に回された温かさが私の体に染み入って、次第に瞼も落ちてくる。

夕べは、今日の衣装合わせが憂鬱で眠れなかったから、私もそろそろ限界かな。

着替えもしたいし、お風呂にも入らなきゃと思うけれど眠気には勝てなくて、少しだけ眠ってもいいか、と体から力を抜いた。


竜也と付き合い始めてから怒涛の勢いで気持ちを寄り添わせ、その展開は自分でも信じられないけれど。竜也のことを知るたびに更に惹かれていって、どんどん好きになっていく私は、その展開に応えることしかできなかった。

ずっとフルスピードで走ってきた私たちに、ようやく結婚というひとつの着地点が見えた今日この日。

走って走って、ふたりの未来のために頑張ってきたから、たまにはのんびりと、ふたりで夢を見るのも悪くない。

「ちょっとだけ、休憩しよう」

竜也の腕の中で眠りに落ちる寸前、そう呟いた私はきっと。

いきなり現れた王子様に一生愛される、お姫様。

世界で一番幸せなお姫様に違いない。

完

あとがき

こんにちは。惣領莉沙です。

『いきなり王子様』をお手にとっていただき、ありがとうございます。

一途で甘い王子様と、王子様に右往左往させられるお姫様のお話。楽しんでいただけると嬉しいです。

この作品を書き始めたのは二〇一三年の二月でした。

義母が足の手術で入院し、私は鬼嫁としての任務を全うすべく病院に通っていました。電車に揺られる片道二時間、どうせなら楽しもうと、自分へのご褒美のつもりで気ままに作品を練っておりました。そして、私の中にできあがった王子様のことばかりを考え、展開を組み立てていました。

電車の揺れが反映されたミミズ文字のノートも、今ではいい思い出です。

毎日リハビリを頑張る義母に触発されて、私もしっかりと書き上げなくては、と帰宅後は夜遅くまでパソコンに向かって王子様、お姫様との時間を楽しんでいました。

途中、『ほどよい愛』の書籍化に伴う編集作業も入り、嬉しい忙しさを味わいながら書き上げたのがこの作品です。義母の入院がなければ書いていなかったかもしれません。そう思うと不思議な気持ちですが、いつも明るく優しい義母には感謝です。

感謝といえば、やはり読者様へのその気持ちはとても大きいです。

優しいお言葉、いつもありがとうございます。

活動を始めて五年目ですが、これからも、現実での切なさや悩みを忘れて、楽しくお暇つぶしができる作品を書いていこうと思っていますので、よろしくお願いします。

最後になりますが、担当の堀口様、原稿の進行状況に気を配っていただきありがとうございました。そして、前作に引き続き、寄り添ってくださいました編集の相川様、本当にお世話になりました。いつも相談にのっていただき心強かったです。

そして、『ほどよい愛』同様、素敵なカバーイラストを描いてくださいました、もか様。今回も、ありがとうございました。

携わってくださった皆様、そして何より読者様、これからも、よろしくお願いします。

惣領莉沙

惣領莉沙先生への
ファンレターのあて先

〒104-0031
東京都中央区京橋1-3-1
八重洲口大栄ビル7F
スターツ出版株式会社　書籍編集部　気付

惣領莉沙先生

本書へのご意見をお聞かせください

お買い上げいただき、ありがとうございます。
今後の編集の参考にさせていただきますので、
アンケートにお答えいただければ幸いです。

下記URLまたはQRコードから
アンケートページへお入りください。
http://www.berrys-cafe.jp/static/etc/bb

いきなり王子様

2014年1月10日　初版第1刷発行

著　　者　物領莉沙

発 行 人　松島 滋
デザイン　hive&co.,ltd.
D T P　説話社
校　　正　株式会社　文字工房燦光
編集協力　相川有希子
編　　集　堀口智絵
発 行 所　スターツ出版株式会社
〒104-0031
東京都中央区京橋1-3-1　八重洲口大栄ビル7F
TEL　販売部　03-6202-0386（ご注文等に関するお問い合わせ）
URL　http://starts-pub.jp/
印 刷 所　大日本印刷株式会社

Printed in Japan

ISBN 978-4-88381-801-3　C0193

ベリーズ文庫　好評の既刊

『社内恋愛注意報！』　紀本《きもと》 明《あきら》・著

入社5年目の真琴は26歳、彼氏ナシ。元カレの主任からしつこく言い寄られてるけど、元サヤなんて断固拒否！　そんな時、偶然、車をぶつけちゃった相手は新任のイケメン課長で…。そこから始まるナイショの恋はハラハラドキドキ。意地悪に迫る課長のせいで、いっつも社内恋愛注意報が発令中！

978-4-88381-773-3／定価662円（税込）

『隣の彼の恋愛事情』　高田《たかだ》ちさき・著

証券会社に勤める紅緒は、隣の席のさえない同僚斗馬にイライラ…。合コン会場の高級レストランで、昼間の姿からは想像できないくらいイケメンの斗馬にばったり。なんと彼は、グループ会社の御曹司だった！　彼の秘密を知った紅緒は、逆におどされ、下僕として使われるようになるが…。

ISBN978-4-88381-772-6／定価662円（税込）

『週末シンデレラ』　春奈真実《はるなまみ》・著

そろそろ彼氏が欲しい…24歳、恋愛未経験OLの詩織は、友達に男性を紹介してもらうことに。いつもよりオシャレしてその場に挑むと、現れたのは苦手な上司の都筑係長!?　堅物で厳しい都筑係長と恋愛なんてありえない！と思ってたのに、なぜか次の週末も会うことになり…。恋愛小説大賞　大賞受賞作！

ISBN978-4-88381-771-9／定価683円（税込）

『美味しい時間』　日向野《ひなたの》ジュン・著

24歳の天然ＯＬ・百花は、料理を作ることも食べることも大好き。ある日、イケメン上司の東堂課長に「明日から俺のお弁当も作ってきて」と命令され、なぜか毎日一緒にお弁当を食べることになってしまう。仕事に厳しい課長が苦手な百花だったけれど、強引だけど優しい大人な一面を知って…？

ISBN978-4-88381-764-1／定価672円（税込）

書店店頭にご希望の本がない場合は、書店にてご注文いただけます。

ベリーズ文庫 好評の既刊

『運命のヒト』 十和《とわ》・著

派遣OLの美園はいつも恋愛が長続きしない。ある日、別れ話でモメている美園の前に謎のイケメンが現れ、初対面なのに美園の名を呼び、抱きしめてくる。翌日、再び彼に遭遇し窮地を救われた美園は、行き場がないと言う彼を泊めることに。シロと名乗る彼が美園の過去を言い当てるのを不思議に思うが…。

ISBN978-4-88381-780-1／定価651円（税込）

『その恋、取扱い注意！』 若菜《わかな》モモ・著

旅行会社に勤める美海は恋愛経験が浅く、幼なじみでイケメン外資系トレーダーの湊にからかわれている。美海にとって湊はただの幼なじみだったのに、突然デートに誘ってきたりとその変化に困惑。そんな時、美海がストーカー被害に。最大のピンチで湊に助けられ、彼の存在の大きさを認識し…!?

ISBN978-4-88381-781-8／定価693円（税込）

『シークレット　ハニー』 pinori《ピノリ》・著

24歳の葉月は、勤務先で元カレと再会してしまう。復縁しようとしつこく迫るその男から助けてくれたのは、葉月のマンションの管理人・五十嵐だった。普段は帽子を深くかぶっていた彼の素顔は、超美形！　甘い言葉に誘われて、その日のうちに関係を持ってしまうけれど…。謎だらけの管理人の正体は？

ISBN978-4-88381-782-5／定価651円（税込）

『理想の恋愛関係』 月森《つきもり》さや・著

27歳の緑は、お見合いで出会った相手に恋をするものの、婚約直前に「好きな女性がいる」と告げられ振られてしまう。どうしても忘れられない緑は意を決し、あの手この手で彼を追うのだけれど…!?　向こう見ずなひたむきさが、いじらしくってかわいらしい。思わず笑みがこぼれる純愛ラブコメディ。

ISBN978-4-88381-783-2／定価672円（税込）

書店店頭にご希望の本がない場合は、書店にてご注文いただけます。

ベリーズ文庫　好評の既刊

『恋のレシピの作り方』　夢《ゆめ》野《の》美《み》紗《さ》・著

憧れのフレンチレストランに転職したシェフの奈央は28歳。そこで上司となったのは、キザで俺様な一条という男だった。しかし、仕事には誰よりも厳しい彼は、実はフレンチ界の若き超人気カリスマシェフ！　厨房という名の戦場で厳しくしごかれつつも、いつしか奈央は一条に惹かれていくが…。

ISBN978-4-88381-791-7／定価672円（税込）

『准教授　高野先生の恋人』　玉《たま》木《き》ちさと・著

母校の准教授"高野先生"とつき合うことになった大学院生の詩織。友人が結婚・出産を決意する中、彼との結婚を意識するようになる。そんな時、留学から戻ってきた桜庭さんが現れ、なぜか詩織を気に入って…。あせった高野先生がとった行動とは？　『准教授 高野先生のこと』待望の第二弾！

ISBN978-4-88381-792-4／定価662円（税込）

『華麗なる偽装結婚』　鳴《なる》瀬《せ》菜々《なな》子《こ》・著

社長秘書の阿美子は、分厚い眼鏡とカッチリした髪型の地味女スタイルを貫いている。それは遊び人の若社長・怜と一線を引くためだけど、その姿勢とは裏腹に、彼に惹かれていってしまう。ある日、自分にはまったく興味がないと思っていた怜から、会社を守るために結婚してほしいと頼まれて…？

ISBN978-4-88381-793-1／定価651円（税込）

『恋愛の条件』　七月《ななつき》夏《なつ》葵《き》・著

3年前の失恋が原因で、誰と付き合っても振られてしまう奈央。仕事に熱中し、憧れの部署に異動したけど、そこに待ち受けていたのは3年前の失恋相手、修一で…!?　強引に言い寄っては思わせぶりな態度をとるチーフの修一に、奈央は翻弄されっぱなし。あんな振り方をしておいて一体どういうつもり…？

ISBN978-4-88381-794-8／定価662円（税込）

書店店頭にご希望の本がない場合は、書店にてご注文いただけます。

ベリーズ文庫 2014年1月発売

『いきなり王子様』 惣領《そうりょう》莉《り》沙《さ》・著

かわいらしい見た目と男前な性格のギャップに苦しんできた奈々は、ある日突然、同期の出世頭、竜也にいきなり「俺と遠距離恋愛しないか?」と口説かれる。クールだと思っていた彼に甘く強引に迫られるうちに、外見だけでなく自分自身を見てくれることに気づく。しかし彼には大切な幼なじみの女性がいて…。

ISBN978-4-88381-801-3／定価672円（税込）

『弁護士先生と恋する事務員』 糸崎《いとざき》かや・著

23歳の詩織は下町の法律事務所で働く事務員。女好きでマイペースな事務所のボス・光太郎をこっそり観察するのが、詩織の一番の楽しみ。最近の光太郎はフラれてばかりでついてない。どうやら、その理由は新人イケメン弁護士の安城にあるらしい。光太郎を元気づけようと奮闘する詩織だけど…?

ISBN978-4-88381-802-0／定価672円（税込）

『三日月の下、君に恋した』 雪本《ゆきもと》はすみ・著

ＯＬの菜生には大切にしている絵本がある。ある日の残業帰り、菜生は謎だらけのイケメン社員・航とエレベーターで乗り合わせた。絵本の話で盛り上がったふたりは一夜をともにするが、翌週、菜生は航に忘れたフリをされ傷つく。実は航には隠したい過去があり、それはあの絵本にも関係のあることで…。

ISBN978-4-88381-803-7／定価662円（税込）

『腕枕で眠らせて』 桃城《ももしろ》猫《ねこ》緒《お》・著

恋に臆病な美織は、手作りのインテリア雑貨をネットで販売している。ある日、雑貨店から取り扱いを希望するメールが届く。オーナーは若くてカッコイイ男性、水嶋だった。穏やかで優しく紳士的な彼に、美織の心は少しずつ溶きほぐれていくけれど、仕事で会った帰り道、突然水嶋に告白されてしまい…。

ISBN978-4-88381-804-4／定価662円（税込）

書店店頭にご希望の本がない場合は、書店にてご注文いただけます。

ベリーズ文庫 2014年2月発売予定

『甘え下手①』 麻井深雪《あさいみゆき》・著

Now Printing

OL4年目の比奈子は、上司の櫻井室長に6年間も片想い中。しかし、周りに気を遣う性格&甘え下手なせいでなかなか恋愛がうまくいかない。ある日の仕事終わり、同僚の参田と飲みにいくと、参田が同期でイケメンのモテ男・阿比留を呼び出した。阿比留は会うなり比奈子のコンプレックスをズバリ指摘して!?

ISBN978-4-88381-812-9／予価630円（税込）

『密恋はあなたの部屋で』 葉月《はづき》りゅう・著

Now Printing

地味OLだが、実は社長令嬢でお嬢様な瀬奈は、強制的にお見合いさせられることに。そんな境遇から逃げようと、見合い用の豪華なドレスと化粧のまま家出すると、偶然、上司の岬課長に出会う。瀬奈だと気づいていない岬をいいことに「一晩だけ泊めてください」と懇願する瀬奈を、岬は受け入れて…。

ISBN978-4-88381-813-6／予価630円（税込）

『忘れたい、忘れられない、忘れさせて』 坂野真夢《さかのまむ》・著

Now Printing

地味なOLの菫は、自分を振った元カレを見返すため、思いっきりオシャレをして彼の結婚式に出席した。傷心の帰り道、営業部の里中さんとぶつかって、指輪を川に落としてしまう。里中さんは「代わりに」と持っていた箱を差し出し去っていったけれど、中に入っていたのは本物の婚約指輪で…。

ISBN978-4-88381-814-3／予価630円（税込）

『気がつけば愛でした』 佐倉《さくら》ミズキ・著

Now Printing

秘書課で働く静奈は、ある朝目が覚めると知らない部屋にいた。そこは営業部のエース・律の家。飲み会で酔いつぶれた静奈を、律が仕方なく泊まらせてくれたらしい。イケメンの律は女子社員に人気だが、過去に冷たくされたことが原因で静奈はちょっと苦手。そんな彼から、突然キスをされて…？

ISBN978-4-88381-815-0／予価630円（税込）

タイトル、価格等は変更になることがございますのでご了承ください。